KB142605

화이트 레인

WHITE RAIN

화이트 레인

초판 1쇄 찍은 날 | 2017년 7월 24일
초판 1쇄 펴낸 날 | 2017년 7월 31일

지은이 | 문희
펴낸이 | 예경원

편집 | 유경화 · 주승아

펴낸곳 | 예원북스
등록번호 | 제396-2012-000132호
등록일자 | 2012. 7. 25
YRN | 제1-0194호

주소 | 경기도 고양시 일산동구 호수로 646-24 위너스21-Ⅱ 206A호 (우) 10401
전화 | 031-819-9431 팩스 | 031-817-9432
http://cafe.naver.com/yewonromance
E-mail | yewonbooks@naver.com

ISBN 979-11-6098-394-4 03810

화이트 레인
WHITE RAIN

YEWONBOOKS ROMANCE STORY

문희 장편소설

C · O · N · T · E · N · T · S

프롤로그

명동 한복판에 사람들의 시선이 일제히 한곳으로 쏠렸다. 마치 영화의 한 장면처럼 미모의 여자가 한 남자를 열심히 쫓고 있는 추격 씬이 펼쳐지고 있었다. 흰색 민소매 원피스를 입은 여자에게 모두의 시선이 쏠렸다.

"영화배우 아냐? 누구더라?"

"전지민 아니야?"

"진짜?"

요즘 최고의 주가를 올리고 있는 아시아의 프린세스 전지민이라는 소리에 외국인 관광객들의 시선도 따라 움직이고 있었다.

늘씬한 각선미와 뛸 때마다 출렁거리는 그녀의 풍만한 가슴이 한몫을 더했다. 깊게 파인 브이넥 사이로 그녀의 가슴이 섹시하게 움직이고 있었다. 보통 사람들은 저렇게 화려하게 꾸미고는 전력 질주를 하지 않기 때문에 사람들은 더더욱 영화나 드라마 촬영이라고 믿었다.

"휘익!"

길거리의 관광객이 여자를 보며 휘파람을 불었다.

이곳은 영화 촬영이 빈번하게 이루어지는 명동 한복판이어서 사람들은 이 상황을 영화 촬영이라고 점점 믿어가고 있었다. 그리고 여자를 확실하게 배우라고 생각하며 자신들의 핸드폰으로 지금의 상황을 담느라 정신이 없었다.

"헉헉, 거기 안 서!"

"헉헉, 너 같으면 서겠냐?"

남자의 손에는 여자의 가방이 들려 있었고 여자는 치마가 찢어지는지도 모르고 남자를 뒤쫓았다. 사람들은 무섭게 질주하는 두 남녀를 피하면서도 여전히 사진 찍기에 바빴다.

"헉헉, 넌 오늘 나한테 잡히면 죽는다!"

"헉헉, 미친년."

남자는 여자를 비웃으며 혀를 날름거렸다. 아무리 빨라도 여자는 여자였다. 여자와의 거리가 점점 벌어지고 있었다. 거기다가 그는 날치기로 단련된 사람이었다. 사람이 많을수록 그는 도주하기가 편했다.

"잘 가!"

꽤 멀리 떨어진 거리에서 그가 다시 한 번 여자에게 소리쳤다. 하지만 여자를 약 올리던 남자의 표정이 순식간에 변했다. 여자가 갑자기 지나던 퀵 오토바이를 잡아 타고 그를 향해 달려오는 게 보였기 때문이었다. 오랜 날치기 생활 속에 이렇게 지독한 년은 처음이었다.

그는 앞만 보고 달리기 시작했다. 그때였다. 갑자기 날아든 묵직한 무게에 그는 아스팔트 바닥에 얼굴이 갈리며 쓰러졌다. 그의 몸 위에는 여자가 씩씩거리며 올라타 있었다. 살면서 진짜 이런 년은 처음이었다. 진짜 오늘 그의 일진이 사나웠다.

"아씨, 미쳤어?"

"너는 오늘 억세게 운이 좋은 줄 알아. 성당 앞에서 잡혀서 그나마 내가 아주 자제하고 있으니까."

고개를 들어보니 명동성당 앞이었다.

"내가 아주 어릴 때 성당에서 주는 사탕을 받아먹은 적이 있어서 말이야."

"아씨, 너 정체가 뭐야?"

"나는 대한민국의 아주 유능한 경찰님 되시겠다."

남자는 한숨을 쉬며 그가 경찰의 가방을 날치기했음을 후회하며 아스팔트에 이마를 찍었다.

"워워, 그럼 아파."

여자는 자신이 가지고 있던 수갑을 꺼내 남자의 손목에 채웠다.

"당신은 묵비권을 행사할 권리가 있고, 당신이 한 말은 법정에서 불리하게 작용할 수 있으며, 당신은 변호인을 선임할 권리가 있습니다."

"씨발!"

남자를 일으켜 세우자 그때야 경찰차가 현장에 도착했다.

"서 형사님!"

낯이 익은 순경이 차에서 내려 그녀에게 다가왔다. 이름은 기억나지 않았지만 확실히 안면이 있기는 했다.

"도대체 어떻게 된 일이십니까?"

"소개팅 나왔다가……."

순간, 그녀는 자신이 소개팅을 하기 위해 명동에 왔다는 사실을 인식했다.

"소개팅이요?"

순경의 눈이 그녀의 얼굴을 바라보다 평소와 다른 원피스 차림을 살폈다.

"저기 미안해. 내가 나중에 서에 갈 테니까 이 자식 좀 데리고 가."

"아니, 저기……."

바닥에 떨어져 있는 자신의 가방을 든 신우는 뒤도 돌아보지 않고 약속 장소로 뛰기 시작했다. 자신의 모습이 어떤지도 모르고 말이다.

"헉헉, 내 팔자야."

쉬는 날도 편하게 넘어가는 일이 없었다. 강력계 형사 생활이 벌써 5년 차인데 편할 날이 없었다. 게다가 오늘은 서장님께서 특별히 신경 써준 자리라서 약속을 어기면 안 되는 상황이었다.

하필이면 명동 한복판에 있는 혜성호텔 앞에서 날치기를 당하다니, 역시 그녀의 인생에 남자는 어울리지 않는 모양이었다.

"헉헉헉."

1년 치 뛸 걸 다 뛴 것 같았다. 약속 장소는 혜성호텔 30층의 레스토랑. 핸드폰을 보니 20분이나 늦었다. 평소에 시간을 잘 지키기로 유명한 신우였지만 오늘은 입이 열 개라도 모자랄 지경이었다.

그녀는 빠르게 호텔 안으로 들어갔다. 들어갔다기보다 돌진을 했다는 것이 맞을 것이다.

"어머."

"죄송합니다."

뛰어 들어가다가 나오는 사람과 부딪쳤다. 신우는 정신없이 사과를 하고는 엘리베이터를 향해 달려갔다.

"잠깐만요."

그녀의 눈앞에서 엘리베이터가 닫히고 있었다. 놓쳤다가는 시간이 한참 걸릴 것 같았다.

"스톱!"

그녀는 다른 사람들이 보건 말건 크게 소리를 질러 겨우 엘리베이터를 탈 수가 있었다.

"헉헉, 감사합니다."

신우는 거친 숨을 몰아쉬며 자신의 무릎에 손을 짚고는 숨을 골랐다. 심장이 터질 것처럼 뛰었다. 진정을 하려고 숨을 계속해서 고르고 있었지만 잘 되지 않았다. 거기다가 땀은 비 오듯 쏟아지고 있었다. 땀이 눈에 들어갔는지 계속 따끔거렸다. 화장이 지워지면 큰일인데 걱정이었다.

"다 보여."

굵은 저음의 목소리가 들렸지만 신우는 신경 쓰지 않고 열심히 숨 고르기를 하며 정신을 차리려고 노력했다.

"나야 공짜로 봐서 좋지만 말이야."

신우가 고개를 들자 엘리베이터 안에는 장신의 남자와 그녀 둘뿐이었다. 고개를 다시 숙이니 그녀의 가슴이 그대로 드러나 있었다. 너무 파진 원피스를 입은 게 화근이었다. 신우가 얼른 몸을 일으켰다.

"다 봤으면 고개 좀 돌리시죠."

순간 기분이 상한 신우가 그를 쏘아보며 말했다. 하지만 남자는 눈 하나 깜박이지 않고 그녀를 쳐다봤다. 직업상 버릇처럼 신우는 남자를 매서운 눈길로 빠르게 스캔했다. 범죄자들을 잡는 직업이다 보니 사람의 얼굴을 허투로 쳐다보지 않았다.

170cm를 웃도는 그녀의 키보다 머리 하나는 더 큰 장신의 남자는 명품 그레이 슈트를 입었고 거만한 표정으로 그녀를 바라보고 있었다. 운동을 하는지 햇빛에 그을린 듯 보이는 피부가 흰색 와이셔츠의 깃과 대조를 이루고, 짙은 눈썹에 쌍꺼풀이 없는 눈은 굉장히 날카로워 보였지만 잘생겼다는 건 인정하지 않을 수가 없었다.

"원래 그렇게 사람을 빤히 보나?"

남자가 재미있다는 듯 한쪽 눈썹을 치켜뜨며 그녀에게 물었다.

"아뇨."

"레스토랑은 왜 가지?"

그녀가 누른 충수를 보고 말하는 것 같았다.

"알 것 없잖아요?"

"선보나?"

"……."

남이야 선을 보든지 말든지 처음 보는 사람이 아주 무례하다고 생각한 신우는 대꾸조차 하지 않고 층수를 알리는 숫자버튼만 쳐다보았다. 숫자가 28층을 가리키고 있었다. 그때 그녀의 등에 뭔가가 걸쳐졌다.

"선을 보는데 여자가 속옷이 훤히 보이는 건 좀……."

놀란 신우가 얼른 치마를 내려다보았다. 그러고 보니 어째 처음보다 잘 뛰어진다고 생각했었는데, 치마가 엉덩이까지 찢어져서 팬티가 거의 보일랑 말랑 했다. 엘리베이터 안에 들어와 무릎을 짚고 있었으니 그는 분명히 그녀의 블랙레이스 팬티를 보았을 것이다.

"옷은 내일 카운터에 맡기도록 해."

30층의 문이 열리자마자 남자가 그녀의 앞에 서서 나갔다.

고맙긴 고마운데 그의 거만한 말투는 마음에 들지 않았다. 당장 벗어주고 싶었지만 지금 그녀가 봐도 아찔하게 찢어진 옷 때문에 어쩔 수가 없었다.

"성함을 알려주셔야……."

"말해놓을 테니 그냥 맡겨놔. 내겐 행운의 슈트거든."

"저기요, 제 명함이라도……."

남자는 그냥 머리 위로 손을 흔들며 사라졌다. 아니, 그녀를 뭘 믿고 보기에도 명품인 옷을 그녀에게 빌려준단 말인가? 경찰 생활을 오래하다 보니 세상을 삐뚤어지게 보는 습관이 생긴 것 같았다.

"후."

신우는 한숨을 쉬고는 레스토랑 안으로 들어갔다. 그리고 매니저에게 이름을 말하자 선볼 상대가 앉아 있는 테이블로 그녀를 안내해 주었다.

신우는 매니저 뒤를 따라 걸어가면서 엉망으로 헝클어진 머리를 손으로 정신없이 빗으며 정리했다. 얼마나 정신없이 뛰어다녔는지 지금 그녀의 상태는 말이 아니었다.

안내받은 신우는 혼자 앉아 있는 남자를 바라보며 입을 열었다.

"늦어서 죄송합니다. 갑자기 사고가 있어서……."

자리에 앉아서 그녀를 보고 있는 남자는 괜찮다는 반응조차 없었다. 무안한 마음에 자리에 앉은 신우는 억지로 웃으며 남자에게 다시 한 번 사과했다.

"죄송해요."

"저는 시간관념이 세상에서 가장 중요하다고 생각합니다."

"그럼요."

말은 딱 부러지게 하는 스타일인데 얼굴은 딱 부러지지 않았다. 신우의 얼굴에 억지웃음이 다시 한 번 스쳤다. 그리고 자신이 세상에서 가장 중요하게 생각하는 게 인물이라는 걸 지금 이 순간 처음으로 깨달았다.

앞에 앉은 남자는 40대는 되어 보이는 노안이었다. 아무리 내일모레면 서른인 그녀라도 이건 아니었다.

커다란 얼굴에 점을 찍어놓은 듯 작은 눈과 눈보다 더 커 보이는 땀구멍 가득한 피부에 복 코는 참으로 어울리지 않았다. 못생겼는데 거기에 화룡점정은 빛나는 대머리였다.

"혜화서에 계신다고요?"

남자의 홀리는 듯한 못생긴 외모에 넋을 놓고 있던 신우가 그의 갑작스러운 물음에 놀라 얼른 답했다.

"네."

"혜화서 서장님이 제 작은아버지십니다."

어쩐지 서장님도 대머리였는데 집안 유전인 듯했다. 그래도 서장님은 남자답게 생겼는데 이 사람은 진짜 아니었다. 벌써 자리에서 일어나고 싶은 마음이 들었다.

"저는 들어서 아실 테지만 피부과 의삽니다."

신우는 남자의 귤껍질 피부를 바라보며 절대로 저 병원엔 가지 않을 거라 생각했다.

"작은아버지가 워낙에 신우 씨 칭찬을 하셔서 오늘 나오긴 했습니다만."

"제가 마음에 안 드시죠? 시간관념도 없고 얼굴도 생각보다 별로고 말이죠."

"아니, 뭐……."

"괜찮습니다. 다 이해합니다. 서장님께는 잘 말씀해 주세요. 생각보다 별로였다고. 그럼……."

신우는 빛의 속도로 일어나 뒤로 돌아보지 않고 호텔을 나왔다. 서장이 아니라 아주 원수였다. 그녀의 피 같은 휴일을 이렇게 보내게 하다니 진짜 짜증이 났다.

윙―

1층 로비를 빠져나올 무렵에 핸드폰 진동이 느껴졌다. 동료 형사인 현석이었다.

[어디야?]

"혜성호텔이다."

[거긴 왜 갔어?]

"볼일이 있어서. 왜?"

10년째 같이 사는 남편처럼 언제나 그녀의 위치 파악부터 하는 현석에게 신우의 말이 곱게 나갈 리가 없었다.

[쉬는 날 쉬기나 하지 날치기 잡았다고?]

소식이 빨랐다.

"그런데? 나 오늘 쉬는 날이잖아."

현석의 참견에 머리에서 김이 올라왔다. 그리고 뱃속에서는 꼬

17

르륵 소리가 울리며 그녀의 신경을 자극했다.

[아는데, 네가 좋아할 만한 소식이 들어왔으니까 빨리 와봐.]

"싫다고! 난 쉬는 날이라고!"

완전 폭발을 한 신우였다. 사람들의 시선 따위는 안중에도 없이 핸드폰에다 대고 크게 소리를 지르고는 씩씩거렸다.

[백까치가 떴다.]

"……."

그녀는 멍하게 택시 정거장에 서 있었다.

[서 형사?]

"알았어, 갈게."

신우는 백까치라는 소식에 혜화서로 단숨에 달려갔다. 오늘은 정말 여러 가지로 힘든 날이었다. 만약에 현석이 거짓말을 한 거라면 용서하지 않을 것 같았다.

"휘익!"

그녀가 경찰서 안으로 들어가자 동료들이 휘파람을 불며 평소와는 다른 모습의 신우를 놀렸다. 신우에게 치마란 남자가 치마를 입은 것처럼 어색하고 거추장스러운 것이었다.

"오늘 왜 이렇게 예쁜 거야?"

복도에 있는 자판기 커피를 마시던 경제팀 형사들이 그녀가 치마를 입은 걸 보고 놀려댔다.

"지랄!"

신우는 동료들의 장난에 신경질적인 답을 하고는 강력계 사무실로 들어갔다. 오늘따라 사무실이 조용했다. 아무래도 일이 터져서 출동한 모양이었다. 그렇지 않고서는 퇴근 시간이 정해지지 않은 강력1팀이 이렇게 한산할 리가 없었다.

"빠르네."

그녀의 파트너인 박현석 형사가 그녀를 반갑게 맞이했다. 보통 체격인 박 형사는 컴퓨터에 강했다. 물론 무술 실력은 그녀가 더 뛰어났고. 사이버 수사팀에 가 있을 실력인데 본인이 너무 원해서 강력 팀에 머물러 있었다.

29살로 나이도 동갑인 데다가 성격도 좋아서 그녀와는 죽이 잘 맞았다. 귀여운 인상의 박 형사는 어쩔 때는 꼭 동생 같은 느낌이 들었다. 한마디로 남자로 보이지 않았다.

"농담하지 말라고 했지."

신우가 그의 목에 헤드 락을 걸었다.

"서 형사, 난 백까치로 농담 안 해."

그랬다. 백까치라는 말이 신우에게 어떤 의미인지 누구보다 잘 아는 현석이 그걸로 농담을 할 리가 없었다. 백까치는 희대의 청부살인업자이자 살인마였다. 신우의 어머니를 어린 그녀의 눈앞에서 죽인 원수 놈이었다.

아직도 그의 목소리를 선명하게 기억했다.

"나서지 말았어야 했어."

평생 동안 그녀의 귀에 울리는 그의 목소리.

"이거 봐. 청와대 경호원 출신의 사설 경호원의 진술이야. 이번에 혜성그룹의 신임회장을 암살하려다가 실패했어. 이 경호원이 신임회장처럼 변장을 하고 있어서 공격대상이 바뀐 거지."

병실에 누워 있는 남자가 모니터에 비춰졌다. 온몸에 붕대를 감고 있었다.

"알지? 백까치의 수법. 이 사람도 40군데를 찔렸고 결국 죽었어. 영상은 경찰이 핸드폰으로 찍은 거야."

화면의 남자가 뭐라고 말을 하고 있었다.

"볼륨 좀 키워봐."

그녀의 말에 볼륨이 키워졌다.

[백까치…… 혜성 회장이 위험해…….]

[백까치가 확실합니까?]

[손등에 문신…….]

[김태민 씨!]

신우는 화면을 뚫어지게 보고 있었다. 어린 시절 엄마가 돌아가실 때 그녀도 엄마를 찌르던 손등에 하얀 까치 문신을 보았기 때문이었다.

"안타깝게도 이 영상만 간신히 남기고 돌아가셨어. 그런데 혜성그룹에서는 이 일을 언론에 공개하면 가만히 안 있겠다고 해서 지금 다들 쉬쉬하는데 우리 신우는 특별히 보여주는 거야. 반장님께는 비밀."

신우의 굳은 얼굴 표정을 보고 현석이 애써 농담을 건넸다. 하지만 신우는 그냥 넘길 수가 없었다.

"반장님은?"

"회의 들어가셨어. 혜성그룹에서 지원을 요청했나 봐. 백까치가 일단 돈을 받으면 끝장을 보잖아. 지난 20년 동안 단 한 차례의 실수도 없던 놈이야. 증거는 없고 증인은 서 형사랑 돌아가신 김태민 씨가 유일해."

쥐새끼 같은 놈이었다. 증거 없이 20년을 넘게 청부 살인을 한 놈이었다. 목표가 정해지면 주변의 사람들도 모두 죽일 정도로 치밀했다.

"3년 동안 잠잠하더니 돈이 떨어진 것 아니야?"

"……."

"죽었다는 소문도 있었는데 살아 있기는 한가 봐."

"……."

"꽤 늙었을 텐데. 아직도 이렇게 들키지 않고 한다는 게 참 신기해. 그지?"

"……."

"서 형사 어머니가 돌아가신 것이 19년 전이고 그전에도 사건이 있었으니, 그렇다면 백까치의 나이가 대충 쉰 살에서 예순 살이상일 텐데 말이야. 김태민 씨는 경호원 중에서도 우수한 사람이었고 나이도 삼십댄데 그렇게 죽일 수 있다는 게 놀랍지 않아?"

현석이 끝없이 말을 하고 있었지만 지금 신우의 귀에는 들리지 않았다. 마지막 단서는 혜성그룹의 총수를 노린다는 것 하나뿐이었다.

그녀의 독기 서린 눈빛을 보고 현석은 더 이상의 말을 하지 않았다. 백까치 사건만 터지면 눈이 돌아가는 신우를 그동안 쭉 보아왔기 때문이었다.

신우는 잠시 멍하게 서서 생각에 잠겼다. 이번은 그냥 물러설수 없었다. 엄마가 돌아가신 그날 이후 그녀의 인생은 오직 백까치를 잡아 죽이는 것이었다.

"똑같이 고통 속에서 죽어가게 할 거야."

그녀는 이렇게 혼잣말을 하며 주먹을 불끈 쥐었다.

1. 다시 날아온 백까치

혜성호텔의 스위트룸은 특이하게도 전통적인 한옥 방식이었다. 그중에서도 가장 눈에 띄는 것은 벽면을 장식하고 있는 전통 문이었다. 마치 커다란 궁궐의 방처럼 거의 사방이 창호지문이었다. 문살에는 용문양이 새겨져 있어서 고급스러움을 더했다. 눈에 보이는 모든 것이 왕의 방 같은 느낌이 들 정도로 아주 고급스러웠다.

비단 스위트룸 안에는 가구들만이 고급스러움을 뽐내고 있는 게 아니었다. 스위트룸의 벽에 기대어 이 모든 걸 바라보고 있는 남자에 비하면 아무것도 아니었다.

190cm가 넘는 장신에 운동으로 다져진 강인한 몸은 긴 팔의 와

이셔츠로도 감추어지질 않았다. 그가 움직이는 대로 그의 옷 안의 근육들이 라인을 만들며 그의 몸을 완벽하게 만들고 있었다.

거기에 배우였던 어머니로부터 물려받은 조각 같은 이목구비는 보는 이로 하여금 감탄을 자아내고 있었다. 특히 그의 깊은 눈빛은 잘생긴 얼굴에 분위기까지 더해주었다.

여자들은 짙은 검은 눈동자에 자신의 모습을 가득 채우고 싶어 안달했지만 아직 그의 눈 안에 온전히 들어간 여자는 없었다. 모두가 하룻밤의 스치는 인연들일 뿐이었다. 그는 여자에게 신경을 쓸 시간적인 여유가 없었다.

그는 언제나 하룻밤일 뿐이라고 말했지만 여자들은 불같은 밤을 보낸 후엔 그를 놓지 못했다. 그래서 몇 년 전부터는 여자들을 가까이하지 않았다. 회사 일로도 너무나 바빴기에 그의 에너지를 여자에게까지 나눠 줄 수가 없었다. 이제 그의 모습은 여인들에게는 그저 그림의 떡일 뿐이었다.

남자의 얼굴은 근심이 가득했다. 혜성그룹의 회장 취임식이 일주일 앞으로 다가왔다. 어젯밤에 그가 서울에서 지내기로 했던 집에 괴한이 들어와 경호원을 죽이는 일이 벌어졌기 때문이었다.

미국에서 돌아온 지 하루 만에 이렇게 아주 요란한 환영인사를 받은 것이었다. 언제나 협박을 받아온 그이기 때문에 다른 때는 신경을 별로 쓰지 않았지만, 이번 첩보는 조금 달랐기에 그는 경호원을 자신으로 위장시켜 자신의 거처에서 지내게 했는데 그날 바로 그는 살해당했다.

그것도 칼로 난도질을 당해서 말이다.

그가 이토록 호텔 방 안에서 침대에 눕지 못하고 있는 이유는 두려움이 아닌 짜증이 났기 때문이었다.

그는 혜성그룹의 차기 회장이기도 했지만 서자였다. 원칙적으로 적통인 그의 3살 위의 누나가 사업을 물려받아야 했지만 아버지는 누나보다 그를 더 신임했다.

어릴 때부터 자신이 최고인 줄 아는 그의 누나는 그가 태어나고 사람들이 아들인 그를 혜성그룹의 후계자라고 말할 때부터 경계를 하더니 어느 정도 자라서 사람들을 부리기 시작하고부터는 그를 납치하고 유괴해서 어른들을 놀라게 할 때가 한두 번이 아니었다. 어릴 적 그는 누나가 언젠가는 자신을 죽일 것 같았다.

급기야 누나를 피해 어머니가 그를 미국으로 보냈다. 그때는 그를 떠나보내는 어머니가 야속했는데 지금 생각하니 아들을 보호하기 위한 어머니의 마지막 몸부림이었다. 하지만 납치나 폭행은 미국에서도 계속되었다.

그래도 그때마다 악착같이 살아남은 그를 아버지는 더 좋게 보셨고, 급기야 뉴욕지사의 사장인 그를 파격적으로 자신의 후계자로 삼은 것이었다. 하지만 이번에도 그걸 곱게 두고 볼 누나가 아니었다.

그런 이유로 아무래도 이 모든 일들에 그의 누나가 개입되어 있는 것 같았다.

"쌀 한 톨이라도 누나의 것은 없을 거야."

그는 신경질적으로 자신의 와이셔츠 단추를 풀고는 뱀이 허물을 벗듯이 하나씩 옷을 벗으며 욕실로 향했다. 그가 옷을 벗을 때마다 구릿빛 피부의 멋진 근육들이 드러났다. 운동을 즐기던 그였기에 지금의 탄탄한 몸을 가질 수 있었다. 마지막 속옷까지 벗자 그의 몸은 완벽한 조각상 같았다.

샤워기의 물을 틀고 쏟아지는 물줄기를 맞으며 그는 어린 시절을 되새겼다. 어릴 때부터 첩이라는 이유로 굴욕적인 삶을 산 어머니와 첩의 자식이란 이유로 생명의 위협까지 느끼며 살아야 했던 자신의 삶을 말이다.

이 생각만 하면 그의 두 주먹에 힘이 들어갔다. 어린 누나에게 따귀를 맞던 어머니의 얼굴이 떠올랐기 때문이다. 머리에 피도 안 마른 여자아이가 명절에 그들이 본가로 가자 어디 첩이 집에 들어오냐며 어머니의 뺨을 때렸다.

그런 누나에게 그가 달려들자 어머니는 그를 잡고는 하염없이 눈물만 흘리셨다. 어머니는 그 일이 있은 이후로는 본가에 출입하지 않으셨다.

지금 그가 회장이 되었지만 그에게는 넘어야 할 산이 많았다. 언제 빼앗길지 모르는 자리였다. 사람 하나 죽어간 게 두려운 게 아니라 그가 숨 쉬고 있는 한 누나의 공격은 계속될 것이기 때문에 그게 그를 화가 나게 만들었다.

"홍미란!"

퍽!

그가 주먹으로 샤워실의 벽을 쳤다. 분하고 화가 났지만 지금은 나설 때가 아니라 기다릴 때였다. 벽을 쳤던 주먹에서 피가 흐르고 있었다. 하지만 지금 손에서 느껴지는 고통 따위는 아무것도 아니었다.

샤워를 마치고 가운을 걸치고 나온 그가 물기를 털지도 않고 창가에 서서 서울의 도심을 바라보았다. 10살 이후에 그는 미국에서 공부를 했고 어머니는 서울에서 아버지를 모시며 사셨다. 방학 때 그를 보기 위해 오실 때를 제외하고는 그는 거의 다른 사람의 손에 의해 길러졌다.

25년 만에 돌아왔다. 오랜만에 보는 서울의 모습은 상당히 달라져 있었다. 지금의 그가 달라진 것처럼 말이다. 그는 수화기를 들어 어디론가 전화를 걸었다.

"오 집사님, 준비는 다 되셨습니까?"

[네, 내일이면 출발 가능합니다. 그나저나 괜찮으십니까?]

어릴 때부터 그의 곁에서 아버지와 어머니의 역할을 대신한 오 집사였다.

"네, 전 괜찮지만 경호원이 죽었습니다."

[압니다. 그 소리를 듣고 어찌나 놀랐는지…….]

오 집사의 목소리가 떨리고 있었다.

"걱정하지 마세요."

[제가 빨리 그쪽으로 가겠습니다. 안심이 안 돼서요.]

말에 오 집사의 진심이 묻어났다. 전화를 끊은 그는 어디론가 다시 전화를 걸었다.

"우 실장."

[네, 회장님.]

그의 심복 중의 심복이자 브레인인 우동민 비서실장이었다.

"조사는 잘 이루어지고 있나?"

[네, 경호원이 죽기 전에 경찰에게 단서를 남겼다고 합니다.]

"무슨 단서?"

[백까치가 그려진 남자가 자신을 공격했고 혜성그룹의 회장을 노린다는 말을 했다고 합니다.]

"백까치가 그려져?"

[네, 손등에 백까치 문신이 그려져 있었다고 합니다. 그런데 그 백까치가 국내에서는 꽤 악명이 높은 청부살인업자라고 합니다.

손등에 까치 문양이 새겨진 걸 제외하면 알려진 게 전무하다고 합니다.]

"백까치라……."

하고많은 문신 중에 까치라니, 까치는 한국에서 좋은 일이 일어난다는 길조였다. 그런데 암살자가 까치를 문신으로 새기고 있다는 게 조금은 이해가 가지 않았다.

"그럼 손등에 문신이 새겨진 놈만 조심하면 되는 건가?"

어이가 없었다. 사람 손을 일일이 볼 수도 없고 단서 하나 없는 신출귀몰한 녀석을 상대해야 했다.

[그게 너무 잔인한 수법으로 사람들을 죽여서 당분간은 경호를 철저히 해야 할 것 같습니다. 그래서 내일부터 경호 인력을 3배 더 늘리기로 했습니다.]

"잔인한 수법이라……."

[네, 칼만 사용하는데, 이번 경호원처럼 수십 군데를 찌른다고…….]

우 실장이 말을 흐렸다.

"잔인한 놈이군."

[그래서 더 경호에 신경을…….]

"너무 그러지 마. 그냥 하던 대로 하게. 총을 쏘는 것도 아니고 내 몸 하나쯤은 나도 지킬 수 있어."

[회장님…….]

"알았으니까 끊어. 내일 보자고."

그는 핸드폰을 끄고 침대에 그대로 누웠다.

"칼이라……."

어머니가 이 소식을 들으시면 기절하실 일이었다. 하지만 어머니의 귀에 안 들어갈 리가 없었다. 그가 보안을 한다고 해도 누나가 어머니에게 이 소식을 틀림없이 전할 테니 말이다. 생각할수록 이가 갈리는 여자였다.

눈을 감았지만 그는 쉽게 잠을 이루지 못했다. 어릴 적 그가 어머니와 누나 때문에 느껴야 했던 수많은 모욕들이 이런 일이 생길 때면 되살아나곤 했기에 오늘 밤도 쉽게 잠들지 못할 것 같았다.

천장을 쳐다보니 답답했던 그 시절이 더 생생하게 떠올랐다. 초등학교에 입학하던 날 그는 아버지 없이 어머니와 단둘이었다. 혜성그룹의 사학재단인 혜성재단이 운영하는 혜성초등학교에 입학한 그는 많은 사람들의 시선을 받으며 입학했다. 물론 혜성의 숨겨진 아들이라는 공공연한 비밀 때문에.

어머니는 숨겨진 여자라고 해도 그는 홍 회장의 호적에 이름을 올린 당당한 아들이었고 원하든 원하지 않든 그는 혜성그룹의 하나뿐인 아들이었다.

그냥 그렇게 넘어갔으면 좋으련만 유난스런 교장은 그와 어머니를 교장실로 불러 차 대접까지 했었다. 차를 마시고 기분 좋게 나오는 길에 입학식의 축가를 부르러 나온 합창단의 홍미란과 복도에서 마주쳤다. 이를 본 홍미란이 가만있을 리가 없었다.

"교장선생님, 쟨 첩의 아들이지 제 동생이 아니에요!"

입학식이라서 사람들이 복도에 가득했었다. 어머니는 어쩔 줄 몰라 하셨고 그건 교장선생님도 마찬가지였다.

"미란아."

교장선생님이 홍미란의 이름을 부르며 자제시키려 했지만 홍미란은 거기서 멈추지 않았다.

"얘가 우리 학교에 오면 전 다른 데로 전학 갈 거니까 그런 줄 아세요!"

"뭐? 미란아!"

"엄마에게 당장 말할 거예요. 아셨어요?"

교장선생님이 땀을 뻘뻘 흘렸다.

"아줌마, 여기가 어디라고 올 생각을 다 해요? 뻔뻔하게?"

"······."

어머니는 얼굴이 하얗게 질려 있었다. 어린 나이였지만 태훈도 사람들의 수군거리는 모습이 그리 기분 좋지 않았다.

초등학교 4학년짜리의 입에서 나온 소리라곤 믿어지지 않는 소리가 연이어 나왔다.

"불결해."

홍미란이 그의 옆을 친구들과 지나가면서 말했다. 불결하다는 뜻도 제대로 모르던 시절에 들은 말이었지만 어린 태훈은 그 뜻이 아주 안 좋은 것임을 알 것 같았다.

"왜 그래? 누군데?"

홍미란의 친구가 옆에서 물었다.

"있어. 쓰레기."

어머니와 그는 학교를 나오는 내내 사람들의 수군거림을 들어야 했고 그는 결국 혜성초등학교를 다니지 못했다. 훗날 생각해보니 오히려 그건 잘된 일이었다. 그나마 미국으로 가기 전 3학년까지의 기억은 그의 어린 시절에서 그리 나쁘지 않은 추억들이었으니까 말이다.

홍미란이 그와 그의 어머니를 무시하는 이유는 간단했다. 홍미란의 어머니인 유 여사 때문이었다. 그의 기억에 어머니란 존재를 알게 된 이후부터 유 여사가 어머니에게 한 행동들을 그의 딸이 그대로 하고 있는 것이었다.

유약한 어머니는 유 여사의 모진 말들과 폭력에 시달리면서도 아들인 그를 지키기 위해 악착같이 참았다. 아버지도 젊은 시절엔 상당한 바람둥이라서 여자 문제로 여러 번 어머니의 가슴에 대못을 꽂았지만, 그 모든 걸 참은 이유는 아들을 혜성그룹의 후계자로 만들기 위함이었다.

지금 그는 그 어느 때보다도 노력을 해야 할 때였다. 왜냐면 늙은 여우인 유 여사와 젊은 여우인 홍미란이 그의 자리를 빼앗기 위해 마지막 몸부림을 치고 있기 때문이었다.

이런저런 생각을 하다 보니 그는 거의 뜬눈으로 밤을 지새우고 있었다. 태훈은 서랍 안의 수면 유도제를 꺼내 먹었다. 이럴 땐 어쩔 수 없이 약의 도움을 받아야만 했다. 그의 눈이 서서히 무게를 견디지 못하고 내려갔다.

선본 차림 그대로 신우는 경찰서 복도를 달리고 있었다. 오늘은 아주 달리는 날로 지정이 된 것 같았다. 아까 화장실에서 찢어진 부분을 어느 정도 꿰매고 나서 뛰니 그나마 다행이었다.

더운 여름의 달리기는 정말 못 할 노릇이었지만 어쩔 수가 없었다.

다다다다.

신우는 오늘따라 자신의 다리가 급한 마음을 따라주지 못함을 한스러워하고 있었다. 퇴근 시간이 훨씬 지났지만 서장이 아직 퇴근하지 않았다는 소식에 그녀는 4층 서장실로 숨도 쉬지 않고 뛰어갔다.

벌컥!

"헉헉, 서장님!"

옷을 갈아입다가 말고 서장이 놀란 눈으로 신우를 쳐다보았다. 팬티 바람에 바지에 겨우 다리 한쪽을 끼고서 말이다.

"저에게 이번 사건을 맡겨주십시오."

"밖에 아무도 없어?"

서장이 고래고래 소리를 질렀다. 대머리에 핏대가 그대로 드러났다. 아주 열이 받았다는 표시였다. 보통 체격에 깔끔하게 생긴 서장의 가장 큰 약점은 대머리였다. 그래서 서 안에서도 사람을 만날 때면 항상 경찰모를 쓰고 있는데 그걸 벗은 모습을 보이는 걸 세상 싫어했다.

다른 때는 웬만해선 화를 내는 일이 없는 한없이 좋은 사람인데 대머리가 드러나는 순간 아주 포악해졌다. 그만큼 그의 대머리는 핸디캡이었다.

"백까치 사건 저에게 맡겨주십시오."

이럴 땐 그냥 들이대는 게 상책이었다.

"서 형사!"

"저는 꼭 이번 사건을 맡고 싶습니다."

"경찰이 무슨 복수하는 곳인 줄 알아?"

그녀의 사연을 누구보다 잘 아는 서장이었다. 차우철 서장은 엄마와 동기였다. 엄마가 죽은 당시에 가장 마음 아파하셨던 분이기도 했다. 그래서인지 신우를 딸 이상으로 생각하시는 분이었다.

"서 형사, 나가지."

서장의 소리를 듣고 온 옆의 사무실의 경무계 형사 2명이 그녀의 팔을 양쪽에서 잡았다.

"이거 놓으십시오."

"서 형사."

그녀의 발이 땅 위로 들려 올려져 허공에서 헛발질을 하고 있었다.

"전 누가 뭐라고 해도 이 사건 맡을 겁니다."

"누구 맘대로. 시집가라고 선까지 주선했는데 뭐가 어쩌고 저째?"

서장도 화가 단단히 난 목소리로 말했다.

"서장님!"

서장실을 나오면서도 그녀는 서장을 목이 터져라 불렀다.

"도대체 왜 그래? 백까치가 왜?"

강력계가 아닌 경무팀의 형사들이라 백까치가 등장했다는 소리를 못 들은 것 같았다. 그래서 신우가 서장실에 쳐들어가서 난리를 피우는 걸 이상하게 여기고 있었다.

"아닙니다. 아무것도 아니에요."

어느새 현석이 그녀에게 다가와서 다른 경찰들을 돌려보냈다.

"백까치 일은 어림도 없으니까 그만해!"

서장이 경찰서를 나가면서 현석이 잡고 있는 신우에게 한마디 했다.

"할 겁니다."

"누구 맘대로!"

"제……."

현석이 신우의 입을 손으로 막았다.

"죄송합니다. 제가 알아서 하겠습니다."

"으으읍."

서장이 갈 때까지 현석이 기를 쓰고 신우를 잡고 있었다.

"술 한잔하자."

현석이 입에서 손을 떼자 신우가 말했다. 이런 날엔 술이 최고였다.

"어? 술은 좀……."

"내가 쏠게."

그녀의 말에 현석의 안색이 좋지 않았다. 이런 날 신우와 술을 마신다는 건 다음 날 숙취에 깨어나지 못하거나 결근을 한다는 의미였다.

"워, 워."

하지만 현석은 결국 포장마차에서 신우의 앞에 앉아 있었다.

"말해봐."

"뭘?"

"혜성그룹 회장에 대해서."

앞의 소주잔에 소주를 따르며 신우가 현석에게 물었다.

"그건 네가 더 잘 알지 않아?"

"……."

"아버지가 혜성그룹 본가에 계신다며?"

"응."

"언제부터?"

"오래됐어. 내가 12살에 혜성그룹의 본가에서 일을 하시던 작은아버지의 소개로 들어가게 됐다고 들었어. 사실 아버지가 경찰이셔서 할 줄 아는 일이 없으셨던 모양이야. 어머니가 경호원을 하시다 돌아가시고 나니까 남을 지키는 일에 회의를 느끼신 것 같아."

"하긴 서 형사 어머니의 일이야 워낙 유명한 사건이니까."

경호원을 하시기 전엔 아주 유능한 경찰이었던 어머니였다. 그래서 경찰들 사이에서 안타까움이 컸다고 했다.

신우의 아버지도 경찰이었다. 하지만 어머니의 충격적인 죽음 이후에 그녀를 데리고 1년간을 술로 방황하다가 지금의 혜성그룹 본가로 들어가 정원 관리와 잔일을 하셨다. 혜성 본가는 큰부인의 집이었고 그래서 그 집에서 어린 시절을 보낸 그녀는 혜성그룹의 명예회장과 본처 식구들밖에 몰랐다.

아랫사람들을 벌레보다 못하게 보는 큰부인과 딸은 어린 시절 신우의 눈에는 아주 높은 곳의 사람들이었다.

"혜성그룹의 본가 사람들만 알아. 두 번째 부인과 아들에 대해서는 전혀 몰라. 우리는 얘기만 들었지 볼 일이 없었지. 본부인이 두 번째 부인을 자신의 집에 들이겠어?"

"하긴, 계집질은 부처도 돌아앉는다는데 성질도 고약한 큰부인이 본가에 들이지 않았겠지."

"그러니까 아는 대로 말해."

"홍태훈, 나이는 35살이고 예일대학을 졸업한 천재이고 몸매와 얼굴도 아주 명품이지. 10살에 미국으로 가서 살았고 이번에 명예회장의 전폭적인 지지를 받아 회장이 되었어. 미국의 혜성그룹 지사를 잘 운영했다고 하더라고. 그래서 명예회장이나 대주주들이 회장이 된 홍태훈을 아낌없이 지지한다고 해."

"그럼, 홍미란 사장은?"

"한마디로 낙동강 오리알이 된 거지."

홍미란은 그녀가 보기에도 대단한 성격의 소유자였다. 어릴 때부터 클 때까지 혜성그룹 본가 별채에서 지냈지만 홍미란의 못된 성격 때문에 집을 나가는 메이드들을 많이 보았었다. 홍미란뿐 아니라 어머니인 유 여사도 만만치 않은 여자였다.

"홍미란이 성질은 더러워도 아주 비상하다는 소리는 들었었는데."

"그러면 뭘 해. 업무 능력은 높을지 몰라도 아버지의 마음엔 홍태훈 회장이 더 일을 잘한다는 생각이 들었나 보지."

그런데 첩의 자식에게 적자인 홍미란이 자리를 빼앗겼으니 지금 집안은 거의 쑥대밭이 되어 있을 게 뻔했다. 아무래도 아빠에게 가봐야 할 것 같았다.

"아니, 왜 그렇게 홍 회장의 개인사에 관심이 많아?"

현석이 소주잔을 입안으로 털어 넣으며 물었다.

"홍 회장이 타깃이라고 하니까. 지켜야지."

"뭘?"

"백까치로부터 홍 회장을 지킨다는 말이야."

"서장이 허락 안 할 거야. 그럼 완전히 복수라고 생각할 테니까. 그리고 서장이 서 형사를 워낙 아끼니까."

신우가 소주를 글라스 잔에 따라 벌컥벌컥 마시고 있었다. 혜화서에서 술로 서 형사를 이길 남자는 없었다.

"아참, 오늘 선은 어땠어? 의사라고 하던데……"

"서장님이랑 똑같아."

풋!

현석이 입에 있는 술을 뿜어냈다.

"비었어?"

서장님의 탈모는 아주 심했다.

"응, 더 심해."

"진짜? 그래도 의산데……."

"박 형사 가져."

"남자라서 쫌……."

"그래도 가릴 건 가리네."

현석은 신우에게 둘도 없는 친구였다. 물론 남자긴 했지만 몇 번이나 목숨을 서로 구해주다 보니 깊은 정이 들었다. 마치 전우 애처럼 말이다.

"백까치 내가 수사하게 도와주라."

사건 발생지가 관내라서 강력팀이 이 사건을 맡는 건 확실했다.

"2팀이 맡을지 우리 1팀이 맡을지 모른다고."

"우리 팀이 맡을 거야. 아니면 나 2팀으로 가서라도 맡을 거 야."

"그렇게 감정만 앞세운다고 되는 일이 아니야. 모두 14명의 사 람이 죽은 희대의 사건이라고. 더 죽었을지도 모르고. 그러니 우 리 선에선 조사만 하고 검찰에서 다시 수사할지도 몰라. 너무 그 렇게 매달리지 마."

"아니, 무슨 일이 있어도 반드시 내 손으로 잡을 거야. 그리고 그 목소리는 나만 알고 그 문신도 현재로선 나만 봤어. 아직도 아주 선명하게 기억해."

"서 형사."

"도와줄 거야? 말 거야?"

"알았어. 하지만 내가 무슨 재주로 도와주나?"

"옆에서 거들기만 하면 돼."

신우는 이렇게 말을 하며 의미심장한 미소를 지었다. 반드시 백까치는 그녀의 손으로 잡을 것이다.

"남자가 술이 이렇게 약해서 어디다 쓰냐?"

신우는 현석을 택시에 태워 보내며 혀를 찼다. 항상 그녀와 술을 마신 날의 현석은 마무리가 이랬다. 현석을 보내고 난 신우는 택시를 타고 집으로 향했다. 그녀의 집은 성북동 부자들이 사는 곳이 한눈에 내려다보이는 오래된 아파트였다.

신우는 곧바로 집으로 들어가지 않고 아파트 놀이터에 있는 그네에 앉아 아무도 없는 쓸쓸한 아파트를 바라보고 있었다. 엄마와 아빠가 이 집을 마련하고 얼마나 좋아하셨는지 지금도 그녀의 기억에 선명하게 자리 잡고 있었다.

엄마는 이 집의 대출금을 갚기 위해 경찰을 그만두고 월급이 더 많은 사설 경호원이 되어 일을 하셨고 아버지는 경찰로 승승장구를 했었다. 하지만 그 행복하던 시절은 엄마의 갑작스런 죽음으로 일단락이 되었다.

신우는 한동안 엄마가 밀어주었던 그네를 타며 눈물을 흘렸다.

"후, 엄마!"

입 밖으로 말하기만 해도 눈물이 나는 엄마라는 말이었다. 하지만 그녀는 다른 사람들보다 엄마를 가슴속 깊이 새겨 넣었다. 그녀의 눈앞에서 죽음을 맞이하던 엄마의 모습은 결코 잊을 수가 없었다.

"백까치!"

복수 때문에 그녀는 경찰이 되었고 그녀의 손으로 잡아 반드시 엄마와 똑같이 칼로 수십 번 찔러서 죽일 것이다. 그게 신우의 단 하나의 소원이었다. 매일 밤마다 그녀를 괴롭히는 반복된 꿈에서 그녀는 탈출하고야 말 것이다.

힘이 없어서 엄마를 지키지 못하고 숨어서 그 죽음을 볼 수밖에 없었던 10살 신우가 아니었다.

흔들흔들.

놀이터의 그네 위에서 신우는 그렇게 한참을 울었다.

쫘아악!

혜성호텔의 고급스러운 커튼이 양옆으로 힘차게 밀려났다. 따가운 아침 햇살이 침대 위의 태훈을 찌르고 있었다.

"뭐야!"

"우 실장입니다. 오늘 일정은 경호원의 사인을 두고 혜화경찰서에서 출두 요청이 있어서 9시에 혜화서를 먼저 방문하셔서……."

아침에 눈을 뜨자마자 우 실장이 찾아와서 하루 일정을 브리핑하고 있었다. 다른 때 같으면 건성으로 들어도 거의 암기가 자동적으로 되었는데 오늘 아침 태훈의 컨디션이 좋지 않은지 귀에 아무것도 들어오지 않았다.

"회장님?"

"왜?"

"빨리 준비를 하셔야 혜화경찰서에 9시까지 가실 수 있을 것 같습니다."

잠시 다른 곳에 정신이 팔려 있었다. 태훈은 아무렇지 않게 가운을 벗고는 속옷부터 하나씩 입기 시작했다. 우 실장은 태훈의 그런 모습에 너무나 익숙해서인지 태훈이 마실 모닝커피를 준비하고 있었다.

미국에서 가져온 옷들은 거의 살인사건이 일어났던 그의 집에 있었고 지금은 간단히 입을 옷만 가지고 나온 상태였다. 그는 어제 입었던 슈트를 입으려다가 엘리베이터에서 만난 기막힌 몸매의 여자가 생각났다.

찢어진 스커트 사이로 드러난 다리는 그가 여태까지 본 여자들의 다리와는 비교도 되지 않을 정도의 각선미를 자랑했다. 여자의 다리선이 아름다워 보인 건 운동으로 단련된 잔 근육들의 효과였다.

건강한 섹시미를 가진 아주 인상적인 여자였다.

"우 실장."

"네."

"카운터에 내 옷이 있는지 확인해 줘."

그는 이렇게 말을 하고는 오늘은 짙은 네이비색의 슈트를 입었다. 완벽하게 준비를 끝내고 자신의 리무진에 우 실장과 함께 오른 그는 많이 변한 서울의 모습을 감상했다.

윙―

"회장님, 홍 사장님이십니다."

"다음에."

"오늘 아침에만 벌써 세 번째 거시는 겁니다."

태훈은 한숨을 쉬며 전화를 받았다.

"여보세요?"

[회장님이 됐다고 너무 날 무시하는 거 아냐?]

"아니."

[그러면 왜 그렇게 전화를 안 받아?]

"아시다시피 내가 전화를 받을 기분이 아니어서."

[왜?]

"날 죽이려고 안달인 사람하고 전화통화를 하고 싶겠어?"

[그렇게 심한 말을 편하게 하네. 역시 사람은 근본이 좋아야 해. 본처의 가슴에 못을 박는 첩의 자식이라서 그런지 말도 막해?]

"내가 지금 홍 사장하고 말씨름이나 하고 있을 기분이 아닙니다."

그가 정말 화가 났을 때 존댓말을 했다. 그리고 그는 누나에게 한 번도 누나라는 호칭을 쓰지 않았다. 남들에게 홍 사장을 지칭할 때나 누나라는 표현을 썼지 다른 때는 결코 어림도 없는 말이었다.

"이런 게 전화를 세 번이나 걸 일입니까?"

[워워, 아니지. 아버지가 점심식사를 같이 하자고 하시네. 그것도 본가에서.]

"알겠습니다."

그는 핸드폰을 신경질적으로 끊었다.

"점심약속 취소하고 점심은 본가에서 먹는다."

"네, 회장님."

속이 부글부글 끓고 있었다. 천성이 못된 여자였다. 그런 인간이 그의 핏줄이라는 게 아주 짜증이 났다.

그러는 사이에 그들은 혜화경찰서 앞에 도착했다. 그리고 생전 처음으로 조사를 받기 위해 강력 2팀으로 갔다.

생각보다 규모가 작아서 한눈에 부서가 어디에 있는지 보였다. 1층은 경제팀이 2층은 강력팀이 위치했다.

다다다다다.

뭔가가 아주 급하게 그를 향해 돌진을 하고 있었다.

"잠깐만요. 서장님!"

퍽!

진짜로 순간적으로 일어난 일이었다. 계단을 올라 2층에 도착하자마자 돌덩이가 그를 향해 돌진을 했다. 순간적으로 그의 가슴을 강하게 치자 숨을 쉴 수가 없었다. 그가 가슴을 쥔 채로 여자를 보았다. 그가 잘못 보지 않았다면 지금 그의 눈앞의 여자는 엘리베이터의 그녀였다.

"죄송합니다. 죄송합니다."

두 번의 사과만을 남긴 채 여자는 어디론가 달려가 버렸다. 그녀는 그를 미처 보지 못한 것 같았다.

"괜찮으십니까?"

그의 뒤에 있던 우 실장이 그를 부축했다. 그는 그녀가 사라진 복도를 멍하게 보았다.

"가서 잡아올까요?"

"아니."

그는 가슴을 만지며 강력 2팀의 사무실로 들어갔다. 그가 들어서자 사무실 안의 모든 시선이 그에게로 쏠렸다. 우리나라 제일의 기업인 혜성의 신임총수를 직접 보게 된 사람들의 당연한 반응 같은 것이었다.

마치 연예인을 보는 듯한 시선이 그리 기분이 좋지는 않았지만 일일이 신경을 쓰고 싶진 않았다.

"회장님, 오셨습니까?"

그중에 가장 나이가 많아 보이는 남자가 인사를 했다.

"이쪽으로 오시죠."

남자는 그를 작은 방으로 안내했다. 책상과 의자만 있는 방이었다.

"앉으십시오."

그와 우 실장이 앉자 다른 형사 하나가 더 들어왔다.

"이번 사건을 맡게 된 강력 2팀장 조두식 팀장입니다."

조 팀장이 그에게 명함을 건넸다.

"이번 사건이 백까치라는 연쇄 살인마의 일이라서 회장님께 결례를 무릅쓰고 이렇게 오시라고 했습니다. 죄송합니다."

남자는 허리를 조아리며 아주 미안해했다. 하지만 그 모습이 태훈은 더 마음에 들지 않았다.

"제가 뭘 답하면 되죠?"

"그러니까 그날 왜 집에 회장님이 아닌 경호원이 있었는지부터 말씀해 주시면 됩니다."

"절 살해하겠다는 첩보가 있어 조심하자는 차원에서 숙소를 두 군데로 잡았죠. 하나는 공식적으로 제가 묵는다고 흘렸고 또 다른 하나는 은밀하게 보안을 유지했죠. 결과는 아시다시피 경호원이 살해됐고요."

"얼마나 놀라셨습니까?"

팀장이라는 사람의 아부가 하늘을 찌르고 있었다. 태훈은 이 자리에 있는 시간이 아까웠다.

벌컥!

그때 문이 급하게 열리더니 낯이 익은 얼굴의 여자가 들어왔다.

"팀장님, 제가 조사할 수 있도록 도와주세요!"

여자의 목소리는 아주 컸다. 가만히 앉아 있던 태훈은 그녀의 목소리에 깜짝 놀랐다.

"안 돼!"

"왜요? 제가 그놈의 목소리를 들어서 안다고요. 다른 증거도 거의 없잖아요?"

"서 형사 끌고 나가!"

그때 남자 둘이 나타나더니 여자를 번쩍 들고는 방에서 나갔다.

"팀장님!"

여자의 목소리가 점점 작아졌다.

"용서하십시오. 우리 팀이 아니라 강력 1팀 소속인데 자꾸 이 사건을 맡겠다고 저 난립니다. 강력 1팀의 완전 돌아이니 신경 쓰지 마십시오."

팀장은 그의 비위를 건드릴까 봐 아주 노심초사를 하고 있었다.

"저분에게 왜 그러는지 이유를 들어봐도 되겠습니까?"

"그 이유는 제가 압니다."

조 팀장의 곁에 있던 형사가 입을 열었다.

"서 형사가 10살 땐가 어머니가 백까치에게 살해를 당했는데 그걸 서 형사가 본 모양입니다. 그래서 백까치에 관한 사건이면 저렇습니다."

"유 형사, 일이나 해!"

조 팀장이 뭐라고 하자 그가 얼른 노트북으로 시선을 돌렸다.

"죄송합니다."

"아닙니다. 저는 아까 그분이 이 사건을 맡는 게 좋을 것 같다는 생각이 드는군요."

"하지만……."

태훈은 더 이상의 말을 하지 않았다. 이 사람과 말을 하는 것보다 제일 높은 사람과 이야기를 하는 편이 훨씬 나을 것이란 판단 때문이었다. 처음 만날 때부터 신경이 쓰이더니 손이 참 많이 가는 여자였다.

"이거 놔요!"

"말썽 좀 그만 부려. 아님 강력 1팀에서 부리던가?"

그녀의 팔을 놓으며 2팀의 주 형사가 투덜거렸다.

"제 일이니 제가 알아서 합니다."

그렇다고 질 신우가 아니었다. 그런데 신우는 취조실의 남자들 중에 한 명의 얼굴이 낯이 익음을 뒤늦게 깨달았다. 하나는 혜성 그룹의 회장이고 나머지 하나는 분명히 변호사일 것이다.

"어디서 봤지?"

하는 순간, 그녀는 어제 호텔에서 자신에게 재킷을 걸쳐준 남자임을 알았다.

"변호사였어?"

순간 그에게 부탁을 해야겠다는 생각이 든 그녀는 자신의 책상 의자에 걸쳐져 있는 그의 재킷을 가지고 강력 2팀으로 갔지만 동료들에 의해 저지되는 바람에 출구에서 그를 기다렸다.

30분쯤 시간이 흐르자 눈에 확 띄는 남자 둘이 그녀의 앞에 나타났다.

"저기, 어제는 감사했습니다."

그녀는 이렇게 말하며 그의 재킷을 건넸다.

"어제 선은 잘 봤나?"

"그런 것 같지는 않습니다."

"안됐군."

그가 그녀를 지나치려 했다.

"이번 일은 정말 마음이 아픕니다."

"그런가?"

남자는 계속해서 자신의 차로 걸어갔다. 그때였다. 도움이 일도 안 되는 기자들이 구름 떼처럼 나타나 남자들을 감쌌다. 그녀는 기자들의 힘에 밀려 남자와는 끝까지 이야기도 하지 못했다.

"후, 재벌이 대단하기는 한가 보네."

하지만 이대로 포기할 신우가 아니었다. 다시 그녀는 서장실로 올라갔다. 모두가 혀를 내두를 상황이었다. 하지만 서장은 자리에 있지 않았다.

사무실로 내려온 신우는 옆에서 아직도 숙취로 고생하고 있는 현석에게 숙취해소 음료를 따주었다.

"마셔."

"싫어."

"왜? 투정이야?"

"다시는 서 형사랑 술 안 마셔."

신우가 현석의 손에 음료 병을 쥐어주었다.

"어디서 앙탈이야. 오늘은 나도 힘드니까 이쯤 해."

현석은 언제나 이렇게 신우의 희생양이었다.

"서 형사! 이리 좀 와봐."

"네."

"어제 서장실에서 무슨 일이 있었던 거야?"

1팀장의 얼굴이 좋지 않았다. 안 그래도 스포츠머리에 우락부락한 인상이라 다들 조폭 같다고 하는 팀장이 인상까지 쓰니 더 조폭 같아 보였다.

"그게……."

"그게고 뭐고 당장 올라가 봐."

"어디로요?"

"어디긴 서장실이지."

팀장의 말에 신우는 서장실로 갔다. 자주 있는 일이라서 이제는 부르는 사람도 가는 사람도 별로 신경 쓰는 단계가 아니었다.

"서장님."

"……."

그녀가 서장실로 들어갔지만 서장은 고개도 들지 않고 손가락으로 앉으라는 신호만 보냈다.

올해 나이 59세인 서장은 내년이면 정년이었다. 그래서인지 뭐든지 루즈하게 진행을 했다. 하긴 정년 전에 큰일이 없어야 연금과 퇴직금이 보장되니 몸을 사릴 수밖에 없을 것이다.

"서장님, 너무하십니다. 일을 안 하겠다는 것도 아니고 일을 열심히 하겠다는 것도 문젭니까?"

"응."

한마디로 그녀의 말을 잘라 버린 서장이었다. 신우는 여전히 서류에서 눈을 떼지 않고 있는 서장을 째려보았다.

"눈알 제 위치."

정수리에도 눈이 달려 있는지 서장이 그녀를 향해 낮게 경고했다. 얼른 눈을 돌린 신우는 입을 삐쭉 내밀었다. 서장과는 5년째 일을 하고 있었다. 예전 엄마와의 인연 때문인지 그녀를 마치 딸처럼 챙겨주는 사람이 차 서장이었다.

차 서장은 특전사 출신으로 특공무술뿐 아니라 우리나라에서 알려진 모든 무술을 섭렵한 사람이었다. 들리는 얘기로는 군대 시절에는 북파공작원이었다는 소문이 있을 정도로 그의 무술 실력은 경찰들 사이에서도 최고였다.

다만 아직까지 경찰서의 서장인 건 너무 쓸데없는 정의감에 윗사람들과의 마찰이 끊임없었기 때문이었다.

"내 꼴 나고 싶어?"

이렇게 말하며 차 서장이 그녀가 앉아 있는 소파로 걸어왔다. 59세의 나이가 믿어지지 않을 만큼 단단한 체구의 서장이었다. 다만 아쉬운 게 있다면 대머리라는 것 하나였다.

"전 승진에 관심 없습니다."

"그래?"

"네, 그러니……."

"그래도 안 돼."

서장이 딱 잘라 말했다. 그렇다고 쉽게 물러설 신우가 아니었다.

"서장님."

신우는 서장의 바짓가랑이라도 잡을 기세였다.

"가서 점심이나 먹자. 배고프다."

"서장님."

서장이 진심으로 그녀를 걱정한다는 걸 누구보다 신우가 잘 알았다.

"점심은 무슨 점심이요. 서장님."

"나와."

신우는 인상을 쓰며 서장의 뒤를 따라나섰다. 진짜 삼촌 같은 분이었다. 경찰이 돼서 그녀가 엉뚱한 짓을 할 때마다 그녀의 버팀목이 되어준 존재였다.

서장을 따라간 곳은 경찰서 앞에 있는 삼계탕 집이었다. 복날도 아닌데 삼계탕 집은 문전성시를 이루고 있었다. 삼계탕이 나오고 신우는 정신없이 삼계탕을 먹었다. 신우는 먹성이 좋아서 어른들에게 예쁨을 받았다.

그건 차 서장도 마찬가지였다. 그래서 가끔 서장은 신우를 데리고 나와 이렇게 점심을 함께 했다.

"맛있어?"

"네."

닭다리 하나를 아무지게 뜯고 있는 신우였다. 그러다 서장의 왼손에 커다란 반창고가 붙여져 있는 게 보였다.

"다치셨어요?"

"그래, 이제 늙었는지 프라이 하다가 데었다."

"저런, 병원은요?"

"뭐 이깟 거로."

"사모님이 안 해주세요?"

"그러다간 쫓겨나."

신우의 시선이 차 서장의 왼손에 계속 머물렀다.

왜 그런지 모르겠지만 옛날 사람인데도 차 서장은 왼손잡이였다. 오른손잡이인 그녀가 보기에 서장님의 모습은 아주 불편해 보였다.

"어른들이 복 달아난다고 오른손으로 안 고쳐주셨어요?"

"어릴 적에 우리 어머니가 내 왼손을 끈으로 묶어놓을 때도 있었지. 나중에는 포기했지만 말이야."

"제가 보기엔 좀 불편해 보여서요."

"우리 조카가 마음에 안 들었어?"

"네."

갑작스럽게 허를 찌르는 질문에 신우는 무심코 대답을 하고는 바로 후회했다.

"아니, 그게 아니라……."

"머리가 없어서?"

"아니, 서장님 그게 아니라……."

"걔가 얼마나 돈이 많은 집 자식인 줄 알아?"

신우는 속으로 한 달짜리라는 생각이 들었다. 속이 좁은 서장이었다. 그때 그녀를 잔소리의 늪에서 구해줄 전화 벨소리가 서장에게서 들려왔다.

"네, 청장님!"

차 서장이 밥을 먹다가 정자세로 전화를 받고 있었다. 청장이란 소리에 신우 또한 놀라 숟가락을 든 채로 부동자세를 취했다.

"백까치에 대한 특별 수사본부를 만들라는 말씀이십니까?"

특별수사 본부라니, 신우의 눈이 커졌다.

"저희 혜화서가 아니라 본청에 수사본부를 두신다고요?"

본청이라면 희망이 있을지도 모른다는 생각이 드는 신우였다.

"알겠습니다. 그렇게 하죠."

명령에 살고 명령에 죽는 조직이었다. 물론 군대보다야 덜하겠지만 경찰도 만만치 않은 위계질서가 있었다.

"신우 너 내일부터 본청으로 출근해."

신우는 순간 서장이 무슨 말을 하는지 이해하지 못했다.

"네?"

"네가 원하는 대로 백까치 수사하라고."

서장의 표정은 좋지 않았지만 신우의 얼굴에 피어나는 웃음은 감출 수가 없었다. 얼마나 기대하던 일인데 이렇게 이루어지다니 놀랍고 좋았다.

"박현석이도 같이 가."

신우는 닭다리를 입에 문 채 여전히 놀라고 있었다.

"와!"

"다 튀니까 입 다물어."

"네."

신우는 지금 세상을 다 가진 기분이었다. 운이 없기로 둘째가라면 서러운 그녀에게 기회가 생긴 것이었다. 엄마를 죽인 철천지원수를 잡을 기회가 말이다. 신우의 얼굴에 모처럼 만족스러운 미소가 떠올랐다.

2. 반복되는 우연

혜성호텔의 장기간 경호가 생각보다 쉽지 않아서 당분간 본가에서 지내기로 한 태훈이었다. 아무래도 이곳은 아버지 때부터 경호를 우선으로 만들어진 집이기 때문에 그의 안전을 지킬 수 있는 최상의 장소라는 판단을 그의 경호팀과 경찰이 한 모양이었다.

본가로 들어온 지 이틀째 되는 날, 뭘 먹어도 여전히 체하는 기분이었다. 유 여사와 홍미란의 곱지 않은 시선이 자꾸만 그를 화나게 만들고 있었다. 이건 마치 남자 신데렐라가 된 기분이었다. 물론 부모님이 다 살아 있지만 말이다.

아버지는 몸이 좋지 않으신 관계로 지금 어머니와 함께 제주별장에서 요양을 하고 계시는 중이었다. 그러니 본가는 본처인 유 여사와 그 딸인 홍 사장만 있었다. 이건 적진에 들어온 것보다 더한 일이었다.

그는 이틀째를 맞이하는 아침이었지만 10년은 산 것처럼 극심한 스트레스를 받고 있었다. 이 집에서 그의 편은 아무도 없었다. 하지만 언제나 그렇듯이 그는 겉으로는 표정 하나 변하지 않았다.

식당에 들어선 그는 우아하게 식사를 하고 있는 두 여우의 곁으로 가서 앉았다. 그의 충복인 오 집사가 그의 밥을 챙기고 있었다. 오 집사는 이번 일이 그가 미국에서 오기 전에 일어난 일이라는 게 마음에 걸리는지 집에서는 그의 곁을 잠시도 떠나지 않았다. 아주 못 말리는 충신이었다.

"맛있게 드십시오."

오 집사는 이렇게 말을 하고는 그의 뒤에 섰다.

"체할 것 같으니까 나가줄래요?"

홍 사장이 오 집사에게 괜히 시비를 걸었다.

"우리 집 집사는 식사할 때 서 있지 않는데 영 매너가 없어."

"신경 쓰지 마라."

말리는 시누이가 더 미운 법이었다. 그의 시선이 두 모녀를 향해 꽂혔다.

"오 집사님, 그대로 계세요."

"움직일 생각 없었습니다."

만만한 오 집사가 아니었다.

"말하는 것도 천박스럽군."

홍 사장이 화가 났는지 구시렁거렸다.

"밥 먹을 때는 개도 안 건드리는 겁니다. 홍 사장님."

그는 이렇게 말을 하며 밥을 먹었다.

"난 이렇게 불편한 게 싫다. 태훈이 네가 집에서 나가줬으면 좋겠구나."

유 여사가 굳은 표정으로 말했다.

"죄송합니다만 여사님, 제가 지금 목숨의 위협을 받고 있어서 이곳이 가장 안전한 곳입니다."

"왜 그렇게 생각하지?"

"원래 아무리 못된 놈이라도 자기 집은 공격하지 않으니까요."

그가 의미심장한 말을 내뱉고는 자리에서 일어났다. 밥은 거의 손도 대지 않았다.

"그건 네 착각이야. 그리고 자리에 앉아. 어른이 식사하시잖아?"

홍 사장이 자신과 어머니를 무시하고 일어나는 그에게 쏘아붙였다.

"여기 어른이 어디 있나요?"

그는 차갑게 말을 내뱉고는 식당 밖으로 나와 버렸다.

"회장님."

"저 이대로 출근할까 합니다."

"오늘 새로운 운전기사가 왔습니다."

"그래요?"

"무술도 굉장히 유단자이고 카레이서도 했다고 합니다."

"서울에서 카레이싱 할 일이 있을까요? 안 막히면 다행일 것 같은데……."

그가 맘이 상했을 오 집사를 달래기 위해 슬쩍 농담을 했다. 하지만 오 집사의 표정은 변하지 않았다. 즐거워도 화가 나도 오 집사의 표정은 늘 한결같았다.

태훈은 오 집사와 함께 지하 주차장으로 향했다. 그의 은색 벤츠리무진과 나란히 서 있는 사람이 그의 눈에 보였다.

"여잔가?"

"네."

모자 때문에 얼굴이 보이진 않았지만 검정색 유니폼이 굉장히 잘 어울리는 기사였다. 그가 가까이 다가서자 기사의 몸이 굳는 게 보였다. 아무래도 긴장을 한 모양이었다.

"안녕하십니까? 새로운 운전기사 서신우입니다."

똑 부러지게 말은 했지만 끝 음이 살짝 떨리고 있었다.

"앞으로 잘 부탁하네."

"네, 최선을 다하겠습니다."

기사가 구십 도로 허리를 숙여 인사를 하다가 모자가 바닥으로 떨어져 그의 발아래로 굴러왔다. 그는 허리를 굽혀 모자를 주워 올렸다.

"죄송합니다."

기사가 그에게로 와서 모자를 받는 순간 그는 자신의 눈을 의심했다. 단정히 한 갈래로 묶은 머리에 화장 하나 하지 않은 맨 얼굴이었지만 그는 지금 그의 새로운 기사가 지난번 엘리베이터에서 만났던 그 섹시한 여자임을 한눈에 알아봤다.

그리고 지금 그의 앞에서 놀란 눈으로 그를 쳐다보고 있는 기사도 그가 혜성그룹의 회장임을 알아본 듯했다.

"이게 모두 다 우연인가?"

"네?"

"엘리베이터, 경찰서 그리고 집?"

"……."

"우연치고는 내가 아주 상황이 좋지 않을 때마다 겹치는군."

그들의 옆에서 오 집사가 의아한 시선으로 바라보고 있었다.

"기사를 바꿀까요?"

"안 됩니다!"

기사가 얼굴이 하얗게 되어 안 된다고 소리쳤다.

"회장님, 제가 설명드리겠습니다."

"좋아, 지금은 출근 시간이 빠듯하니 가면서 듣도록 하지."

"회장님, 기사가 이상하다 생각하시면……."

"아닙니다. 말을 들어보고 결정하겠습니다."

"알겠습니다."

오 집사가 의심스러운 눈으로 기사를 쳐다보기는 했지만 더 이상의 말을 하지는 않았다.

"가지."

그들은 차에 올랐다. 여자가 운전을 한다는 게 조금은 걱정이 되었지만 생각보다 운전 솜씨가 아주 좋았다.

"경찰 아니었나?"

그가 살짝 떠보았다. 그의 소개로 사건을 맡은 걸 아는지 모르는지 알고 싶었기 때문이었다. 사실 그도 이 여자가 사건을 본청에서 맡을 줄 알았지 이렇게 그를 전담 마크할 줄은 꿈에도 생각하지 못했었다.

"맞습니다. 어떻게 아셨습니까?"

"며칠 전에 경찰서에 갔을 때 부딪쳤었지."

"아? 그때는 변호사신 줄 알았습니다."

"이름이……."

"서신우입니다."

"미안해. 예전에는 한번 듣고는 다 기억했는데 요즘은 정신이 없어져서."

"아닙니다. 저라도 살해의 위협을 받는다면 충분히 그럴 수 있습니다."

"어떻게 된 일이지?"

경찰청장에게 신우를 이 사건에 참여시키라는 한마디를 했을 뿐인데 며칠 만에 그녀가 그의 운전사가 되어 지금 그의 차를 운전하고 있었다.

"본청에 특별 수사팀이 마련되었습니다. 저는 수사팀의 일원으로 회장님의 근접 경호를 맡게 되었습니다."

"그렇군. 그날은?"

"그날은 혜성호텔에서 선을 보기로 했는데 제가 날치기를 당해서 그놈을 잡느라고 뛰었더니 치마가……."

그녀의 환상적인 다리가 떠오르자 태훈의 입가에 야릇한 미소가 번졌다.

"그날은 감사했습니다."

"그래서 남자랑은 잘됐고?"

"아니오."

그녀의 아니라는 말에 괜히 기분이 좋았다.

"왜?"

"……."

신우는 더 이상의 말을 하지 않았다.

"차였군."

"뭐 비슷한 거죠."

신우의 쿨한 대답에 솔직히 조금 놀란 태훈이었다.

"그래서 앞으로 어떻게 할 거지?"

"저는 24시간 회장님 곁에 있을 겁니다."

"침대에서도?"

"네?"

이런 농담을 하는 스타일이 아닌데 자꾸만 앞에 있는 신우를 놀리고 싶어졌다.

"물론 원하시면 옆방에서 지낼 수도 있습니다."

그녀는 그의 말을 농담으로 받아들이지 않고 있었다.

"어디에 묵을 거지?"

"제 아버지가 그 집에 정원사로 계십니다. 그래서 별채에 아버지와 함께 지내면 됩니다."

"그래?"

"네."

그녀의 아버지가 본가에 있었다니 기이한 인연이었다. 여러모로 우연이 겹치니 신기하기까지 할 정도였다.

"범인 이름이 뭐라고 했지?"

"백까치입니다. 청부업자로 유명하지만 누구인지, 왜 그자가 청부살인을 하게 되었는지, 그리고 다음 고객이 누구인지 알 수가 없습니다."

"이상하군. 그렇다면 고객들은 그자와 어떻게 연락을 하는 거지?"

"그게 확실한 건 아니지만 백까치가 직접 고객을 찾아 연락을 한다고 합니다. 돈 많은 재벌들 말이죠."

"그럼 나도 날 죽이고 싶어 하는 사람에게 그자가 직접 찾아가서 날 죽여주겠다고 했다는 말이군. 그리고 누군지 모르지만 오케이를 한 거고."

"네, 지금까지는 그런 것 같습니다."

"그런 것 같다니?"

"이것도 제 추측입니다. 죄송합니다만 경찰도 확실한 건 모릅니다."

"이런……."

운전을 하면서도 그녀는 그의 물음에 성실하게 대답을 해주었다. 그의 시선이 그녀의 뒷모습에 고정되었다. 목선이 곱다는 생각이 들었다. 외모는 굉장히 차분해 보이는데 상당히 덜렁대는 모습에 귀엽다는 생각이 드는 여자였다.

여자를 상대로 이렇게 쓸데없는 생각을 해보기는 처음이었다.

"도착했습니다."

"하루 종일 날 지키는 건가?"

그가 룸미러로 그녀를 보며 물었다.

"외부로 나가실 때만 그렇게 할 겁니다."

갑자기 룸미러 안의 신우가 예쁜 눈을 가졌다는 생각이 들었다. 이런 느낌은 그를 아주 당혹스럽게 만들었다.

"왜지?"

"백까치의 사건 파일을 보면 모든 범행이 집에서 이루어졌습니다."

"틀릴 수도 있지 않겠나?"

"그럼, 제가 옆에 계속 있기를 원하십니까?"

"하하하, 아니야."

생각보다 훨씬 더 깐깐했다. 그가 차에서 내리자 우 실장과 경호원들이 그를 기다리고 있었다.

"앞으로 귀찮은 삶이 계속되겠군."

태훈은 씁쓸한 미소를 지으며 자신의 사무실로 들어갔다.

신우는 사무실로 사라지는 혜성그룹 회장의 뒷모습을 천천히 보고 있었다. 그의 모습이 완전히 사라지기 전까지 주변을 매의 눈으로 탐색을 했다. 백까치란 놈이 아무리 집에 있는 사람을 공격한다고 하지만 언제 어디서 바뀔지 모를 문제였다.

그날 엄마를 죽인 놈이라면 19년이 지난 지금, 그 녀석도 나이가 들었다. 칼로 사람을 해치는 놈이기는 했지만 항상 그렇다고는 단정 지을 수가 없었다.

"꼭 나타나."

그녀는 이를 악물며 혼잣말을 했다.

윙—

핸드폰이 요란하게 울렸다. 아버지였다.

"여보세요?"

[당장 그만둬!]

아무래도 차 서장이 아버지에게 고자질을 한 모양이었다.

"아버지!"

한 치도 양보할 수 없는 일이었다.

[그놈이 어떤 놈인지 누구보다 잘 아는 녀석이 꼭 그래야만 하는 거야?]

"아버지는 엄마의 원수를 갚고 싶지도 않아요?"

[서신우! 누가 너보고 원수 갚으라고 경찰 시킨 줄 알아?]

"아버지가 시킨 것 아니잖아요. 경찰대 들어갈 때 반대해 놓고선……."

[지금 말대꾸하는 거야? 당장 때려 치고 집으로 와.]

"회장님 퇴근하시면 같이 갈게요."

[야!]

"저 바빠요. 전화 끊을게요."

벤츠로 오른 그녀는 운전석 의자를 뒤로 하고 눈을 감았다. 이렇게 조용한 시간을 보내는 게 싫은 그녀였다. 조용한 혼자만의 시간이 주어지면 그때의 일이 떠올랐다. 그래서 무조건 몸을 움직였다.

미친 듯이 운동을 한 이유도 다 그 때문이었다. 가만히 있으면 그때 그 두려웠던 순간이 떠올랐기 때문이었다. 너무 어려서 힘이 없어서 그대로 있을 수밖에 없었던 자신의 무기력함을 한탄하면서 말이다.

하지만 오늘은 그날의 일을 일부러 떠올렸다. 백까치의 모습을 기억하기 위해서 말이다. 그녀는 눈을 감았다. 그리고 생각하기도 싫은 그날의 일을 떠올리기 시작했다.

"엄마, 어디 가는 거야?"

"어, 잠깐만 요 근처 갔다가 이것만 전해주고 백화점에 가자."

"응."

피아노 연주회의 드레스를 사주기로 한 엄마였다. 피아노에 재능을 보이던 그녀의 첫 번째 대회를 위해 엄마가 드레스를 사주기로 했다. 모처럼 엄마의 쉬는 날이었고 정말로 오랜만에 엄마와 쇼핑을 한다니 신우는 즐거운 마음으로 엄마의 손을 잡고 있었다.

엄마가 신우의 손을 잡고 간 집은 어린 신우의 눈에는 궁궐 같은 곳이었다. 몹시도 추운 겨울이었지만 집 안의 커다란 수영장이 눈길을 사로잡았고 가도 가도 끝이 없는 정원이 있는 집은 신기하기까지 했었다.

집안일을 하는 분이 계셨고 엄마와 신우는 집 안의 서재로 안내를 받아 갔다. 정말 커다란 서재에 신우는 신기한 기분이 들어 가만히 있으라는 엄마의 말을 무시하고는 사방을 돌아다녔다.

"신우야, 좀 가만히 앉아 있어."

"엄마, 우리 언제 가?"

"회장님 오시면 바로 갈 거야."

"응."

신우는 아주 커다란 대리석 책상이 신기해서 그 아래에 앉았다. 이 커다란 서재에 식물도감이 있었다. 신우는 요즘 한창 꽃에 빠져 있었다. 그래서 꽃의 사진이 가득한 식물도감을 안 볼 수가 없었다. 거기다가 여기의 식물도감은 집에 있는 것의 두 배의 두께를 자랑하고 있었다.

"신우야?"

"응, 엄마."

"뭐 해?"

"식물도감 좀 보려고."

"얼른 나와. 금방 갈 거니까 아무거나 만지지 말고."

그때였다. 문소리가 들리더니 누군가 들어오는 소리가 들렸다. 놀란 신우는 얼른 책을 덮고는 책상 아래로 몸을 숨겼다. 책상 아래에서 엄마의 모습이 다는 아니어도 조금은 보였다.

"회장님."

"그래, 경호원 일을 그만둔다고?"

"네, 갑자기 둘째가 생기는 바람에 인사드리려고 왔습니다. 그리고 이거……."

"이게 뭔가?"

"백까치에게 회장님의 청부살인을 요청한 사람의 명단입니다."

똑똑!

누군가 들어왔다. 그리고 신우는 해괴한 소리를 들었다. 뭔가를 두드리는 소리와 격렬하게 싸우는 소리였다. 순간 신우는 자리에 납작 누워서 책상 아래 틈으로 엄마와 회장님 그리고 또 다른 검은 그림자의 발을 보았다.

"윽!"

회장이 피를 흘리며 바닥에 쓰러졌다. 평생 처음 보는 이상한 표정으로 그는 신우와 눈이 마주쳤다. 태어나서 처음으로 신우는 시체와 눈이 마주쳤다.

탁! 타닥!

엄마와 검은 옷의 남자가 격렬하게 싸우고 있었다. 신우는 자신의 입을 손으로 막고 엄마가 제발 이기기를 바랐다. 하지만 신우의 바람은 이루어지지 않았다. 얼마 후 엄마가 쓰러졌다. 엄마는 신우를 쳐다보며 가만히 있으라는 듯 눈을 깜빡였다. 제발 가만히 있으라는 얼굴이었다.

놈이 엄마를 찌를 때마다 신우는 그의 오른 손등에 선명하게 그려진 하얀 까치를 보았다. 어린 신우는 눈을 동그랗게 뜨고 그 장면들을 머릿속에 사진을 찍듯이 찍어 넣었다.

그러려고 한 게 아니라 너무나 놀라서 눈을 깜빡일 수가 없었다. 그리고 그놈이 말했다.

"나서지 말았어야 했어."

"네가 백까치일 줄이야……."

푹!

엄마의 가슴에 또 한 번의 칼이 꽂혔다. 엄마는 백까치를 알았던 게 분명했다. 엄마가 아는 사람이었다. 왜 다른 때는 이 말이 기억나지 않았을까? 엄마가 잡았던 범인 중에 하나였던 것이다.

엄마는 정말 유능한 형사였다. 그날의 일을 떠올리자 신우의 눈에서 한줄기 눈물이 흘러내렸다.

윙—

핸드폰이 요란스럽게 그녀의 주머니 안에서 흔들리고 있었다.
박 형사였다.

"여보세요?"

[진짜 대박인 일이 있어.]

"뭔데?"

[백까치의 것으로 추정되는 지문이 나왔어.]

"정말이야?"

지문이 발견됐다면 일이 쉬워질 것 같았다.

[그런데 안 좋은 소식도 있어.]

"뭔데?"

[나온 지문이 반쪽이야.]

"뭐?"

[딱 붙은 수술용 장갑을 끼고 범행을 한 것 같은데 검지 부분이
찢어진 것 같다는 국과수의 소견이야.]

"그럼 피도 나왔겠네."

[아쉽지만 그건 아니고.]

반쪽짜리 지문에 이렇게 흥분을 하다니.

"알았어."

[그나저나 회장 옆은 지킬 만해?]

"모르겠어. 지금은 회사 안으로 들어갔으니까."

[안은 우리가 지키는 것보다 나을 거야. 지금 사설 경비업체는 국내 최고니까.]

전직 청와대 VIP경호원들이 포진하고 있는 막강 경호업체였다. 원래는 경찰인 그녀가 올 자리가 아닌데 경찰청장의 특별 지시로 오게 된 것이었다.

그만큼 혜성그룹 총수의 안전을 나라에서도 신경을 쓰고 있다는 것이었다. 혜성그룹은 단순히 대기업이 아닌 세계적인 기업이었다. 그리고 그 총수란 사람은 경영권 싸움으로 인해 백까치의 표적이 되었을 것이다.

이런 경우는 경쟁업체의 소행이거나 가까운 사람들의 시기심 때문에 발생되는 일이 많았다. 거기에 서자 출신인 홍 회장을 그의 이복누나인 홍미란 사장이 곱게 볼 리가 만무했다. 지금은 모든 경우의 수를 열어놓고 생각을 해야 할 때였다.

하지만 어릴 때부터 보았던 홍미란과 유 여사의 모습은 좋은 사람이라고는 볼 수가 없었다. 돈만 있었지 선한 마음은 없는 사람들이었다. 그렇다고 무턱대고 의심을 해서는 안 되지만 그녀도 인간인지라 어쩔 수가 없었다.

똑똑!

깜짝 놀란 그녀의 눈에 유리창 사이로 홍 회장의 웃는 얼굴이 보였다. 순간 신우는 자신의 가슴이 미친 듯이 뛰고 있음을 느꼈다. 멍한 표정으로 그녀는 잘생긴 남자의 얼굴을 바라보았다.

어쩌면 이렇게 멋진 남자가 백까치로부터 살해 위협을 받게 되었을까? 라는 생각이 들었다.

똑똑!

다시 한 번 그가 차창을 두드리고 나서야 그녀는 정신을 차리고 차에서 내렸다.

"이렇게 느려서야 날 지킬 수 있겠나?"

"죄송합니다."

그가 웃으며 말을 하긴 했지만 그녀가 잘못한 일이었다. 이렇게 넋을 놓고 있다가는 백까치로부터 그를 지키기는 힘들 것이다.

"타십시오."

그녀가 차 문을 열어주었다. 그가 차에 오르고 그녀가 차에 타려고 하자 옆에 서 있던 남자가 그녀를 불렀다.

"서 기사님. 아니, 서 형사님으로 불러야 하나요?"

"서 기사로 불러주십시오."

"방금 전 같은 상황은 그렇게 좋은 상황이 아닙니다."

"죄송합니다."

"언제 어느 때든지 경계하시고 집중해 주십시오. 여기 사설 경비업체의 직원들도 열심히 하고 있으니 서 기사님이 이렇게 루즈하게 계시면…….”

“시정하겠습니다.”

자존심이 상했다. 이렇게 하려고 온 건 아니었다.

“그럼 출발해도 될까요?”

“네.”

그녀의 굳은 표정에 남자도 더 이상은 말하지 않았다.

“우 실장에게 한 방 먹었군.”

“네.”

“우 실장은 원리 원칙주의자야.”

“죄송합니다. 어디로 모실까요?”

“혜성호텔에서 점심 약속이 있어.”

“알겠습니다.”

그녀는 차를 몰고 혜성호텔로 향했다. 그녀가 출발하자 아침 출근과는 다르게 두 대의 검은 승용차가 따라붙었다. 경호차들이 본격적으로 붙었다.

“백까치라는 놈에 대해서 말해봐.”

“네?”

“나도 어떤 놈인지는 알아야 하지 않겠나?”

“닌자처럼 칼을 다루는 놈입니다. 백까치라는 별명은 제가 그

놈의 손에 새겨진 문신을 19년 전에 보았기 때문에 붙여진 별명이
지 그전에는 고위급 인사들이 살해를 당해도 누가 그랬는지조차
알 수가 없었습니다. 지문 하나 남기지 않으니까요."

"몇 명이나 당했나?"

"공식적으론 14명이지만 20명이 넘을 것으로 추정됩니다."

"그런데 왜 외부 사람들은 모르지?"

"그거야 피해자 가족들이 원하지 않기 때문입니다."

피해자 가족들은 재벌가나 고위관리였기 때문에 살해당했다는
것보다는 자살로 일을 마무리 짓고 싶어 했다. 언론의 조명을 받
는 게 싫었기 때문일 것이다.

"하긴 재벌들은 언론에 조명되는 게 싫으니까."

"두렵지 않으십니까?"

"아니, 그저 귀찮을 뿐이지."

"누가 시킨 일이라고 생각하십니까?"

"홍 사장."

그의 거침없는 답에 그녀의 눈이 커졌다.

"어릴 때 상처가 있다고 했나?"

"……."

"어머니의 죽음을 눈앞에서 본 건 아주 큰 상처일 거야. 난 말이
야. 이복누이라는 사람에 의해 유괴를 당했고 죽을 뻔했어. 그래

서 미국으로 간 거고."

"홍 사장님 말씀이십니까?"

"이 일은 빙산의 일각에 지나지 않아. 어릴 때 난 누나가 보낸 사람들에 의해 죽을지 모른다는 공포감 속에 살아야 했지. 그래서 안 배운 무술이 없어. 내 몸 하나는 지켜야 한다는 생각 때문에 말이야. 신우도 그래서 무술을 배우지 않았나?"

홍 회장이 그녀의 이름을 부르자 신우는 자신도 모르게 이상한 마음이 생겼다. 그가 마치 같은 편인 것 같은 생각이 들었다.

"저도 그래서 웬만한 운동은 다 했던 것 같습니다."

그가 낮은 소리로 웃었다. 그가 하는 모든 게 신경이 쓰였다. 안쓰럽기도 했다. 자신의 안전을 염려해야 했던 어린 시절의 그를 생각하니 더 그런 마음이 생겼다.

"도착했습니다."

"점심 먹어야 하지 않나?"

"저는 간단히 해결하겠습니다."

"같이 가지."

"네?"

"여기는 먹을 곳이 없어. 그러니 같이 가지."

"경호원들도 있는데……."

"명령이야."

그의 말에 신우는 머뭇거리다가 그를 따라갔다. 경호원들의 시선이 일제히 그녀에게 쏠려 있었다. 불편하기 그지없었지만 신우는 그렇게 그와 함께 혜성호텔 레스토랑으로 향했다. 레스토랑에 도착하자 회장이 직접 매니저를 불러 그녀를 위해 음식을 주문해 주고는 자신은 룸으로 들어갔다.

점심에 스테이크라니, 소화가 안 될 것 같았지만 지금은 어쩔 수 없는 상황이었다. 빛의 속도로 점심을 먹고 나서 그녀는 서둘러 차가 있는 지하 주차장으로 향했다.

윙―

차 서장의 전화였다.

"네, 서장님."

[할 만해?]

"네, 호텔에서 칼질도 하고 할 만합니다."

[하라는 경호는 안 하고 칼질?]

혼이 나고 나서야 차 서장에게 괜한 소리를 했다는 생각이 들었다.

"뭐 그렇게 됐습니다. 왜 전화하셨습니까?"

[우리 혜화서의 최고의 골칫거리가 없으니 조용해서 말이지.]

"이상한 소리 하실 거면 전화 끊겠습니다."

[홍 회장은 성북동 본가에 있는 거야?]

"넵."

[서 형사는?]

"저도 아버지에게 얹혀서 살 겁니다."

[형님은 잘 계시고?]

차 서장은 어머니만 아는 게 아니라 아버지와는 더 각별한 인연이었다. 아버지가 그의 직속 선배였기 때문이었다. 젊은 시절 같은 서에서 근무도 오래했다고 들었었다.

"네."

차 서장은 그녀의 모든 생활에 관심이 많았다.

[쓸데없는 짓 그만하고 시집이나 가.]

마무리는 언제나 결혼 이야기였다.

[내가 잘 아는 검사가 있는데 말이야…….]

"검사가 미쳤습니까? 저랑 선을 보게? 말도 안 되는 소리 하실 거면 끊습니다."

[서 형사!]

"아니, 왜요?"

[수고해.]

"네."

차 서장님은 확실하게 그녀의 편인 것 같았다. 신우의 입가에 미소가 번졌다. 신우의 눈에 홍 회장이 보였다. 경호원들에 둘러

싸인 그를 사람들이 힐끔거리며 쳐다보았다. 신우는 차에서 내려 그를 기다렸다.

실수는 한 번으로 족했다. 그녀가 서 있는 모습을 보며 홍 회장이 미소를 지었다. 알 만하다는 뜻이었다.

"점심 맛있게 잘 먹었습니다."

그녀는 그의 차 문을 열어주며 감사 인사를 했다.

"다행이군. 회사로 가지."

"네."

그녀는 운전을 하면서 슬쩍슬쩍 룸미러로 그를 보았다. 그는 서류를 살피느라 그녀가 그를 훔쳐보는지도 모르고 있었다. 인상을 찌푸리며 서류에 몰두를 하고 있는 걸 보니 뭔가가 마음에 들지 않는 모양이었다.

일하는 모습이 굉장히 멋있어 보였다. 이런 식으로 남들이 일하는 모습을 훔쳐본 적은 없었다. 어색한 마음이 들었다.

"난 일찍 죽고 싶지 않아."

"네?"

"앞은 보고 운전해."

"……."

놀란 신우가 얼른 눈을 돌렸다. 뒤에서 그의 웃음소리가 들렸다. 얼굴이 달아올랐다. 오늘 여러모로 그에게 자꾸만 찍히고 있는 신우였다.

　태훈은 신우의 모습에 자꾸만 웃음이 났다. 굉장히 열심히 하려
고 하는데 자꾸만 허점이 보였다. 그런 허술한 신우가 불안한 마
음이 들어 태훈은 자꾸만 그녀를 챙기게 되었다. 누군가를 이렇게
챙겨본 적이 없는 그였다.

　평소의 태훈은 차갑다는 소리를 많이 들었다. 하긴 차갑다는 표
현은 순화된 표현이고 냉혈한이다라는 소리까지 들어본 그였다.
그가 자신도 모르게 신우를 챙기는 건 진짜 이상한 일이었다.

　피는 못 속이는 법이었다. 그의 아버지 또한 냉정하고 이기적인
사람이었다. 홍미란이 그렇게 차갑고 잔인한 이유는 아버지의 피
를 물려받았기 때문이었다. 그 또한 아버지의 피를 물려받았음을
인정하지 않을 수가 없었다. 사업을 할 때나 사람들을 대할 때 그
는 항상 냉철함을 유지했다.

　"하하하."

　그는 자신의 어이없는 행동에 웃음이 났다.

　누군가를 이렇게 배려하기는 처음이었다. 그는 태어나면서부터
누군가를 배려할 필요가 없었다. 그는 남들이 말하는 다이아몬드
수저를 물고 태어났기 때문이었다. 어머니가 두 번째 부인이라는
게 문제였지만 그건 그가 아버지로부터 받은 수많은 혜택에 비하

면 아무것도 아니었다.

그는 서류를 보면서도 신우의 시선을 느꼈다. 웃음이 나오려는 걸 참으며 있다가 한 번 찔러보았는데 그녀가 보인 반응이 너무 우스웠다. 마치 도둑질을 하다가 걸린 아이 같은 모습이었다.

회사로 돌아와서도 그녀의 이런 모습이 떠올라 그는 혼자 소리를 내며 웃었다.

"무슨 일 있으십니까?"

그의 웃음에 우 실장이 이상했는지 물었다.

"아니."

"그런데 왜 웃으십니까?"

"난 웃지도 못하나?"

"아닙니다."

그가 정색을 하며 말하자 우 실장이 바로 꼬리를 내렸다.

"오늘 저녁은 스케줄이 없습니다."

"당분간 잡지 마."

"네?"

"백까친지 뭔지도 신경 쓰이고 경호원들 데리고 다니는 것도 불편하고 말이야."

"알겠습니다."

그는 저녁시간을 조용히 보내고 싶었다. 다만 신경이 쓰이는 일이라면 홍 사장과 유 여사와 함께 식사를 해야 한다는 것이었다. 물론 자신이 방으로 가져다 달라고 하면 되지만 일부러 피하고 싶진 않았다.

퇴근시간이 되자 그는 모처럼 정시에 퇴근을 했다. 뉴욕에 있을 때도 거의 없었던 일이었다.

"가지."

"네?"

우 실장의 눈이 커졌다. 정시 퇴근이란 있을 수 없는 일이었다.

"일찍 퇴근해."

"무슨 일이 있으십니까?"

"그럼 야근을 하던가."

"아, 아닙니다."

그는 자신의 가방에 집에서 살필 서류를 챙겨서 지하 주차장으로 향했다. 지하 주차장에는 어김없이 신우가 그를 기다리며 차 밖에서 대기를 하고 있었다. 유니폼을 어디서 맞췄는지 검은 바지에 하얀색의 긴 팔 와이셔츠에 검은 넥타이를 매고 둥근 모자를 쓴 것이 꼭 옛날 운전사의 모습 같았다.

하지만 늘씬한 키에 볼륨 있는 몸매가 복고풍의 촌스러운 의상을 잘 소화하고 있었다. 모자에 가려진 얼굴이었지만 참 예쁘게 생겼다는 걸 그는 알고 있었다.

"음, 이번에는 잘했어요."

그의 뒤에 있던 우 실장이 그녀를 칭찬했다.

"감사합니다."

신우가 슬쩍 우 실장에게 미소를 짓자 태훈은 갑자기 성질이 확 났다. 왜 그런지 모르겠지만 우 실장에게 미소를 짓는 게 싫었다. 아니, 다른 남자에게 미소 짓는 게 거슬렸다.

"출발 안 하나?"

"네? 갑니다."

신우가 얼른 차에 올랐다.

"그렇게 아무나 보고 웃나?"

"네?"

"아니야."

룸미러의 신우의 표정은 아주 의아하다는 표정이었다. 하긴 그도 자신이 왜 이런 말을 내뱉었는지 알지 못했다. 그냥 싫은 건 싫은 거였다. 자신을 보호해 주러 왔으면 임무에만 충실하면 될 뿐이지 남자들에게 헤프게 웃는 건 싫었다.

"오늘 무슨 안 좋은 일 있으셨습니까?"

신우가 그의 눈치를 보며 물었다.

"아니, 출발해."

"네."

그는 집으로 가는 내내 신우 쪽으로는 눈길도 주지 않고 창밖만 응시했다. 아주 신경이 쓰이는 여자였다.

집에 도착하자마자 그는 신우에게 수고했다는 말도 하지 않은 채 집 안으로 들어가 버렸다.

역시 재벌은 재벌이었다. 감정의 기복이 무슨 롤러코스터와 같았다. 점심때까지는 밥도 사주고 좋았다가 퇴근시간엔 무슨 일이 있는지 웃는 것까지 뭐라 하고 있었다. 백까치만 잡으면 빨리 경찰서로 복귀하고 싶은 마음뿐이었다.

정말 이상한 사람이었다. 하지만 잘생긴 건, 아니, 남성적으로 매력적인 건 사실이었다.

"점심때까지는 좋았는데……."

아쉬운 마음이 살짝 들기는 했지만 그는 어디까지나 그녀가 보호해야 할 사람이었다.

"가자, 일단은 아버지와 한판 할 시간이다."

그녀는 아버지가 계시는 별채로 향했다. 짐은 오전에 가져다 놓은 상태였다. 아버지와 이렇게 단둘이 살게 된 게 몇 년 만인지 기억도 나지 않았다. 어머니가 돌아가시기 전에 아버지는 다정다감한 사람이었고 그녀의 눈에는 세상에서 가장 멋진 경찰관이었다.

아버지가 경찰 제복을 입을 때면 신우는 넋을 놓고 보기도 했었다. 하지만 어머니의 죽음 이후의 아버지는 많이 달라졌다. 벙어리가 된 듯 집에선 아무런 말도 하지 않았다. 매일 술만 마시고 방안에 누워만 있었다.

어머니를 잃은 신우는 아버지의 위로를 받지 못했었다. 경제적으로 힘이 들지는 않았지만 신우는 아버지의 따뜻한 정마저 어머니의 죽음으로 느낄 수가 없었다. 그래서 아버지와는 지금도 어색한 관계인 그녀였다.

"다녀왔습니다."

별채에 들어서자 식탁에 밥을 차리는 아버지의 모습이 보였다.

"그래, 밥은?"

"아직요. 아버지는요?"

"나도 아직 식사 전이다. 같이 오랜만에 밥이나 먹자. 얘기는 그다음에 하자꾸나. 씻고 나와. 아버지가 밥상 차려놓을 테니."

"아니요, 제가……."

"여긴 내 구역이다."

"네."

그녀는 가방을 가지고 작은 방으로 들어갔다. 이곳 별채에서 아버지와 어린 시절을 함께 보냈었다. 지금 사는 곳은 엄마가 돌아가신 후에는 세를 놓았고 그녀가 경찰이 된 후에는 그곳에서 그녀 혼자서 지내왔었다.

아버지는 끝까지 그녀가 경찰이 되는 걸 반대하셨다. 지금도 위험한 직업이라며 좋아하지 않으셨다.

오랜만에 자신의 방에 들어온 신우는 작은 침대를 지그시 바라보았다. 이 침대에서 그녀는 매일 밤 엄마를 그리워하며 눈물을 흘렸었다.

"엄마."

그때의 감정이 살아나서 가슴이 먹먹해 왔다. 마음을 다스린 신우는 샤워를 하고는 주방으로 갔다. 아버지가 그녀를 위해 상을 차려놓으셨다.

"밥은 잘 챙겨 드시는 거예요?"

"그럼, 여기 주방장하고 친해서 반찬은 잘 챙겨줘. 일하는 날은 식당에서 먹으니까 괜찮고, 쉬는 날 먹으라고 반찬은 싸주니까 밥만 하면 돼."

"다행이네요."

"넌 어떠냐?"

"저야 거의 밖에서 식사를 해결하죠. 그렇지만 잘 챙겨서 먹어요."

한동안 말없이 둘은 밥만 먹었다.

"아버지, 전 잡고 싶어요."

"안다. 하지만 만만한 상대가 아닌 거 알잖니. 거기다가 증거를

없애기 위해 주변의 살아 있는 모든 걸 죽이고 떠나는 자다. 네 엄마를 보고도 몰라? 하늘에서도 네가 이런 일을 안 하길 바랄 거다."

"아버지."

"네 엄마가 죽던 날 다섯 명이 죽었다. 너만이 유일하게 살아남았지. 아마 네가 그곳에 있다는 걸 알았다면 너도 죽였을 거다."

아버지가 수저를 놓았다.

"더 이상은 하지 마라."

"한 번만 기회를 주세요. 이번에 실패를 한다면 경찰 그만둘게요."

아버지가 그녀의 얼굴을 보았다.

"진짜 약속해요. 반드시 잡을 거예요. 아버지가 걱정하는 일 없이요."

"넌 나의 유일한 가족이야."

"조심할게요. 그리고 실패하면 진짜 경찰복 벗을 거예요."

아버지는 더 이상 말을 하지 않았다.

밥을 먹은 후에 신우는 답답한 마음에 밖으로 나왔다. 한여름의 더위는 그녀의 답답한 마음을 더 끓어오르게 만들고 있었다. 드넓은 정원을 지나자 수영장이 나왔다. 집안에서 그나마 더위를 식힐 수 있는 분수대와 가장 가까운 장소였다.

집에서 일하는 사람들은 출입을 하지 않는 장소였다. 하지만 어릴 때 이곳에서 자란 신우는 답답할 때마다 집안에서 제일 조용하고 아름다운 분수대에서 시간을 보내곤 했다.

풍덩!

갑작스러운 소리에 신우는 깜짝 놀랐다. 홍 사장은 절대로 수영을 하지 않는다고 들었다. 약품 때문에 피부가 건조해진다나 뭐라나, 그래서 수영장은 관리만 할 뿐 아무도 들어가지 않았다. 어릴 때 보았던 이 집은 신우에게는 백설공주가 떠나고 마녀가 지배하는 궁궐 같은 곳이었다. 물론 마녀는 이 집의 안주인과 그녀의 딸이었다.

차갑기가 이루 말할 수가 없는 그녀들이었고 그녀들 때문에 사람들이 집안에서 오래 견디지 못했다. 다행히 아버지는 안주인이나 못된 공주와는 부딪칠 일이 없는 일이기에 지금까지 근무를 할 수 있었을 것이었다.

그녀의 시선이 물 위를 오가는 사람에게 고정되었다. 마치 물개처럼 유유히 움직이고 있었다. 달빛에 비친 모습이 마치 인어왕자 같았다. 모든 곳이 고요했다. 그래서 그녀는 마음껏 인어왕자의 모습을 감상할 수 있었다.

이 집에서 수영장을 이용할 수 있는 유일한 사람이 홍 회장이었다. 물속에서 자유형으로 편안하게 수영을 하고 있던 그가 갑자기 달을 보며 둥둥 떠 있었다. 마치 하늘과 대화를 나누고 있는 것 같았다.

그때였다.

부스럭!

분명히 풀을 밟는 소리였다. 신우는 온몸에 털이 서는 느낌이었다. 지금 이 자리에 그녀가 아닌 누군가가 있었다.

바스락!

또다시 움직이는 소리가 들렸다. 신우의 시선이 정신없이 움직이고 있었다. 신우는 어두운 나무에 몸을 숨기고는 소리가 들리는 쪽을 주시하고 있었다. 신우의 눈에 검은 그림자가 포착되었다.

영문을 알 리 없는 홍 회장은 여전히 수영을 하고 있었다. 지금 그녀가 검은 그림자 쪽으로 이동한다면 분명히 도망칠 것 같았다.

그때였다. 홍 회장이 수영을 마치고 물 위로 올라오고 있었다. 그림자가 홍 회장을 향해 움직이기 시작했다. 생각할 겨를도 없이 신우가 달리기 시작했다.

"피해요!"

신우의 소리에 홍 회장이 뒤를 돌아보았고 검은 그림자가 홍 회장에게 칼을 휘둘렀다. 백까치였다. 신우는 이제 거의 이성을 잃어버리고는 백까치를 뒤에서 끌어안았다. 홍 회장 또한 앞에서 백까치의 손을 잡았다. 둘이 동시에 백까치를 잡았다.

하지만 놈은 그렇게 호락호락하지 않았다. 잡지 못하더라도 얼굴을 확인해야겠다는 생각이 든 신우가 그가 쓴 복면을 벗기려 하자 백까치가 팔꿈치로 신우의 가슴을 공격했다.

갑작스러운 공격에 명치를 제대로 맞은 신우는 그대로 바닥으로 쓰러졌다. 숨이 쉬어지지 않았다. 하지만 그녀는 백까치의 다리를 필사적으로 잡았다.

그때였다. 경호원들이 달려오는 소리가 들렸다. 백까치는 홍 회장을 칼로 다시 한 번 찌르려고 했지만 다리를 잡고 늘어진 신우 때문에 칼이 홍 회장의 팔을 스치기만 했다.

"잡아라!"

그 소리에 백까치가 다리를 잡고 있는 신우를 향해 칼을 휘둘렀다.

푹!

"앗!"

뜨거운 쇠가 어깨를 파고드는 느낌이었다. 너무나 고통스러운 나머지 신우가 비명을 질렀다. 그리고 신우가 칼에 찔려 다리를 놓은 사이에 달아나 버렸다.

"괜찮으십니까?"

"구급차!"

홍 회장이 외치는 소리를 끝으로 신우는 정신을 잃어버렸다.

3. 떨리는 마음

소리가 들려오고 있었다. 뭐라고 하는지 정확하게 인지되지는 않았지만 상당히 시끄러운 소음이었다. 신우는 초점을 잃어버린 눈을 뜨며 시끄러운 소음이 어디에서 나는지 보려고 애를 썼다.

하지만 그녀의 초점은 좀처럼 맞춰지지가 않았다. 겨우 초점이 맞춰지자 그녀의 눈앞에 아버지가 걱정스런 표정으로 그녀를 내려다보고 있었다.

"내 말 들려?"

"어."

그녀는 잠긴 목소리로 말했다.

"그러게 내가 하지 말라고 했지?"

아버지의 눈물이 그녀의 얼굴로 떨어졌다.

"죽으면 어쩔 뻔했어?"

"아버지."

"내가 마누라 죽는 꼴 봤으면 됐지. 딸년까지 먼저 보내야 하는 거야? 그래야 네 속이 시원해?"

"⋯⋯."

아버지의 오열에 신우는 할 말이 없었다. 주변이 어수선한 걸 보니 응급실인 모양이었다. 그렇다면 홍 회장은 어떻게 됐을까? 그녀는 홍 회장이 칼을 피하려다가 칼이 스치는 걸 본 기억이 났다.

"홍 회장님은요?"

"지금 상처 치료를 받고 있어. 너 죽을까 봐 여태 옆에 있다가 지금 막 치료받으러 가셨어."

"괜찮으신가요?"

"다행히 상처가 깊진 않아서 봉합만 하면 된다는데 모르겠다."

그녀는 다행이라는 생각이 들었다.

"너도 다행히 칼이 중요 부위를 피해서 봉합만 한 거야."

그래도 여전히 아버지의 눈에는 눈물이 가득했다. 칼이 그녀의 팔에 깊게 들어갔지만 위험한 곳이 아니어서 다행이었다.

"진짜 큰일 날 뻔했어. 그놈이 어떤 놈인 줄 알고 달려들어?"

"죄송해요."

시끄러운 소리 가운데서 귀에 익은 소리가 들려왔다.

"서 형사!"

박 형사가 한걸음에 달려왔다.

"괜찮은 거야?"

"괜찮아."

말은 그렇게 했지만 마취가 풀리는지 팔의 통증이 심했다.

"안 괜찮아 보여."

그녀의 옷은 온통 피투성이였다. 한쪽 팔의 옷을 가위로 잘라내기만 했을 뿐 그녀는 피로 물든 옷을 그대로 입고 있었다.

"백까치가 나타났다는 소식에 모두들 지금 혜성그룹의 본가로가 있어."

"박 형사는 왜 여기에 있어?"

"지금 홍 사장인지 뭔지 하는 여자가 난리를 치고 있거든."

"왜?"

"집안 식구들의 목숨까지 위협을 받는다고 말이야. 나가라고 하고 있어."

홍 사장의 말이 틀린 건 아니었지만 아무리 이복동생이라지만 그래도 경비가 철저한 본가인데 거기서 홍 회장과 더불어 경찰, 경호원들에게 빠지라고 하면 홍 회장의 안전이 더 위협을 받을 게 뻔했다.

어린 시절부터 느끼긴 했지만 정말 자기밖에 모르는 여자였다.

"괜찮은가?"

홍 회장이 그녀에게 다가오고 있었다. 신우는 자리에서 일어나려다가 어지러움에 다시 침대에 누웠다. 홍 회장이 그녀에게 다가와서 일어나지 말라고 했다.

"오늘은 하나도 고맙지 않았어. 알겠나? 그렇게 위험한 상황에서 여자가 말이야."

홍 회장은 얼굴이 붉으락푸르락하면서 그녀에게 화를 내고 있었다.

"회장님."

신우는 서운한 마음이 들었다. 홍 회장을 구하기 위해 몸을 날렸고 칼에 찔렸는데 홍 회장이 도리어 화를 내고 있었다. 갑자기 서운한 감정이 밀려왔지만 신우는 꾹 참고 그에게 물었다.

"백까치의 얼굴은 혹시 보셨습니까?"

"지금 상황에서 물어야 하나?"

"네."

그녀는 고통에 얼굴을 찡그리며 물었다.

"못 봤어."

뻔한 답이었다. 그녀가 복면을 벗기지 못했고 그 또한 칼을 막느라 복면을 벗길 생각도 하지 못했을 것이었다. 경호원들이 늦게 도착한 게 아쉬웠다.

"하지만 오른손등에 조잡하게 그려진 새 모양은 봤어."

"조잡하게요?"

그랬다. 그녀도 그 새 모양을 왜 까치 모양이라고 생각했는지 몰랐다. 단순히 모양이 예전 어떤 은행에 그려진 까치 모양과 비슷해서 까치라고 생각한 모양이었다.

"까친지는 모르겠고 하얗게 그려진 새는 있더라고."

그녀가 어렸을 때 보았던 백까치가 맞았다.

"그런데 왜 칼일까? 사람을 죽일 수 있는 다른 것도 많은데……."

"칼에 집착을 하는 것 같습니다."

옆에 있던 박 형사가 말을 이었다.

"20~30cm가량의 칼 2자루를 사용하는 것 같습니다. 공격할 때는 오른손으로 하나만 사용하고 죽일 때는 2개의 칼을 동시에 사용해서 잔인하게 난도질하여 죽이는데, 고도로 훈련이 된 군인처럼 사람이 죽는 곳을 너무나도 잘 파악해서 죽인다는 겁니다."

"고도로 훈련이 된 군인 출신의 청부업자라……."

홍 회장이 한숨을 쉬었다.

"서 형사는 좀 쉬어."

"쉬기는, 이참에 경찰 그만둬. 박 형사, 내일 사직서 제출해
줘."

"아버지!"

"더 이상은 못 참겠어. 아비가 죽는 꼴을 보고 싶으면 알아서
해."

아버지는 화가 단단히 나서 밖으로 나가 버렸다.

"박 형사, 우리 아버지한테 좀 가봐."

"응."

박 형사가 나가자 응급실에 홍 회장과 그녀만 남았다.

"감사했어요."

"뭐가?"

"그래도 회장님이 백까치를 끝까지 잡고 있지 않았다면 진짜로
큰일 날 뻔했어요. 팔은 괜찮으세요?"

"스치기만 했어. 그래서 몇 바늘 꿰맸지. 내 몸에 바늘 자국이
생길 줄은 몰랐군."

그의 농담이 신우의 귀에는 들어오지 않았다.

"죄송해요. 집 안에서도 잘 지켜 드렸어야 했는데……."

"그런데 그 시간에 수영장엔 왜 있었지?"

"네?"

"왜 내가 수영하는 걸 훔쳐보고 있었지?"

홍 회장이 눈을 가늘게 뜨고 그녀를 보았다.

"지나던 길이었어요."

"한참 있었던 것 같은데?"

홍 회장이 그녀를 지금 놀리고 있었다. 그를 보고 있었다는 걸 홍 회장은 알았던 것이었다.

"아! 팔이 아파요."

"꾀병 아닌가?"

"아!"

그녀는 자신의 팔을 어루만지며 눈을 감았다. 눈을 감기 전에 그의 얼굴을 보니 웃음이 가득했다. 재벌에 잘생기기까지 한 이 남자는 그녀와는 다른 세상의 사람이었다. 하지만 신우는 겁 없이 이 남자에게 자꾸만 시선이 갔다.

차가울 것 같으면서도 다정한 면을 보이기도 하고 강해 보이면서도 약한 구석이 슬쩍 비치는 이 대단한 남자에게 그녀의 마음이 향하고 있었다. 뭐, 연예인을 좋아하듯이 그냥 바라보기만 하면 문제 될 건 없을 것 같았다.

짝사랑은 그녀의 마음이니까 말이다. 신우는 마취제 때문인지 다시 깊은 잠에 빠져들었다.

"김씨 왔어?"

"네."

상계동의 허름한 다세대 주택의 반지하로 한 남자가 들어갔다. 옆집의 막노동을 하는 이씨란 놈이 그가 오는 소리를 듣고는 귀신같이 아는 체를 했다. 이 집에 세를 얻은 지가 10년이 넘었지만 아직 이 집 사람들의 얼굴조차 모르고 지냈다.

10년 전에 월세 계약을 할 때 집주인을 한 번 본 게 다였다. 그만큼 폐쇄된 공간이었고 그가 원하던 바였다. 단칸방에 부엌이 딸린 곳이었다. 이 집은 아직도 연탄을 떼는 구조였다. 곰팡이 냄새가 나는 부엌을 지나 방으로 들어가자 며칠 비운 티가 났다.

쾨쾨한 홀아비 냄새가 방 안 가득했다. 배낭을 방 한쪽 구석으로 던지고 그는 한여름임에도 입고 있던 점퍼를 벗어 들었다. 그러자 방바닥에 피가 뚝뚝 떨어졌다.

칼에 베이긴 정말 오랜만이었다. 그는 능숙하게 겉옷을 벗고는 상처를 확인했다. 59살이라는 나이가 무색할 정도로 그의 몸은 근육질이었다. 하지만 그의 온몸에 칼자국이 난무하고 있었다. 북파공작원으로 교육을 받을 당시에 훈련과정에서 생긴 것이었다.

그는 북에서 잡히면 받을 만한 고문을 한국에서 훈련 과정 속에 받았었다. 물 고문, 전기 고문, 하다못해 채찍까지 그의 온몸에 성한 데라곤 없었다. 그리고 그는 북파공작원으로 3년간 활동을 했었다.

오히려 북한에서는 고문 같은 걸 당하지는 않았었다. 이 모든 게 다 국가가 그에게 잘못한 것이었다. 그는 스스로 수술용 바늘을 꺼내 눈 하나 깜빡이지 않고 자신의 팔을 꿰맸다.

그는 양손잡이였다. 그래서 왼손을 다치든 오른손을 다치든 상관없이 혼자 치료가 가능했다.

그는 몸을 씻기 위해 다시 부엌으로 나왔다. 그리고 세숫대야에 물을 받아 피 묻은 자신의 몸을 닦기 시작했다. 지하수 물이라서 그런지 제법 시원했다. 그는 세숫대야 앞에 걸려 있는 작은 거울에 비친 자신의 모습을 보았다.

완벽하게 대머리의 아저씨가 그를 보고 있었다. 아직 쓸 만한 몸이라고 생각했지만 얼굴에 나타난 세월의 흔적은 어쩔 수가 없었다. 피를 다 닦아낸 그는 마지막으로 손등의 독수리 문양을 지웠다.

그는 작업을 나가기 전에 꼭 손등에 흰 독수리를 그리고 나갔다. 그가 북파공작원일 때부터 행운을 가져다주는 마스코트와 같은 의미였다.

"백까치라……."

그는 어이가 없어서 웃음이 나왔다. 어떻게 이 모양을 보고 까치를 생각할 수 있을까? 알다가도 모를 일이었다. 하긴 서 형사가 엉뚱한 구석이 많았다. 지 엄마처럼 말이다.

윙—

갑자기 핸드폰이 울렸다. 이럴 땐 정말 반갑지 않은 전화였다.

"여보세요?"

[서장님, 박 형삽니다.]

"그래."

[서 형사가 백까치의 칼에 찔렸습니다.]

"많이 다쳤나?"

[생명에는 지장이 없고 며칠 쉬면 될 것 같습니다.]

"홍 회장은?"

[회장님도 칼에 베인 부분을 꿰맨 걸 빼면 별다른 이상은 없는 것 같습니다.]

"백까치에 대한 정보는?"

[워낙에 신출귀몰한 놈이다 보니 별다른 증거는 못 찾은 것 같습니다. 홍 회장의 말에 의하면 오른손등에서 백까치 문양을 보았답니다.]

"본청에 보고는?"

[전화 보고는 드렸고 지금 들어가서 보고서를 써야 합니다.]

"자네가 수고가 많아."

[아닙니다.]

핸드폰을 부뚜막에 놓아둔 백까치는 무표정한 얼굴로 피 묻은 자신의 칼을 물로 깨끗이 닦고는 자신이 소중하게 여기는 칼집에 보관을 했다. 30년 이상 그의 손때가 묻은 칼이었다. 이 칼로 그는 수없이 많은 사람을 죽였다.

처음에는 평화를 위해 자신을 고통스럽게 만든 나라의 직책이 높은 양반들을 대상으로 칼을 휘둘렀다. 그 첫 번째 대상은 자신을 잔인하게 고문하라고 지시를 내린 장군과 그의 식구들이었다.

그리고 두 번째는 국회의원이었다. 여기까지는 돈을 받지 않았다. 하지만 세 번째부터는 돈에 욕심이 생겼다. 지금까지 그가 이 방 안에 묻어둔 돈은 새보지 않아서 모르겠지만 5만 원짜리로 몇십 억은 되는 것 같았다.

어떻게든 살인의 이유를 설명하고 싶지만 그는 이유가 없었다. 복수심도 아니고 돈 때문도 아니었다. 그냥 살인을 하면 알 수 없는 쾌감을 느끼기 때문이었다. 물론 그때뿐이었지만 말이다.

어려서부터 그는 거짓말을 잘하는 아이였다. 사람들은 그런 그의 포장된 모습을 보며 좋아했지만 사실 그는 그런 사람들을 비웃었다. 지금도 경찰이라는 포장된 모습으로 그는 사람들을 속이며 뒤로는 살인을 하며 혼자서 모든 사람들을 비웃고 있었다.

사람들은 이런 부류의 사람들을 사이코패스라고 하지만 그는 그렇게 생각하지 않았다. 그는 그냥 살인을 좋아하는 평범한 사람이었다.

그의 집은 따로 있었다. 남편의 잦은 출장에도 신경 쓰지 않는 마누라와 각자의 길을 걷기 바쁜 남매가 있었다. 대화도 없고 정도 없었다. 그래서 그는 이 돈을 그들에게 주지 않았다. 돈을 버는 게 목표가 아니었다.

그냥 때가 되면 하나씩 죽이는 것이었다. 돈 많고 적들이 많은 인간들을 말이다. 경찰서장이라는 직업은 재미가 없었다.

방으로 들어온 그는 이불도 깔지 않고 맨바닥에 누웠다. 살에 닿는 바닥이 끈적거렸다. 마치 사람의 피가 끈적이는 것처럼 말이다.

"홍 회장……."

그가 회장이 되었을 때 국내에서 커다란 이슈였다. 그리고 얼마 후에 홍 회장이 회장 자리에 오른 게 가장 배가 아플 만한 사람인 홍미란이라는 여자에게 접근하자 기다렸다는 듯이 그에게 홍 회장을 처리해 달라고 했다.

세상엔 그처럼 사람이 되길 거부하는 인간들이 많았다. 어쩌면 이런 그를 그들은 기다려 왔는지도 몰랐다. 그는 자신이 연락을 해서 단 한 번도 거절을 당하지 않았다. 그들은 자신들의 곡간을 그에게 열어주며 어서 가져가라고 했다.

"한심스러워."

그는 천장을 바라보며 씁쓸한 미소를 지었다. 홍 사장이란 여자는 지난번의 실패로 그에게 다시 한 번 실패를 했다가는 가만히 두지 않겠다고 했다. 정신이 나간 여자였다. 그에 대해 뭘 안다고 뚫린 입이라고 함부로 놀리는지 어이가 없었다.

하지만 그답지 않게 두 번의 실패를 맛보니 점점 더 흥미로워졌다. 하지만 그에겐 세 번의 실패란 없었다. 조금 더 기다린 후에 작전에 나설 것이다.

"우리 서 형사가 많이 컸어."

아무리 떼어내려고 해도 엄마의 죽음에 대한 집착이 너무 강했다. 그러면 그가 아무리 예뻐하는 형사라도 어쩔 수가 없었다.

윙—

마누라였다.

"여보세요?"

[여보, 큰아이가 이번에 배낭여행을 다녀온다고…….]

"그건 알아서 하라고 해."

[당신은 어쩌면 그렇게 애들한테 관심이 없어요?]

"……."

[주워온 애들인 것처럼 굴어요?]

그럼 아니냐는 말이 입 밖으로 나올 뻔했다. 그는 거의 집에 들어가지 않았다. 하지만 이상하게 그가 들어가고 얼마 후면 꼭 아내가 아이를 임신했었다. 무슨 애 낳는 기계도 아니고 어쩜 그렇게 잘 생기는지 그는 이해할 수가 없었다.

그가 없는 동안 다른 놈이랑 붙어먹었을 수도 있었다. 그래서인지 아이들 둘 다 그를 닮은 구석이라고는 눈을 씻고 봐도 없었다. 그러니 더 애정이 가지 않을 수밖에 없었다. 살인청부업자의 삶을 들키지 않기 위해 그는 가정도 가졌고 경찰로서의 인생도 살았다.

하지만 그의 인생에서 가정이나 경찰은 그리 중요하지 않았다. 한마디로 흥미가 없었다. 그가 정년퇴임을 하고 나서는 행동에 더 조심을 해야겠지만 그는 정년퇴임과 동시에 이혼도 생각하고 있었다.

이제 백까치로는 막을 내리려고 한다. 홍 회장을 죽이려다가 하마터면 서 형사와 홍 회장에 의해 잡힐 뻔했다. 잡히는 건 두렵지 않지만 답답한 교도소에 갇히는 건 싫었다. 이번 일을 마무리하고 지난번에 생각해 두었던 사립탐정 사무소를 열 생각이었다.

그럼 심심하지 않게 노후를 보낼 수 있을 것 같았다. 차우철은 철저하게 이중생활을 하는 사이코패스였다. 살인청부를 핑계로 그는 인간 사냥을 즐기고 있었다. 사람을 죽일 때의 희열은 칼로 찌를 때가 최상이었다.

그는 순간 자신이 살인을 멈출 수 있을까라는 생각을 했다. 아마도 절대 그렇게는 못 할 것 같았다. 차라리 마약쟁이들에게 약을 끊으라고 하는 게 나을 것 같았다. 우철은 비릿한 미소를 지으며 눈을 감고 잠을 청했다.

혜성그룹 본가에 차디찬 냉기가 흐르고 있었다. 재벌가에 걸맞은 유럽풍의 커다란 소파에 귀족부인 같은 롱드레스를 입은 유 여사와 최고급 명품 원피스를 입은 홍 사장이 마치 그림의 모델처럼 정지 자세로 앉아 있었다.

어릴 때부터 보아온 그들의 너무나 딱딱한 우아함에 태훈은 신물이 날 지경이었다. 얼굴은 형식적으로 부드러운 미소를 띠고 있으면서도 하는 일들은 잔인하기 그지없는 인간들이었다.

"단도직입적으로 말하겠습니다."

"……."

그의 말은 듣지도 않고 찻잔을 우아하게 집어 올린 유 여사와 그 옆에서 그를 아주 무시하는 태도로 차를 홀짝이는 홍 사장이었다.

"전 죽지 않습니다."

찻잔을 쥐고 있는 홍 사장의 손이 순간적으로 경직되었다가 풀렸다.

"무슨 말을 그렇게 교양 없이 하니?"

유 여사가 그를 나무랐다.

"저야 원래 서출이라서 교양 같은 건 모릅니다."

그도 차갑게 쏘아붙였다.

"어릴 때부터 사람들을 시켜서 절 유괴하고 감금, 폭행을 지시했던 게 홍 사장인 거 압니다."

"너 요즘 소설 쓰니?"

이런 말에 꿈쩍할 홍미란이 아니었다.

"이제 그만하는 게 좋을 겁니다. 안 그러면 이번엔 누님께서 큰 코를 다칠 테니까요."

"그럼 내가 가만있을까?"

"상관없어. 나도 똑같이 갚아줄 테니까. 언제 납치될까? 언제 죽을까? 를 생각하며 매일매일 불안하게 만들어줄게. 가장 싫어하고 공포스러운 일을 당하게 할 거야. 마지막 경고야. 내가 가만히 있을 거라는 착각은 하지 마. 나도 아버지의 무서운 피가 누님과 똑같이 흐르고 있으니까. 내가 누님을 제치고 회장이 된 걸 보면 더 나을 수 있겠다."

"……."

애써 아무렇지 않은 것처럼 가만히 앉아 있었지만 홍미란의 입가에 경련이 일었다.

"칼 맞아봤어? 살짝 스치기만 했는데 아프더라고. 상처가 평생 갈지도 모른다는군. 누님의 이 고운 피부에 흉터가 생기면 안 되니까 빨리 정신 줄 잡으라고."

그가 자리에서 일어났다.

"이 집에서 당장 나가!"

"그럼요, 동생 죽이라고 문 열어주는 집에서 어떻게 있겠습니까?"

"……."

그들은 아무런 말도 하지 않았다. 넘겨짚어서 한 말인데 맞는 것 같았다.

"이렇게 조용하면 진짜 그런 줄 내가 오해하지. 아니라고 말해야 하는 거 아니야?"

그는 이렇게 말을 하고는 그 자리를 벗어났다.

"홍태훈!"

홍미란의 부름에 태훈은 얼굴에 비릿한 미소를 지으며 뒤돌아 그들을 보았다.

"내가 죽기 전에 네가 먼저 죽을 거니까 까불지 마."

홍미란이 소리를 질렀다.

"두고 봐. 누가 먼저 저세상으로 가는지."

태훈이 손가락으로 땅을 가리켰다.

"누님한테는 천국보단 지옥이 더 잘 어울리니까."

"야!"

"왜, 지옥은 싫은가?"

그는 마음껏 비꼬았다.

"그리고 내일 아침에 이곳을 나갈 거야. 별로 좋지도 않은데 내가 왜 굳이 여기 있겠어. 그리고 걱정하지 마. 혜성호텔로도 안 갈 거야. 불친절하더라고."

그는 마지막으로 두 모녀의 약 오른 모습을 보며 자신의 방으로 향했다. 오늘은 그의 방문 앞에 두 명의 경호원들이 지키고 있었다. 창문 아래도 역시 경호원들이 지키며 거의 철벽 수비를 했다.

"후~"

창밖을 보며 그는 절로 한숨이 나왔다. 창밖에는 어제 그가 수영을 즐겼던 수영장이 보였다. 어젯밤은 유난히도 무더워서 그는 이곳에서 처음으로 수영을 즐겼다. 달빛이 유난히 빛나던 밤이었다.

조명 없이도 주변이 밝게 보였으니까 말이다. 한참을 수영하다 보니 별채 쪽 길에서 넋을 놓고 걸어오는 신우가 보였다. 편안한 반바지 차림의 신우였지만 유난히 다리가 돋보였다. 그의 시선이 자꾸만 그녀에게 가 있었다.

그리고 마침내 그녀가 그의 수영하는 모습을 훔쳐보고 있음을 느꼈을 때 그는 강한 자극을 받았다. 그녀와 수영장에서 한가로이 수영을 하면 어떨까라는 생각이 들었다. 그녀의 가녀린 허리를 그의 강인한 손이 잡는다면 아주 기분이 좋을 것 같았다.

그런 생각을 하다가 태훈은 머리를 흔들었다. 그 뒤의 일이 떠올랐기 때문이었다. 그는 죽을 뻔했고 그녀도 잃을 뻔했다. 아주 순간의 일이었다. 그렇게 허술하게 공격당하리라고는 상상도 하지 못했었다.

이대로 당하고 있지만은 않을 것이다. 이번에 그가 들어갈 집은 아버지께서 은밀하게 사람들을 만날 때 사용하던 곳이라고 했다. 그가 위험에 노출되는 걸 누구보다 싫어하시는 분이었다. 이번 사건에 대해 아무런 말도 없으시다 생각했는데 뒤에서 다 대비를 하셨던 모양이었다.

유 여사와 홍 사장이 제주도에 계시는 아버지에게 매일같이 전화를 해서 그의 험담을 늘어놓았고 그가 한국에 온다는 소식에 제주에서 며칠을 묵으며 아버지를 매일같이 설득한 홍 사장이었다. 하지만 아버지는 결국 태훈의 손을 들어주었다.

아버지는 사업이 전부인 분이고 지금은 그런 혜성그룹을 그가 지휘하고 있었기 때문에 아버지가 자연스럽게 그를 신경 쓸 수밖에 없었다.

똑똑!

오 집사였다.

"저녁 약 드실 시간입니다."

그에게 약을 건넨 오 집사의 표정이 그리 좋지 않았다.

"무슨 일 있습니까?"

"그게……."

"뭡니까?"

"본가에 계시는 게 그래도……."

오 집사는 그가 이번에 칼에 베인 게 엄청나게 충격인 것 같았다. 하지만 오 집사는 본가가 얼마나 안전한지 잘 알고 있었다. 이번 사건이 있기는 했지만 그래도 보안이 잘되었기에 경호원들이나 신우가 그를 보호했다고 생각하는 모양이었다. 그래서 그가 아주 안 좋은 일을 모면할 수 있었다고 생각하는 것 같았다.

"불편하시겠지만 이곳에 계시는 게 더 안전하지 않을까 해서 말씀드리는 겁니다."

"여기가 더 위험합니다."

"그건 압니다만 본가처럼 보안이 철저한 곳도 없습니다."

"살인청부업자에게 문을 열어준다면 이곳이 제일 위험한 곳입니다."

"이번에도 아가씨를 의심하십니까?"

"의심이 아니라 확신입니다."

그가 더 이상 오 집사가 말을 꺼내지 못하도록 했다.

"청담동 빌라 아시죠?"

"네."

"내일부터 그곳으로 갑니다."

"알겠습니다. 준비하도록 하겠습니다."

"집 안에는 오 집사님과 아주머니 두 분 정도로 국한했으면 합니다."

"네, 범인이 잡힐 때까지는 그렇게 하겠습니다."

조용한 성격의 오 집사였다. 그에게 어떤 의견을 말할 때는 정말 걱정이 될 때였다. 어려서부터 그를 길러준 사람이었다. 정도 친부모님보다 더 들었다. 그가 이렇게 말을 어렵게 꺼내면 거의 들어주었지만 이번만은 그럴 수가 없었다.

그는 이 집 자체가 싫기 때문이었다.

이른 아침 그는 회사로 출근하기에 앞서서 신우가 입원해 있는 병원에 들르기로 했다. 그를 구하려다가 그렇게 되었기 때문에 신경이 쓰였다. 아니, 단순히 그렇기 때문에 간다고 애써서 합리화를 시키고 있는 태훈이었다.

"잠깐만 차 세우게."

사건 이후에 운전은 경호원 중의 한 명이 했다. 그래서인지 뭔가 어색했다. 아침마다 신우가 운전하는 차를 타고 출근하는 게 좋았는데 지금은 그런 소소한 재미가 없었다.

차가 선 곳은 작은 꽃가게였다. 빈손으로 병문안을 가는 게 예의는 아닌 것 같았다. 하지만 그동안 그는 한 번도 자신의 손으로 꽃을 산 적이 없었다. 모든 일은 그의 비서들이 처리했기 때문이었다.

하다못해 그와 사귀던 여자들에게도 어김없이 비서들이 꽃이며 선물들을 보냈지 그가 직접 이렇게 꽃가게에 들른 적은 없었다. 꽃가게의 문을 열자 신선한 풀 냄새가 그의 코를 사로잡았고 형형색색의 꽃들은 그의 눈을 현혹하고 있었다.

"뭘 찾으세요?"

꽃집 주인이 수줍은 미소를 띠며 그를 맞이했다.

"환자한테 선물할 건데……."

"여자친구 분에게 하실 건가요?"

"아니, 뭐 그게……."

이런 경험이 없으니 상당히 어색했다.

"오늘 새벽에 들어온 붉은 장미가 아주 좋을 것 같아요. 진짜 예쁘거든요."

주인이 아직 풀지도 않은 장미를 그에게 권했다. 꽃을 볼 줄 모르는 그에게도 예쁘게 보이는 붉은 장미였다.

"이걸로 할까요?"

그가 고개를 끄덕이자 주인은 아주 솜씨 좋게 아름답고 풍성한 꽃다발을 금방 만들었다.

"누군지 몰라도 손님의 여자친구가 부럽네요. 멋진 남친에 아름다운 꽃까지……."

주인이 그에게 꽃다발을 건네며 말했다. 이런 말들이 어색한 태훈이었지만 기분이 나쁘진 않았다. 오히려 좋았다. 아무래도 칼에 베이고 나더니 정신도 이상해진 것 같았다. 이렇게 소소한 곳에서 행복을 느끼다니 말이다.

그가 꽃다발을 가지고 병원에 도착하자 사람들의 시선이 일제히 그에게 쏠렸다. 언제나 그의 등장은 사람들의 시선을 빼앗았지만 그는 이미 그런 시선에 익숙해 있었다. 하지만 오늘은 달랐다. 꽃다발을 처음으로 들고 가자니 여간 창피한 게 아니었다.

그래도 이 꽃을 받으며 즐거워할 신우를 생각하며 그는 거의 날듯이 빠른 걸음으로 신우가 있는 특실로 향했다.

하지만 그의 기대와는 달리 신우는 병실에서 정말로 대자로 뻗어 있었다. 하지만 실망보다는 안심이 되었다. 꽃을 들고 온 그를 보고 신우가 이상하게 생각하면 어쩌나 하는 마음이 들었기 때문이었다.

드르렁!

"코까지 고는 여자라……."

태훈은 피식 웃음이 나왔다.

"으흠."

그가 헛기침을 했지만 아주 깊은 잠에 빠져 있는 신우는 깨어날 생각을 하지 않고 있었다. 태훈은 침대 옆의 의자에 앉아서 신우의 얼굴을 내려다보았다. 엉뚱하기는 해도 자신의 일을 성심껏 한다는 걸 알았다.

거친 일을 하는데도 잠자는 모습은 아무 걱정 없는 아이 같았다. 어찌나 피부가 고운지 매일 관리를 받는 여자들보다도 더 맑고 투명했다. 그의 손이 자신도 모르게 그녀의 얼굴까지 갔다가 되돌아왔다.

괜히 편히 잠들어 있는데 깨우고 싶지는 않았다. 그는 장미꽃다발을 테이블에 놓고는 자리에서 일어났다. 하지만 일어나서도 태훈은 한참을 그 자리에 머물러 있었다. 이상하게 발걸음이 떨어지지 않았다.

그를 위해 온몸을 내던진 여자였다. 잘 알지는 못하지만 이상하게 더 알고 싶게 만드는 이상한 재주를 가진 여자였다. 하지만 두려웠다. 감정적으로 누군가를 받아들이기엔 그는 너무나 할 일이 많았고 무엇보다 중요한 건 아직 여자를 받아들이는 방법을 알지 못한다는 것이었다.

칼에 찔리긴 했지만 아주 치명적인 상처가 아니어서 신우는 며칠 만에 퇴원을 하게 되었다. 어제 아침에 받게 된 갑작스러운 장미꽃다발은 신우의 가슴을 떨리게 만들었다. 처음엔 누가 가져다 놓은지 몰랐지만 그녀의 방을 담당하는 간호사가 하도 호들갑스럽게 말하는 바람에 그가 놓고 간 것임을 알아차렸다.

"회장님은 생긴 것도 너무 멋있으신데 이렇게 경호하는 분까지 챙기시다니 완전 멋있어요."

간호사는 마치 연예인이 다녀간 것처럼 그의 사소한 행동 하나하나까지 다 그녀에게 알려주었다.

"홍 회장님은 여자친구 없어요?"

"……."

"돈도 많으시니까 유명한 연예인이나 재벌가 딸들을 만나겠죠? 누군지 몰라도 완전 좋겠어요."

상당히 시끄러운 간호사였다.

"퇴원 수속 다 끝났다."

아버지가 퇴원 수속을 마치고 돌아오셨다. 그런데 그 뒤로 차 서장이 따라 들어왔다. 손에 붕대를 감고 말이다. 신우가 놀란 얼굴로 차 서장을 보았다.

"다치셨어요?"

"응, 요즘 조각하는 거 배우는데 잘못 해서 다쳤어."

아무렇지 않게 말을 하는 차 서장이었다.

"지난번엔 불에 데시더니 요즘 왜 그렇게 다치세요?"

"서 형사가 시어머니야? 시어머니는 서 형사 아버지 하나로 족해. 안 그래요?"

"너처럼 꿰맸다는구나. 혜화서가 물이 안 좋아."

"우리 서가 어때서요? 맨날 시비야."

"시비는 무슨."

차 서장은 아빠의 후배였고 엄마의 동기였다.

"형님도 참, 저도 사회적인 지위가 있지 서 형사 앞에서 이러실 겁니까?"

"자넨 내 관심사가 아니고. 우리 신우 좀 해고해."

"또 왜 이러십니까?"

"애가 저렇게 누워 있는 것 보면 몰라?"

"넌 또 왜 하지 말라는 짓 해가지고 이 모양이야. 살살해야지 그렇게 죽을 듯이 달려들면 되겠어?"

"괜히 그러지 말고 이번에는 확실하게 잘라."

"아참 형님, 요즘 일자리 구하는 게……."

"차우철! 네 딸 아니라고 이러기야?"

"전 한 번도 신우를 딸이 아니라고 생각해 본 적이 없어요."

아버지와 차 서장이 그녀를 사이에 두고 거의 싸우기 일보 직전이었다. 두 분이 만나면 언제나 시끄러웠다. 친하다는 표시를 꼭 이런 식으로 하는 두 사람이었다.

"아버지, 서장님! 저 퇴원해야 한다고요."

그녀의 말에 한참을 말다툼하던 아버지와 차 서장이 겨우 떨어졌다.

"서장님, 그런데 오늘 바쁜 날 아니십니까?"

"바쁜 날 맞아."

그렇게 말을 하면서도 시선은 아버지에게 가 있었다.

"아버지도 본가에 들어가 봐야 한다면서요."

그런데 그때 오 집사가 병실로 들어왔다. 매번 놀라기는 하지만 오 집사는 완전 중세의 집사 분위기였다. 하긴 그 집 식구들은 오래된 유럽풍스타일이었다. 화려한 이태리 가구에 레이스가 달린 드레스를 즐겨 입는 안주인에 그리고 그녀의 딸까지 얼굴만 동양인이지 의식주가 완전 옛 유럽의 영주 같았다.

왕족이라고 말하기엔 두 모녀는 그런 고급스러움은 없었다. 아니, 못된 영주의 부인과 딸 같았다.

"서명철씨는 그대로 본가로 돌아가시면 됩니다. 오늘부터는 제가 서 형사님을 관리합니다."

오 집사가 아버지에게 말하는 뜻이 신우는 이해가 되지 않았다. 그녀가 오 집사의 관리를 받을 이유가 없었다.

"절요? 왜요?"

"회장님의 분부십니다. 회장님을 지키시려면 몸이 빨리 회복돼야 한다고도 하셨습니다."

자기 몸은 살뜰히도 챙기는 홍 회장이었다.

"알겠습니다. 들으셨죠? 두 분 다 빨리 본인들의 일터로 돌아가십시오. 차 서장님은 병원 오신 김에 치료도 좀 받고요. 일 년에 한두 번은 꿰매야 좋으세요? 그러다가 몸이 조각보 됩니다."

퇴원 수속은 금방 끝이 났는데 그녀를 걱정하는 남자들 때문에 시간이 지체되고 있었다.

"젊은 총각들이 이러면 얼마나 좋아."

"뭐?"

아버지와 차 서장이 동시에 말했다.

"아닙니다. 전 오 집사님 따라갑니다."

"서신우!"

아버지의 부름에도 신우는 오 집사를 따라갔다.

"집사님이 이해하세요. 제 주위의 남자들이 좀 시끄럽습니다."

"……."

오 집사는 과묵함을 유지하고 있었다. 신우는 오 집사를 쫓아가면서 알 수 없는 떨림을 다시 한 번 느꼈다. 떨림이라기보다 기대 같은 것이었다. 본가가 아닌 그의 집으로 간다니 느낌이 조금은 달랐다.

수영장에서의 그 황홀하던 모습이 떠오르자 신우는 고개를 흔들었다. 이렇게 산만하면 근접경호를 하는 데 방해가 된다. 정신을 가다듬으며 그녀는 오 집사가 운전하는 캐딜락을 타고 홍 회장의 새로운 거처로 향했다.

4. 야릇한 시선

청담동은 정말로 신우에겐 어울리지 않는 동네였다. 대부분이 상류층인 이곳은 평범한 사람들이 발을 내딛기엔 불편함이 가득한 곳이었다. 그런데 이런 곳에 탑 오브 탑인 빌라 안으로 그녀는 말로만 듣던 캐딜락을 타고 들어서고 있었다.

물론 이곳에서 사는 것도 아니고 초대를 받아 가는 것도 아니지만 더 난감한 건 이곳이 새로운 근무처가 된다는 것이었다. 아무리 백까치라고 하더라도 이곳에 들어오기란 쉽지 않을 듯했다.

신우의 느낌이지만 이곳은 절대로 범행 장소가 될 수 없었다. 곳곳에 CCTV가 사각지대 없이 꼼꼼하게 설치가 되어 있었고 아파트 경비도 상당히 많았다. 지하 주차장에도 경비가 있었다.

그런데 거기다가 홍 회장의 경호원들이 장사진을 치고 있으니 도저히 이곳은 들어올 수가 없을 것이다. 하지만 방심은 금물이었다. 철통 수비라는 그의 본가도 공격을 당했으니 말이다.

"서 형사님!"

오 집사가 그녀를 불렀다.

"네?"

오 집사가 어느 틈에 엘리베이터에서 내려 그녀를 보고 있었다.

"아, 내립니다."

오 집사는 그녀의 캐리어를 들고 앞장을 섰다. 현관문이 열리고 신우의 입도 같이 열렸다.

"우와!"

경호원들이 바깥에서 피식 웃거나 말거나 그녀는 홍 회장의 대단한 집에 입이 떡 벌어지고 말았다. 첫 번째로는 거실에 놀랐고 두 번째로는 거실 안에 수영장이 있다는 것에 놀랐다. 지난번에도 수영을 하는 걸 봤는데 이 사람은 수영을 즐기는 것 같았다.

거기에 복층 구조의 집은 상당히 인상적이었다. 말이 빌라지 완전히 대저택이었다.

"서 형사님의 방은 이쪽입니다."

"방이라뇨?"

"회장님께서 이번 일 때문에 위협을 느끼신다며 청장님께 부탁하셔서 서 형사님께 당분간 경호를 맡기신다고 하십니다."

"그거야 제 일이니까 당연히 하는데 집에 같이 있다는 건 좀 그러네요. 바깥에 저렇게 많은 경호원들도 있고······."

"회장님께 직접 말씀하십시오."

"아, 네."

"퇴근하실 때까지 시간이 있으니 편하게 쉬십시오. 필요하신 게 있으시면 말씀하시고요. 여기에 일하는 아주머니 두 분이 계시니 그분들에게 말씀하셔도 됩니다."

"네."

그녀가 묵을 방에 짐을 가져다주고는 오 집사가 자리를 피해주었다. 방은 깔끔하게 정돈이 된 게스트룸이었다. 방 하나에 욕실이 딸린 곳이었다. 신우는 홍 회장에게 말을 하고 집에서 출퇴근을 할 예정이라서 짐을 풀지는 않았다.

"아아암."

갑자기 피곤이 몰려왔다. 병원약이 독하긴 한 것 같았다. 자꾸만 잠이 쏟아지니 말이다. 칼에 찔린 부분을 보호하기 위해서 어깨서부터 팔까지 붕대로 감겨 있었다. 답답하긴 했지만 움직이는 데는 괜찮았다.

"한숨만 자자."

그녀는 침대에 누워 잠을 청했다. 이번에는 아무런 꿈도 꾸지 않기를 바라면서…….

똑똑!

문을 두드리는 소리가 나는 것 같았지만 꿈이라 생각했다. 약기운 때문인지 눈은 감고 있었지만 깊은 잠을 잘 수가 없었다. 선잠이 든 그녀는 문소리가 꿈속에서 나는 것이라 생각했다.

누군가 그녀의 방 안으로 들어왔지만 누군지 알 수는 없었다. 다만 아주 자극적인 향이 느껴졌다. 아주 섹시한 향이 났다.

그리고 그 향의 주인공은 그녀의 옆에 서 있었다. 하지만 이 정체 모를 사람이 그녀는 두렵지 않았다. 갑자기 그녀의 볼에 누군가의 손이 스쳤다. 아주 부드럽게 그녀의 볼을 쓰다듬었다. 눈을 떠야 할지 말아야 할지 분간을 할 수가 없었다. 어떻게 해야 하나?

하지만 눈을 뜨면 허망한 꿈일 것 같았다. 지금은 이 상황을 즐기고 싶었다. 단단하고 거친 느낌이 남자의 손이었다.

이 손이 홍 회장의 손이면 얼마나 좋을까? 그런 생각이 들자 꿈이어도 기분이 좋은 신우였다. 꿈은 그녀의 마음이었다. 신우는 꿈이란 생각에 용기를 내서 남자의 손을 잡았다. 그러자 당황했는지 남자의 손이 순간 굳었지만 이내 그녀의 손을 꼭 잡아주었다.

"으음."

자신도 모르게 신음 비슷한 소리를 내며 남자의 손을 자신의 빰에 가져다 댔다. 역시 꿈은 좋은 것이었다.

"기분이 좋은가 보군."

아무리 꿈이라지만 이건 홍 회장의 목소리였다. 깜짝 놀란 신우가 눈을 뜨자 진짜 그녀의 눈앞에 홍 회장이 서 있었다. 당황한 신우가 그의 손을 뿌리치려 했지만 그는 그녀의 손을 놓아줄 생각이 없는지 힘을 주어 꼭 잡았다.

"언제 오셨어요?"

"방금."

"오셨으면 깨우셨어야죠?"

신우의 얼굴이 붉어졌다.

"코를 골며 아주 잘 자고 있어서."

"저는 코를 골지 않습니다."

순간 얼굴이 화끈거렸다.

"하하하, 그렇군."

그의 잘생긴 얼굴에 장난기가 가득했다. 원래 이런 사람이었나라는 생각이 들었다. 하긴 재벌 이전에 그도 사람이라는 걸 깜빡했다.

"내가 그렇게 잘생겼나?"

"네?"

"너무 빤히 보는 거 아닌가? 난 초상권이 있는 사람이야."

그가 이렇게 말을 하고는 화통하게 또 한 번 웃었다. 안 그래도 잘생긴 얼굴에 웃음기가 도니 신우의 가슴이 요동치기 시작했다.

"그게 아니라 손을 좀 놓아주시는 것이……."

"왜, 싫은가? 남들은 서로 악수하겠다고 난리인 손인데."

그녀가 억지로 손을 빼려고 하자 그가 힘을 주었다.

"아!"

칼에 찔린 팔에 통증이 왔다. 어깨와 팔의 중간을 관통해서인지 팔을 움직이면 통증이 따랐다.

"미안."

그가 서둘러 손을 놓더니 갑자기 그녀를 자신의 품에 안았다.

"다쳤다는 걸 깜빡했어."

신우는 팔에 느껴졌던 통증보다 지금은 미친 듯이 뛰고 있는 자신의 심장 소리에 더 놀랐다. 그가 지금 자신을 안고 있었다. 이게 무슨 상황인지 자신은 왜 이렇게 떨고 있는지 진짜 미칠 것 같았다.

"아직도 아픈가?"

"……."

그는 여전히 그녀를 품에 안고 있었다. 홍 회장이 왜 이러는지 도저히 알 수가 없었지만 기분이 아주 묘했다.

"회장님……."

정신을 차린 그녀가 그의 가슴을 살짝 밀치며 그를 불렀다. 하지만 그는 미동도 하지 않고 있었다.

"고마웠어. 누군가가 그렇게 날 위해 몸을 던진 건 처음이었어. 물론 직업의식이긴 했겠지만 말이야."

그가 살짝 힘을 주었다. 그녀의 볼이 그의 와이셔츠에 눌렸다. 그의 심장 소리인지 자신의 심장 소리인지 모르겠지만 북소리처럼 크게 들리고 있었다.

"이제 그만……."

그녀의 말에 그가 살짝 그녀를 놓아주었다.

"부탁이 있어."

"……."

그의 눈을 처음으로 이렇게 가까이서 보았다.

"다음엔 날 위한 일이든 직업정신이든 그렇게 덤벼들지 마. 난 신우가 다치는 게 싫어."

이 남자가 점점 이상한 소리만 하고 있었다. 멍하게 그의 눈 속에 비친 자신의 모습을 보았다. 잘못 생각하면 그가 마치 그녀에게 관심을 갖고 있다는 착각을 하게 만드는 상황이었다. 그가 뭐가 아쉬워서 그녀에게 관심을 갖겠는가? 혼자 김칫국을 사발로 마시고 싶지는 않았다. 그녀는 주제파악 하나는 굉장히 잘하는 여자였다.

"감사의 표현이 너무 미국식이네요."

그녀는 뻘쭘한 마음에 농담을 던졌다. 하지만 온몸이 떨리고 마음은 잘 자다가 날벼락을 맞은 기분이었다.

"미국식 인사가 마음에 드나?"

"네?"

"하하하, 미국식으로 더 할 수 있는데?"

"아닙니다."

그녀가 칼같이 잘랐다. 홍 회장은 여전히 웃고 있었다.

"일어나."

"네?"

"저녁 먹어야지."

"저는 별로……."

"빨리 나와. 안 그러면 미국식으로 안고 나갈 테니."

그의 말이 끝나기 전에 신우는 침대에서 벌떡 일어났다.

"하하하."

그가 아주 기분 좋게 웃었다. 신우는 얼른 옷을 고쳐 입고 그의 뒤를 따랐다. 홍 회장은 정말로 그녀의 마음을 들었다 났다 하는 신기한 재주가 있었다.

아버지의 아방궁인 이곳은 사람들을 초대해서 파티도 하고 긴밀한 회의를 할 때 쓰이던 곳이었다. 말은 그렇지만 이곳은 아버지가 수많은 여인들과 염문을 뿌린 장소이기도 했다. 본가의 유여사나 제주별장의 어머니의 눈에서 눈물을 흘리게 만든 장소이기도 했다.

아버지의 여성 편력은 대단했다. 그래서인지 그는 아무 여자나 만나는 게 싫었다. 정상적인 가정이 얼마나 부러웠는지 몰랐다. 친구들의 평범한 가정이 그는 너무나 부러웠다. 한 아버지에 한 어머니, 어쩌면 당연한 그것을 그는 가지지 못했었다.

"오늘은 회장님께서 좋아하시는 김치찌개를 준비했습니다."

"네, 감사합니다."

코끝에서 그가 미국에서 그리워하던 고향의 향이 느껴졌다. 그리고 지금 그의 옆에서 어쩔 줄을 몰라 하며 앉아 있는 그녀의 모습도 아주 좋았다. 오늘 밤은 여러모로 만족스러운 밤이었다.

"장미는 마음에 들었나?"

"네? 네."

신우의 눈동자가 불안한지 흔들리고 있었다.

"갖고 싶은 게 있나?"

지금 그의 마음 같아서는 그녀가 원하는 건 뭐든지 들어주고 싶었다.

"무슨 말씀이신지?"

신우의 얼굴엔 이해할 수 없다는 표정이 지어지고 있었다. 좋아할 줄 알았는데 의외였다. 그가 알던 여자들은 이럴 땐 아주 고가의 물건을 요구했을 것이다. 그런 면에서 신우는 셈이 느렸다. 물론 그런 면이 그의 마음에 들긴 했지만 말이다.

"답례를 하고 싶은데……."

"아닙니다. 전 경찰이고 할 일을 했을 뿐입니다."

"그래도……."

"아닙니다. 회장님께서 아무 이상이 없으신 것만으로도 감사하고 있습니다."

그가 손을 들어 밥을 먹으라는 표시를 하자 그녀가 얼른 숟가락을 들었다. 한참을 말없이 밥을 먹던 그녀가 그에게 어렵게 말을 꺼냈다.

"전 집에서 출퇴근을 하고 싶습니다."

"안 돼!"

뭘 가지고 싶냐고 물었더니 엉뚱한 소리를 하는 그녀에게 태훈은 화가 났다.

"여기는 회장님을 지킬 경호원들도 많고……."

"맞아. 하지만 침실까지 지키지는 못하지."

"네? 침실……."

그가 웃으며 그녀를 쳐다보았다.

"오해는 하지 마. 신우의 방과 내 침실이 연결되어 있다는 뜻이야.”

“그럼 다른 경호원들을 쓰시는 게…….”

“피해자를 보호해야 하는 게 경찰의 의무 아닌가?”

“그건 맞지만…….”

“그리고 백까치를 잡아 엄마의 복수를 하고 싶지 않나?”

“…….”

엄마를 이용하는 게 그녀를 머물게 하려는 방법치고는 치사한 방법이었지만 지금은 그 무엇보다도 최상의 방법이긴 했다.

그의 말에 신우가 그의 눈을 처음으로 똑바로 쳐다봤다. 그녀의 눈에서 살기가 느껴지고 있었다.

“복수하고 회장님을 지키는 것과는 별개입니다.”

“복수를 하기 위해서 날 지키겠다고 지원한 것 아닌가?”

그가 정곡을 찌르자 신우는 가만히 그를 응시할 뿐 더 이상의 대꾸를 하지 않았다.

“복수도 하고 나도 지켜.”

“회장님.”

“오늘부터 이 집에서 지내도록 해. 녀석은 언제 나타날지 모르니까. 내 옆에 꼭 붙어 있어. 백까친가 하는 녀석은 표적이 죽기 전에는 물러나지 않는다고 알고 있거든. 난 죽기 싫어.”

“그렇게 놔두지 않습니다.”

신우가 이를 꽉 물며 말했다.

"운동을 굉장히 많이 한 녀석이더군. 손을 보니 나이가 꽤 있을 것 같은데 힘은 젊은 사람 못지않았어."

"손에 뭔가 특별한 것이 있었습니까?"

"오십대는 넘어 보이는 손이었고 운동을 많이 했는지 손에 굳은살과 상처가 많았어."

"그리고요?"

"다른 건 어두워서 잘 보지 못했어. 칼을 쥐고 있는 손의 그림은 문신이 아니라 아주 조잡하게 그려진 그림 같았는데 어릴 때 본 게 문신이 맞아?"

그가 보기에 백까치의 손에 그려진 새 그림은 문신이 아니었다.

"마치 귀족 가문의 휘장이나 군부대의 마크 같은……."

신우도 잠시 백까치 그림을 기억해 보는 것 같았다.

"난 잘 그리지 못한 독수리 같던데……."

"그럴 수도 있을 것 같아요. 손에 문신만 찾으니 범인을 못 찾은 거예요. 범행 때만 그리고 평상시에는 지울 수 있었는데 말이에요."

"어릴 때 기억을 백 프로 믿지 말고 차근차근 다시 기억을 더듬어봐."

"알겠습니다."

신우의 눈이 그 어느 때보다 반짝였다. 그런 신우의 모습에 태훈은 가슴이 뛰었다. 처음으로 느끼는 아주 간지러운 느낌이었다.

"밥 마저 먹어."

"네."

밥을 먹으면서도 생각에 잠겨 있는 신우였다. 그의 눈에는 그렇게 보였다. 어린 신우가 겪었을 일을 생각하면 그의 가슴이 아팠다. 어머니의 죽어가는 모습을 본 어린아이가 얼마나 고통스러웠을지 태훈은 신우를 다시금 그의 품에 안아주고 싶었다.

"으으으."

태훈은 이런 자신의 반응에 오글거림을 느끼며 머리를 흔들었다. 점점 정상이 아닌 상태가 되어가는 것 같았다.

조금 전 그녀의 방에 들어가서 그는 신우를 품에 안았다. 여자와 섹스를 하지 않고도 이렇게 자극적일 수 있다는 게 놀라웠다.

"회장님, 작은사모님 전화십니다."

그는 오랜만에 어머니와 통화를 했다.

[태훈아, 밥은 잘 챙겨 먹고 있는 거야?]

"네."

[힘들지? 내가 요즘 널 생각하면……]

어머니가 흐느껴 우셨다.

"어머니, 저 괜찮아요."

[괜찮기는, 어떤 놈이 감히 우리 아들을 죽이려고 해. 내가 가만히 있지 않을 거다.]

어머니가 그의 걱정에 눈물을 흘리시며 안타까워하셨다.

"전 괜찮으니 너무 걱정하지 마세요."

[어떻게 걱정을 안 해?]

"아니오, 어머니는 어떠세요?"

그가 말을 돌렸다.

[나야 아버지와 함께 잘 있지.]

"아버지는 건강하시고요?"

[응. 그런데 태훈아, 미란이가 다녀갔다.]

"홍 사장이요? 왜요?"

[아버지에게 회장직을 요구했어. 너는 믿을 수 있는 사람이 아니라고 내가 있는데도 그냥 얘기하더구나.]

"아버진 뭐라고 하세요?"

[그냥 가라고 하셨어. 워낙 고집이 세신 분 아니니.]

아버지가 한번 마음먹은 일은 누구도 반대할 수 없었다.

"어머니도 홍 사장 말에 상처 받지 마세요."

[난 미란이 때문에 상처 받지 않는다. 다만 미란이가 널 해칠까 그게 걱정이지. 무슨 일을 벌일지 모르는 아이 아니니.]

그건 어머니의 말이 맞았다. 홍미란은 살인 교사 같은 건 아무 것도 아닌 여자였다. 자신이 최곤 줄 아는 여자였다. 하지만 유일하게 아버지는 무서워했다. 왜냐면 아버지가 홍미란의 모든 걸 손에 쥐고 있기 때문이었다.

[그래도 조심해.]

"네, 알겠습니다."

[엄마가 미안하다. 좀 더 평범한 사람을 선택했어야 했어.]

요즘 들어 자주 이런 말을 하는 어머니였다.

"전 어머니의 아들로 태어난 걸 후회하지 않습니다."

[고맙다.]

"쉬세요."

그가 전화를 끊자 그를 쳐다보고 있던 신우가 얼른 고개를 돌렸다.

"왜?"

"부러워서요."

어머니가 일찍 돌아가신 신우에겐 이런 전화도 부러운 모양이었다.

"부러울 것도 많다."

"회장님은 생각보다 많이 부드러운 남자 같아요."

"난 부드럽지 않아."

그를 부드럽다고 말한 여자는 처음이었다. 예전 같으면 화를 냈을 말인데 지금은 이상하게 기분이 나쁘지 않았다. 이 여자는 확실하게 그를 이상하게 만들고 있었다.

"잘 먹었습니다."

그녀는 밥 한 그릇을 비우고 그가 밥을 다 먹을 때까지 기다려주었다. 그리고 자신의 밥그릇과 그의 밥그릇을 들고는 주방으로 향했다. 그리고 주방 도우미의 옆에 서서 설거지를 거들고 있었다.

"서 형사!"

그런 그녀의 모습을 지켜보다가 그가 신우를 불렀다. 또 한 번의 오지랖이었다. 설거지를 하든지 말든지 놔두면 그만인데 그는 팔을 다친 그녀가 일을 하는 게 탐탁지 않았다. 그녀가 하지 않아도 이 집엔 설거지를 할 사람이 있었다.

그냥 마음에 들지 않는다고 생각만 하면 될 것을 그는 자신도 모르게 그녀를 부르고 말았다.

"네?"

그녀가 그를 돌아봤다.

"이리 와."

"이것만 하고요."

아주 당연하다는 듯이 그녀는 설거지를 하고 있었다.

"내 말 안 들리나?"

"들립니다. 하지만……."

기어이 그녀는 그의 말을 듣지 않았고 그는 설거지를 하는 신우를 데리고 서재로 향했다.

탕!

신우가 서재에 들어오자마자 그가 문을 닫고는 신우를 책장과 그 사이에 가두었다.

"뭐 하시는 거예요?"

그의 행동에 놀란 신우가 그의 눈을 똑바로 보며 따지듯 말했다.

"거슬려."

"네?"

신우의 커다란 눈이 놀라서 두 배로 커졌다.

"제가 무슨 잘못이라도……."

"착한 건가? 착한 척하는 건가?"

"저는 착하지도 착한 척지도 않습니다."

아주 또박또박 말대꾸를 했다.

"내가 하지 말라고 했을 텐데?"

"그 정도의 일은 할 수 있습니다."

그녀가 그를 화나게 하고 있었다.

"내 말을 그렇게도 못 알아듣겠어?"

그는 그녀가 편하게 집에서 쉬기를 바라고 있었다. 하지만 그녀는 그의 뜻을 모르는 건지 아니면 무시하는 건지 도저히 알 수가 없었다.

"회장님, 알아듣게 말씀을……."

그의 입술이 그녀의 입술 바로 앞까지 갔다. 놀란 그녀가 숨도 쉬지 못하고 그의 눈을 응시하고 있었다.

"난 여자에게 꽃을 선물한 적도 없고 경호원이 밥을 잘 먹나 안 먹나 신경 쓴 적도 없어."

그는 자신이 왜 이런 말까지 하고 있는지 이해를 할 수가 없었다. 자꾸 의도치 않게 꼬이고 있었다.

"압니다."

"알아?"

그의 복잡한 머리와는 다르게 그녀는 아무렇지도 않은 것 같았다. 그의 심장만 뛰고 그만 지금 설레고 있는 것이었다. 화가 났다.

"네, 돈이 없는 남자들도 아무 여자에게나 그런 친절을 베풀지 않습니다."

그녀는 똑바로 그의 눈을 쳐다보며 말했다.

"그러니 관심 꺼주십시오."

자존심이 상했다. 이 여자는 그가 자신에게 관심이 있다는 걸 알고 있었다. 그런데도 관심을 꺼달라고 말하고 있었다. 왜? 이해가 가지 않았다.

"놓아주십시오."

그의 자존심에 생채기가 났다.

"그래서 서 형사는 나에게 관심이 일도 없다?"

"네."

간단명료한 그녀의 말에 태훈은 완전히 이성을 잃었다.

"그렇다면 한번 볼까? 나만 애가 탔는지."

"회장님……."

그의 입술이 그녀의 입술을 덮어버렸다. 그를 무시하는 그녀에게 벌을 주기 위한 것이었다. 그녀가 그를 밀어내고 그의 입술을 물어뜯으며 격렬하게 거부를 하면 그는 그녀를 밀어내며 형편없는 키스였다고 말하며 그녀의 자존심을 무참하게 밟고는 신우를 혼자 서재에 놓아둔 채 나가는 게 그의 시나리오였다.

하지만 지금 그는 급하게 시나리오를 수정하고 있었다. 그의 입술에 묻힌 그녀의 입술은 놓아주기 싫을 만큼 부드러웠다. 수없이 많은 여자들과 키스를 했지만 이런 떨림은 처음이었다. 고등학교 때 첫 키스의 떨림보다 지금이 더 떨리고 좋았다.

그가 그녀의 입술을 빨아들이자 그녀가 낮은 신음 소리를 내며 입술을 벌렸다. 말과는 달리 신우는 저항하지 않았다. 오히려 그의 혀를 기꺼이 받아들이고 있었다. 달콤했다. 그의 혀가 움직이는 곳곳이 다 향기로웠다.

정신을 차리기엔 이미 그의 욕망이 봉인 해제된 상황이었다. 그의 혀가 그녀의 입안을 미친 듯이 돌아다니고 있었다. 부드러운 키스가 아니었다. 성급하고 애가 타는 키스였다. 더 많은 것을 원했다. 그는 그녀의 입안 깊숙이 그의 혀를 밀어 넣었다. 황홀하단 말로는 부족한 기분이었다.

그는 여태까지 여자와 섹스를 할 때 키스를 즐기지 않았다. 그의 욕망이 채워지면 여자들을 집으로 돌려보냈었다. 누군가와 감정을 나누는 데 익숙하지 않은 태훈이었다. 하지만 지금 신우와는 어색했던 그 모든 일들을 자연스럽게 하고 있었다.

신우의 얼굴을 잡았던 손이 그녀의 목으로, 목에서 쇄골로, 그리고 신우의 생각보다 풍만한 가슴으로 향했다. 마른 줄 알았는데 볼륨감이 장난이 아니었다. 그의 손이 급하게 신우의 가슴을 어루만졌다.

말랑한 느낌의 부드러운 가슴은 그의 이성을 마비시키고 있었다. 만지는 것만으로도 그의 페니스가 거칠게 일어났다.

"윽!"

신우의 다친 팔을 건드린 모양이었다.

"쉬!"

그가 신우를 자신의 품에 안았다.

"다쳤다는 것도 잊었어."

미안한 마음이 드는 그였다. 그의 품에서 신우도 가만히 있었다. 어쩌면 이렇게 자신의 몸에 딱 들어맞는지 신이 그를 위한 반쪽을 만들었다면 이런 느낌이 아닐까라는 생각이 들었다. 그의 심장은 점점 더 거칠게 뛰고 있었다.

"회장님."

"아직도 관심을 꺼야 한다고 생각해?"

"네, 저는 일회용품이 되고 싶지 않습니다. 회장님과 너무 달라서 그냥 새로운 것에 대한 일시적인 호기심일 겁니다. 저도 회장님께 일시적인 호기심을 느끼고 있는 건 맞지만……."

그는 다시 신우의 입을 막았다. 이 여자에게 말로는 당할 수가 없을 것 같았다. 왜냐면 신우는 가장 현실적인 얘기를 하고 있었기 때문이었다. 그도 그녀에게 끌리는 건 맞지만 이걸 사랑이라고 말하는 건 어려울 것 같았다.

하지만 일회용품이라는 그녀의 말은 취소해야 할 것 같았다. 적어도 키스만큼은 계속해서 하고 싶으니까 말이다. 처음보다 더 좋았다. 아니, 미칠 것 같았다. 그가 그녀의 입술을 거칠게 빨아서인지 살짝 피 맛이 났다. 그의 치아가 그녀의 입술을 누른 것 같았다.

하지만 그녀도 그도 오로지 키스에만 몰두하고 있었다. 팔이 아픈 신우는 한쪽 팔로 그의 목을 감았다. 신우는 말과는 달리 그에게 적극적으로 매달리고 있었다. 아마도 생각하는 것과 몸이 따로 반응하고 있는 것 같았다.

그가 신우의 와이셔츠의 단추를 하나씩 풀고 있는데도 신우는 알지 못하는 듯 그의 입술에만 열중했다. 그의 손이 브래지어에 감싸인 그녀의 가슴을 해방시켜 주었다. 맨손에 닿은 부드러운 새틴 같은 가슴을 살짝 움켜쥐자 그녀가 신음 소리를 냈다.

고양이의 울음소리 같았다. 뭔가 묘한 매력이 신우에겐 있었다. 그동안 아름답고 섹시한 수많은 여자들을 만났지만 그를 이렇게 단번에 사로잡은 여자는 없었다. 뭘까?

하지만 그녀가 가슴을 살짝 앞으로 내밀자 그는 더 이상 생각이란 걸 할 수가 없었다. 미치게 좋았다. 만지는 것만으로도 그의 페니스가 신호를 보내는데 더 나간다면 얼마나 좋을지 은근히 기대가 되었다.

그의 손이 신우의 가슴에서 점점 더 아래로 내려가고 있었다. 청바지 아래로 그의 손이 거침없이 들어갔지만 신우는 막지 않았다. 그의 손끝에 그녀의 검은 숲이 닿았다. 미쳐 버릴 것 같은 느낌이었다. 그의 손가락이 숲의 안쪽으로 들어가 그녀의 클리토리스를 찾아냈다.

끈적이며 부드러운 느낌에 태훈은 자신도 모르게 숨을 멈추었다.

"아흐."

그의 귓가에 그녀의 신음 소리가 들렸다. 더 이상은 무리였다. 그는 신우의 눈을 마주하며 그녀의 셔츠를 찢듯이 벗겨 버렸다. 사방으로 셔츠의 단추가 튀었지만 그는 아랑곳하지 않았다. 다만 그녀의 다친 팔을 조심스럽게 옷에서 빼주었다.

신우가 한 팔로 자신의 벗은 가슴을 가리는 사이에 그는 신우의 청바지를 벗기고 팬티마저 벗겨 버렸다.

"더 이상은……."

이번엔 놀랍게도 신우가 그의 입을 자신의 입술로 덮고는 혀를 밀어 넣었다. 그녀는 자신이 무슨 짓을 했는지 모르고 있겠지만 지금 그의 나머지 이성을 와르르 무너트리는 일을 하고 말았다.

그는 신우를 책장으로 밀어 붙이고는 그녀의 유두를 입안에 넣었다. 신우는 그의 머리칼을 잡았지만 그는 더 깊이 유두를 빨았다. 그의 손안 가득 그녀의 풍만한 가슴이 있었고 그는 지금 세상을 다 가진 기분이었다.

그가 한 손으로 그녀의 여성을 감싸자 숲에 감싸인 그녀의 질에서 물처럼 맑은 애액이 쏟아져 나와 흐르고 있었다. 이렇듯 야한 몸을 가진 여자는 처음이었다. 그의 손가락이 그녀의 젖은 질 안으로 미끄러지듯이 들어가자 신우가 몸을 활처럼 휘었다.

"아, 미치겠어요."

"나도 그래."

그녀의 질 안에서 미친 듯이 움직이고 있는 그의 손가락은 질벽을 긁어대며 그녀를 더욱더 욕망으로 미치게 만들고 있었다.

"몸이 뜨거워요."

그녀는 그의 머리카락을 강하게 움켜쥐었다. 하지만 그는 고통도 느끼지 못한 채 그녀의 여성에 입을 맞추었다. 달콤한 신우의 향이 그를 사로잡았다. 그는 한 번도 여성을 입으로 애무해 준 적이 없었다.

그의 입술에 느껴지는 까칠하면서도 부드러운 그녀의 여성은 한마디로 놀라움의 연속이었다. 그녀의 허리가 활처럼 휘며 비명에 가까운 신음이 들리자 그의 쾌감이 더 극대화가 되고 있었다.

그의 페니스에도 쿠퍼 액이 흐르고 있었다. 그는 자극을 주고 있는데 역으로 그의 몸이 민감하게 반응을 하고 있었다.

오늘은 평소와 너무나도 달랐다. 신우의 것을 그대로 입으로 느끼고 싶었다. 그는 까슬까슬한 검은 숲을 혀로 헤치고 들어가서 클리토리스를 찾아냈다. 작고 부드러운 클리토리스가 그의 혀를 반갑게 맞이하고 있었다.

츄읍츄읍.

그는 미친 듯이 그녀의 여성을 빨아대고 있었다.

"아흐."

그녀의 신음 소리가 점점 더 커지고 있었다. 그는 머리를 그녀의 다리 사이에 집어넣고는 본격적으로 그녀의 여성을 구석구석 핥기 시작했다.

"그만해요!"

그녀는 자신이 보이는 반응과는 다른 말을 하고 있었다.

"쉬!"

그는 그녀의 클리토리스를 드러나게 손으로 여성을 활짝 벌리고 핥기 시작했다. 그리고 눈을 들어 그녀의 반응을 살펴보았다. 다치지 않은 손으로 책장을 잡으며 그녀는 몸부림을 치고 있었다. 아주 자극적인 장면이었다.

그녀의 몸은 이제 충분히 욕망으로 달구어져 있었다. 태훈은 몸을 들어 자신의 터질 듯이 부풀어 있는 페니스를 그녀의 여성에 가져다 댔다.

"넣을 거야."

"안 돼요. 아직……."

그는 그녀의 입술을 삼키며 동시에 그녀의 한쪽 다리를 들고는 자신의 페니스를 그녀의 질 안으로 밀어 넣었다.

"으으으으윽!"

그의 입안에서 고통에 몸부림을 치는 그녀의 신음이 흘러나왔다. 질이 너무 좁아서 밀고 들어가기가 상당히 힘이 들었다.

"아악!"

"힘을 풀어."

"아, 아파요."

서서 하는 게 무리인 것 같아 태훈은 신우를 안아 들고는 서재의 소파에 눕혔다. 그리고 자신도 옷을 모조리 벗어버리고는 그녀 앞에 당당하게 섰다. 신우는 놀란 눈으로 그의 페니스를 바라보았다.

"안 들어갈 거예요."

그녀의 갑작스러운 말에 그는 웃음이 터졌다.

"다 들어가."

그렇게 말을 하며 그는 그녀의 다리를 벌렸다. 그리고는 질 안으로 페니스를 단번에 밀어 넣었다.

"악!"

그녀의 비명 소리가 커졌다. 그녀의 입을 자신의 입술로 막았지만 비명 소리가 온 집 안에 퍼지고 난 후였다.

똑똑!

아니나 다를까, 오 집사가 문을 두드렸다. 상당히 당황스러운 상황이 되어버렸다. 하지만 지금은 오 집사를 신경 쓸 겨를이 없었다. 그녀는 분명 처음인 것 같았다. 그의 페니스가 그녀가 처음이라고 말을 하고 있었다.

머리가 복잡했다. 이토록 섹시한 여자가 처음이라는 게 말이 되지 않았다. 그는 다시금 그녀의 안에 자신의 페니스를 밀어 넣었다.

"회장님!"

눈치가 없는 건지 일부러 그러는 건지 오 집사가 그를 불렀다.

"아무 일도 아니에요. 쉬세요."

답하는 그의 목소리가 좋지 않았다.

"네."

오 집사는 더 이상 묻지 않았다. 분명히 이 안에서 무슨 일이 일어나고 있는지 알 것이다. 아마 그가 집 안에서 여자와 섹스를 나누는 걸 처음으로 알아 놀라긴 했을 것이다.

"괜찮을까요?"

놀란 신우가 그에게 물었다.

"오 집사가 놀라긴 했겠지. 집 안에서 여자와 섹스를 나눈 게 처음이니까."

하지만 지금은 오 집사보다 그가 더 놀란 상태였다. 분명 신우는 처녀였다.

"그럼 우리가 한 일을 안다는 거예요?"

"오 집사는 바보가 아니야."

그가 허리를 움직이기 시작하자 신우의 굳었던 얼굴이 금방 욕망 가득한 얼굴로 바뀌었다.

퍽퍽퍽!

"아파요."

"처음보단 덜 아플 텐데?"

그녀가 수줍게 고개를 끄덕였다. 처음으로 섹스를 하는 여자의 모습이었다. 타이트하게 조이는 느낌도 너무 황홀했다. 그는 허리를 움직이다가 그와 그녀의 연결 부위에 맺힌 핏자국을 보았다. 이제 확실해졌다.

은근히 웃음이 나왔지만 그는 애써 웃음을 참았다. 마음이 가는 여자가 처녀였다는 건 남자에겐 굉장히 기분 좋은 일이었다.

"처음인가?"

최대한 담담하게 말을 하려고 애를 썼다. 너무 좋아하면 남자가 돼서 너무 없어 보일 것 같았기 때문이었다.

"당연하죠."

모기만 한 소리로 신우가 말했다. 상당히 부끄러운 모양이었다.

"당연?"

이십대 후반의 미모의 여자가 처녀라는 게 믿어지지 않았다. 그는 처녀와의 섹스는 처음이었다. 그렇다면 그가 너무 거칠게 그녀를 다룬 것이다. 좀 더 부드럽게 했어야 했다.

"아프다고 했잖아요."

여전히 작은 목소리였다.

"처음이라고는 안 했어."

"그게 뭐가 달라요?"

"달라."

"지금도 아프다고요."

"지금은 선을 넘었어. 어쩔 수가 없어. 너무나 섹시한 몸을 가진 걸 원망하라고."

그건 사실이었다. 지금 그는 그녀 때문에 미칠 것 같은 쾌감을 맛보고 있었다. 이렇게 섹시한 여자는 진정 처음이었다.

"뭐라고요?"

그녀가 그의 가슴을 손으로 쳤다.

"불공평해."

"아니, 공평해. 나도 지금 미칠 것 같은 기분이거든."

"왜요?"

"다시는 널 놓지 못할 것 같아."

"……."

완벽하게 좋은 섹스가 있을 거라고는 한 번도 상상하지 못했다.

어쩌다가 잘 맞는 섹스 파트너는 있었지만 이렇게 몸속 깊은 곳까지 짜릿한 섹스는 처음 경험했다. 좋았다. 특히 그녀가 처녀라는게 그는 너무나 황홀했다. 이런 환상적인 몸을 그만 아는 것이었다.

앞으로도 그는 이 여자를 자신만의 여자로 만들고 싶었다.

퍽퍽퍽!

허리를 움직이지 않고는 견딜 수가 없었다. 신우는 그와의 섹스를 위해 태어난 여자 같았다. 신우가 고통 때문인지 허리를 움직이자 그의 페니스가 더한 자극을 받았다.

"움직이지 마."

"아프다고요."

"안 그러면 안에 쏟아부을 것 같아."

그의 말을 알아차렸는지 신우가 움직임을 멈추었다. 그는 말 잘듣는 신우의 입술에 진한 키스를 하고는 그녀의 가슴을 빨기 시작했다. 그녀의 몸 안에 페니스를 넣고 입안에는 그녀의 유두를 물고 있었다.

"달콤해."

그가 살짝 이로 유두를 물자 신우가 허리를 들썩였다. 그녀가 처녀라는 사실을 몰랐다면 요부의 몸짓을 한다고 생각했을 것이었다.

타고난 끼가 신우에게는 있었다. 아니면 그가 지금 이 여자에게 완벽하게 홀려 있든지 말이다. 어쨌든 그는 지금 정신을 차릴 수가 없을 만큼 이 여자에게 빠져 있었다. 팔이 아픈 여자에게 이렇게 욕정을 느낄 수 있는 자신에게 태훈은 놀라고 있었다.

퍽퍽퍽!

그의 허리 짓에 점점 힘이 들어갔고 이제 좀 나은지 신우도 고통의 신음 소리가 아닌 욕망의 흐느낌을 흘리고 있었다. 그의 가슴으로 땀줄기가 흐르고 있었다. 그의 온몸에 땀이 흘러내렸다. 이렇게 열정적인 섹스를 해본 적이 없는 그였다.

마지막 피치를 올린 그는 자신의 분신을 그녀의 배 위에 쏟아냈다. 그처럼 신우도 기진맥진한 상태였다. 그는 티슈로 그녀의 몸의 분신들을 닦아준 후에 그녀를 안아 들고는 서재의 문을 열었다.

"지금 뭐 하시는 거예요?"

"아무도 없어. 아주머니들은 퇴근을 하셨을 거고 오 집사님은 이쪽으로 안 오실 거야."

"그래도……."

둘 다 나신인 상황이었다.

신우가 그의 품에서 빠르게 벗어나 다시 서재 안으로 들어갔다.

"뭘 하는 거지?"

"옷 입는 거죠."

그리고 자신의 옷을 빠르게 입었다.

"이렇게 서두르지 않아도 되지 않나?"

"그러니까. 그게……."

생각이 복잡한지 신우도 말을 바로 하지 못했다. 그는 옷을 벗은 채 문에 기대서 서둘러 옷을 입고 있는 그녀의 모습을 쳐다보았다. 한쪽 팔이 불편한데도 아주 빠르게 입고 있었다.

"빠르군."

"……."

"원래 이렇게 마음이 이랬다저랬다 하나?"

방금 전까지 열정적이진 않았어도 그녀도 분명히 반응을 했었다.

"농담할 기분 아닙니다."

"나도 그래."

그녀에 대한 그의 마음이 그 또한 달갑지는 않았다. 이렇게 감정적으로 시간을 낭비하고 싶지 않은 그였다. 연애 말고도 그는 정말 할 일들이 많았다.

옷을 다 입은 그녀가 그의 앞을 지나쳤다. 물론 그의 너무나 훌륭한 나신을 무시한 채로 말이다.

"아쉽군."

"실수였습니다."

"그렇게 믿고 싶겠지."

뜨거웠던 그녀의 몸의 반응에 비해 지금 차가운 그녀의 반응이 태훈은 싫었다.

"솔직해지자고."

"전 솔직합니다. 비켜주십시오."

"명령인가?"

"부탁입니다."

그녀의 말에 그가 문에서 살짝 비켜주었다.

"안녕히 주무십시오."

그녀가 그의 곁을 지나가자 아기 파우더 같은 향기가 그의 코를 자극했다. 시시각각 변하는 그녀에게 그는 많은 매력을 느끼고 있었다. 그의 옆방으로 향하는 그녀의 뒷모습엔 미련이라고는 없었다.

"처녀한테 완전히 낚였어."

그는 이렇게 말을 하면서 피식 웃었다. 처음으로 그를 들었다 놨다 하는 여자를 만난 것 같았다. 그리고 그런 그녀는 처녀였다. 그 사실이 그를 미친놈처럼 실실 웃게 만들었다. 그는 속으로 생각했다. 절대로 그 외에는 그녀의 이런 모습을 보게 하지 않을 거라고 말이다.

서신우는 그의 것이 될 것이다.

5. 슬프고 슬프다

사건이 발생한 후 일주일이 지났다. 8월의 무더위에 신우는 점점 지쳐가고 있었다. 오늘은 일주일에 한 번 있는 보고서 제출 날이었다. 사건을 맡고 매일 홍 회장의 곁에 있었지만 일주일에 한 번은 특수팀에 보고를 해야 했다.

본청 근처에 특수팀 사무실이 있었다. 10명으로 편성이 된 특수팀은 본청에서 연쇄살인 사건만을 맡은 수사관들로 이루어졌다. 이번 사건은 홍 회장의 부탁도 있었지만 백까치를 두려워하는 상류계층 사람들의 끊임없는 요청에 의해 만들어진 팀이었다.

수사에 별다른 진전이 없었다. 너무나 완벽한 백까치를 잡기엔 경찰의 능력이 부족하다는 걸 인정하지 않을 수가 없었다.

본청 옆에 있는 이 건물에는 특수팀뿐만 아니라 많은 사람들이 근무를 하고 있었다. 엘리베이터를 타면 항상 두 번에 나누어서 타야 하는 불편함이 있었다. 그래서 8층인 특별 수사팀에 신우는 언제나 걸어서 올라갔다. 그게 더 빠르기 때문이었다.

"헉헉."

숨이 찼다. 칼에 찔린 후로는 몸이 쉽게 회복이 되지 않았고 체력도 많이 떨어졌다. 계단을 오르다 보니 누군가 그녀처럼 걸어서 올라가는 게 보였다. 신우는 자신도 모르게 고개를 쭉 내밀고는 위를 올려다보았다.

"서장님?"

아무리 봐도 차 서장 같았다.

"서……."

반가운 마음에 그녀가 서장을 부르려는데 8층 비상구 문으로 나가 버렸다. 8층에 가는 거라면 서장이 맞았다.

"서장님이 여긴 왜 오셨지?"

의아한 마음이 들었지만 곧 만나서 물어보면 되겠지, 라는 생각으로 신우는 서둘러 8층으로 올라갔다. 8층에 도착한 신우는 사무실 안으로 들어갔다. 그런데 커다란 사무실 안에는 박 형사뿐이었다.

"혼자 뭐 해?"

신우가 들어가면서 컴퓨터 모니터에 빨려 들어가기 일보 직전인 박 형사를 불렀다.

"이게 누구신가?"

박 형사가 그녀를 반겨주었다.

"다들 어디 갔어?"

"다들 현장에 조사를 나갔어. 예전의 사건도 다시 검토 중이거든."

"혹시 차 서장님 안 오셨어?"

"차 서장님? 아니?"

"그래? 이거."

"오늘이 보고서 제출 날이야? 시간 참 빠르다."

박 형사가 그녀의 보고서를 받으며 말했다.

"몸은 어때?"

"많이 좋아졌어."

"다행이다."

"나, 사직서 써야 될 것 같아."

"뭐?"

"안 그러면 아버지와 인연을 끊어야 할 것 같아서."

"진담이야?"

"응, 다치고 나서 아버지가 그만두라고 했을 땐 안 된다고 했는데 생각이 조금씩 바뀌게 되는 것 같아."

그녀의 진심 어린 말에 박 형사의 얼굴에 이해한다는 표정이 떠올랐다.

"그만두면 뭐 할 건데?"

"일단은 홍 회장의 운전과 경호 일만 당분간 할 생각이야. 백까치에 대한 일을 완전히 놓을 수는 없으니까. 내가 고민이 많다."

아직 그녀의 생각이었지만 박 형사에게는 먼저 말하고 싶었다. 그만큼 박 형사는 신우에게는 둘도 없는 친구였다.

"서장님께는 말씀드렸어?"

"아직."

"서운해하실 텐데……."

"말씀 잘 드릴게."

"언제까지 할 건데?"

"빨리 그만둘 거야. 지난번에 보니까 놈이 단단히 벼르고 있어서 이렇게 보고서나 주러 다닐 시간도 없고."

"하긴."

신우가 주변을 두리번거렸다.

"뭐 알아낸 건 없고?"

"서 형사도 알다시피 범인이 증거를 남기지 않아서 말이야."

박 형사의 말은 실망스러웠지만 범인이 워낙에 용의주도했다.

"그런데 진짜 이상한 건 깨끗해도 너무 깨끗하다는 거야."

진짜 경찰의 생리를 잘 아는 범인이 아닌 이상은 이렇게 미꾸라지처럼 빠져나가는 게 쉬운 일은 아니었다.

"나도 그렇게 생각해. 완전 범죄란 이런 거구나라는 생각이 들 정도니까."

"혹시 이놈 경찰 아닐까? 아니면 검사나? 그것도 아니면 수사에 관련이 돼 있는 사람이거나."

"박 형사 요즘 소설 써?"

"그렇지?"

신우가 고개를 끄덕였다.

"그래도 한 번에 하나의 타깃만 잡으니까. 홍 회장만 잘 지키면 오히려 쉽게 잡을지도 몰라."

"그랬으면 좋겠다. 난 가봐야 해. 조금 있으면 다른 곳으로 이동해야 하거든."

"알았어. 잘 가고. 한가한 날 술이나 한잔해."

"알았어."

"아참, 이거 좀 봐봐."

박 형사가 갑자기 그녀에게 뭔가를 보여주었다.

"지난번에 지문 반쪽짜리가 나왔다고 했잖아."

"그랬지."

그렇게 말을 하면서 화면을 보여주었다. 화면에는 국과수로 들어가는 한 남자의 뒷모습이 보였다.

"이게 뭐."

"어제 국과수에 갔다가 지문 검사 다 됐냐고 물었었거든."

"그런데?"

"담당자가 짜증을 내더라고 알아서 결과가 나오면 알려줄 건데 뭐 그렇게 보채냐고."

"안 그러는데 왜 그랬지? 누군데?"

"연구원 하나 있어. 근데 느낌이 좀 이상해서 지문이 들어간 날부터 어제까지 CCTV 영상을 받아 왔거든."

"도난당한 것 같아?"

"느낌이야. 연구원이 좀 반응이 남달랐거든. 지문 감식이야 자기들이 안 나온다고 하면 그만이잖아."

컴퓨터 화면을 신우에게 보여주며 박 형사가 말을 이어갔다.

"이거."

아무도 없는 밤에 누군가가 사무실로 들어가는 모습이 포착되었다.

"누군가 들어가고 있잖아?"

놀란 신우가 흥분해서 거의 소리를 지르고 있었다. 국과수에 도둑이 든 것이었다. 말도 되지 않았다.

"응."

"어두워서 안 보이는데?"

"이건 조금 시간은 걸리지만 잘 보이게 할 수 있어."

"얼마나 걸리는데?"

"3일 정도."

박 형사의 말에 신우는 떨렸다. 어쩌면 백까치의 얼굴이 나올지도 모른다는 기대 때문이었다.

"박 형사!"

신우는 저도 모르게 박 형사를 끌어안았다.

"진정한 능력자야."

"능력자는 무슨. 어쨌든 다 되면 알려줄게."

"그런데 이거 누가 알고 있어?"

순간적으로 신우는 이 일을 많은 사람들이 알면 안 된다는 생각이 들었다.

"팀장님껜 보고했어."

"그래?"

"서장님한테도……."

"서장님은 왜?"

"전화가 와서 가끔 일이 어떻게 되어가고 있는지 물어보시거든."

"왜?"

"걱정이 되니까 그러시지. 서 형사가 다친 뒤로는 잔소리가 더 심해. 다칠 짓 하지 말고 뒤로 빠지라고."

"서장님은 진짜 걱정도 팔자야. 수고하고, 뭐 특별한 거 있으면 연락 줘."

"알았어. 그리고 서 형사, 그만두는 건 좀 더 생각해 봐."

신우는 씩 웃으며 장난스럽게 경례를 하고 밖으로 나왔다. 어쨌든 기분은 좋았다. 뭔가 실마리가 잡힐 것 같은 예감이 들었다. 이번에야말로 백까치를 잡을 절호의 기회가 왔을지도 몰랐다.

모자를 깊게 눌러쓴 차우철은 본청 옆 건물에 있는 특별 수사팀이 있는 건물을 바라보고 있었다.

"하나, 둘, 셋, 넷, 다섯, 여섯, 일곱, 여덟."

손가락으로 건물의 층수를 하나씩 세고 있었다. 8층엔 특별 수사팀이 있었고 거기엔 그가 처리해야 할 대상이 있었다. 어떤 사이코패스가 이렇게 층수를 세면서 죽일 사람을 찾아갔다는 이야기를 들은 적이 있었다.

너무나 유명한 얘기인데 그가 지금 그대로 하고 있었다. 아니, 사실은 이렇게 한 건 그가 처음이었다. 요즘은 사이코들이 너무 많았다.

"웃기는군. 내가 20년 전부터 했던 건데……."

슬슬 짜증이 났다. 그에 대한 모든 것들은 봉인이 되어 있었다. 수사관들만 조사를 하지 언론에 흘리지 않았다. 그는 더 유명해질 수 있었는데 윗대가리들이 자신들의 자리를 보전하기 위해 희대의 살인청부업자인 그를 묻어버리고 있었다.

뭐 조금 서운하기는 했지만 상관은 없었다. 남들이 알아주든 말든 그는 그의 할 일만 하면 그뿐이었고 살인이 주는 쾌감만 느끼면 그뿐이었다.

그가 죽인 사람들은 사회의 쓰레기들이었다. 서민들의 피를 빨아 먹는 아주 흡혈귀 같은 놈들이었다. 그래서 그는 그 쓰레기들을 정리해야 했고 그에 따른 상으로 살인의 쾌락을 느낄 수 있었다.

마음 같아선 하루에 한 놈씩 죽이고 싶었지만 모든 쾌감은 기다림에서 오는 것이었다. 목표물을 물색하고 또 완벽하게 준비하는 것들이 그에겐 또 다른 쾌감이었다.

그런데 어제 갑자기 박 형사에게 전화가 왔다. 아주 흥분된 목소리로 말이다.

[서장님.]

"왜?"

그는 서의 형사들과 잘 지내는 편이었고 특히 박 형사나 서 형사의 경우는 더 잘 지내는 편이었다.

[백까치의 단서를 잡을 것 같습니다.]

지문이라면 그가 벌써 훔쳐온 상태였다. 국과수의 연구원이 지금쯤 난리가 났을 텐데 잠잠한 걸 보면 그냥 덮을 모양인데 설마 그걸 알아낸 건 아닐 것이다.

"그래? 뭔가?"

[국과수에서 지문이 없어진 것 같습니다.]

순간 우철의 표정이 굳어졌다. 하지만 지문이 사라졌다는 것만 가지고는 아무런 문제가 되지 않았다. 그래서 그를 더 떠보기로 했다.

"그래서?"

[지문은 도난당했지만 훔쳐간 범인의 모습은 잡았습니다.]

"뭐?"

진짜로 놀랐다. 그의 꼬리가 잡힌 것이다.

[너무 어두워서 며칠 걸리겠지만 잘하면 범인의 얼굴도 잡힐 것 같습니다.]

"잘됐군. 확실한가?"

그가 알고 싶은 말들을 박 형사가 알아서 불고 있었다.

[네.]

박 형사는 흥분한 목소리로 말했다.

"이번 건만 복원이 된다면 자넨 2계급 특진도 할 수 있어."

[정말입니까?]

"그럼, 그만큼 이 일은 중요한 일이야. 그러니까 아무에게도 말하지 말고 잘해."

[알겠습니다.]

박 형사와 이렇게 어제 통화를 했다. 박 형사는 결혼을 하지 않아서 뭔가에 꽂히면 경찰서에서 밤을 새는 열혈 형사였다. 국과수의 CCTV가 이렇게 귀찮은 일을 만들 줄은 몰랐었다.

그는 건물의 모퉁이에서 담배를 한 대 피우고는 담배꽁초는 맨홀 아래로 버렸다. 뭐든 조심스럽게 행동을 하는데 이번에는 여러모로 변수가 많이 일어나고 있었다.

그는 한숨을 쉬며 건물 안으로 들어갔다. 일단 오늘 촬영된 CCTV 자료를 확보하기 위해서 보안실의 위치를 파악하고는 늦은 밤까지 기다릴 장소를 찾아 그는 비상구 계단을 올랐다.

장시간 숨어 있기엔 화장실만 한 곳이 없었다. 그는 비상구를 통해 8층의 남자 화장실로 잠입하는 데 성공했다. 이제 기다리기만 하면 되는 것이었다. 그는 슬슬 자신의 오른손에 흰색 독수리를 그리기 시작했다. 행운을 빌면서 말이다.

박 형사는 오늘도 야근이었다. 뭘 하다 보면 꼭 퇴근 시간을 놓치기 일쑤였다. 게다가 특수팀으로 지원을 와서는 더 바빴다.

"일복이 터졌어."

그는 이렇게 말을 하고는 자신의 수첩을 펼쳤다. 그 첫 장에는 신우와 같이 찍은 사진이 있었다. 그는 신우의 모든 게 좋았다. 처음 봤을 때부터 좋은 감정이었다. 그건 여자로 보는 것과는 조금 다른 것이었다.

인간적으로 그는 신우가 좋았다.

"내가 너 때문에 이 고생이다."

그는 이렇게 말을 하며 컴퓨터에 다시 매진을 했다. 현석은 신우의 원수인 백까치를 잡게 해주고 싶었다. 어쩌면 이게 유일한 단서가 될 수도 있었기 때문이었다. 그래서 그가 아는 모든 것을 동원해서 해상도를 높이는 데 주력하고 있었다.

따각따각.

마우스를 이리저리 움직이는 동안 그는 남자의 얼굴 형태를 잡아가고 있었다. 처음에 뿌옇게 퍼지던 화면이 조금씩 자리를 잡아가는 것이다.

"3일은 걸린다고 했는데 잘하면 되겠어."

그는 이렇게 말을 하면서도 이 사진을 보고 좋아할 신우를 생각하자 피로가 싹 가셨다.

"술은 사양이야."

혼자서 북도 치고 장구도 치고 있었다. 그런데 모니터의 얼굴이 선명해질수록 현석의 얼굴은 어두워지고 있었다.

"가만……."

현석은 자신의 눈을 손으로 비볐다.

"설마……."

이건 아니었다. 비슷한 사람이겠지.

그는 설마 하는 마음으로 경찰 홈페이지에 있는 서장의 얼굴과 지금 화면의 얼굴을 비교했다. 그러자 둘의 일치 확률이 잠시 후에 나왔다. 화면이 선명해질 시간보다 둘 사이의 일치 확률을 보는 게 확실히 빠르기 때문이었다.

"99.9999999% 일치……."

순간 박 형사는 숨이 턱하니 막혀왔다. 빨리 신우에게 전화를 걸어야 했다. 전화를 하려는데 누군가 사무실로 들어오는 소리가 들렸다. 불길했다. 이건 5년간 강력계에서 근무한 형사의 촉이었다.

"불안해."

시계를 보니 9시가 넘었다. 몇 시간을 변기에 앉아 있으니 다리와 허리가 아팠다.

자리에서 일어난 그는 슬슬 박 형사를 찾아서 움직이기 시작했다. 불 꺼진 층에 유일하게 불이 켜진 곳이 특수팀 사무실이었다.
사무실을 슬쩍 보니 박 형사 혼자뿐이었다. 그는 잠시 머뭇거리다
가 안으로 들어갔다.

"어, 차 서장님."

그가 들어가는 소리를 듣고 박 형사가 웃으며 맞이했다.

"……."

"이 늦은 시간에 어쩐 일이세요?"

"지나가다 박 형사가 생각이 나서……."

"아, 그러셨어요?"

박 형사의 표정이 굳어 있었다. 뭔가를 알아낸 게 분명했다.

"뭐라도 나왔나?"

"아뇨. 제가 맨날 헛발질만 하잖아요. 며칠 고생했는데 실패했
네요."

"그렇군."

"술이라도 한잔하시겠어요?"

"아니."

박 형사의 눈에 두려움이 잔뜩 묻어나 있었다.

"박 형사."

"네?"

"형사는 말이야. 감정을 숨길 줄 알아야 해. 그래서 어디 범인들

과 심리전에서 살아남을 수 있겠나?"

"하하하, 그러네요. 제가 부족한 게 많아서……."

"그런 것 같아."

박 형사는 뒷걸음치며 총을 찾는 것 같았다. 이렇게 되면 그가 먼저 선수를 칠 수밖에 없었다.

"뭐 하나?"

"아, 아무것도 아닙니다."

"아무것도 아니긴……."

우철이 박 형사를 향해 마취총을 쏘았다. 순간적인 일이라서 박 형사는 피할 틈이 없었다.

"서장님……."

"너무 많은 걸 알면 다치는 법이야."

동물용 마취제는 강력했다. 그래서 온몸의 마비가 오면 그 앞에 그대로 널브러져 죽여달라고 애원을 하게 되었다.

"오랜만에 마취 총을 써보는군."

입으로 주사기를 발사하는 총이었다. 그는 바닥에서 가늘게 몸을 떨고 있는 박 형사의 목에서 주사기를 뺐다. 그리고는 자신이 가져온 칼로 박 형사의 가슴을 사정없이 찌르기 시작했다. 푹푹 들어가는 느낌이 너무나 좋았다.

하지만 마취 총으로 이미 제압을 한 상황이라서 손맛은 그리 좋지 않았다.

"백까치……."

"맞아, 너무 깊이 알면 다치는 법이야. 때로는 그냥 조용히 넘어가야 할 때가 있거든."

"……."

"국과수 연구원처럼 말이야."

그는 박 형사가 죽은 걸 확인하고는 보안실로 향했다. 그리고 당직 보안요원도 박 형사와 똑같이 죽이고는 전산실에 있는 모든 녹화본과 디스크들을 다 부숴 버렸다. 그리고 자신의 배낭에서 새 옷을 꺼내서 입었다. 피는 화장실에서 닦아내고 아무런 흔적도 남기지 않기 위해 그는 전산실에 휘발유를 붓고는 라이터를 던졌다.

"아주 잘 타네."

그는 이렇게 말을 하고는 유유히 건물을 빠져나왔다. 오늘은 둘이나 죽였지만 기분은 그리 좋지 않았다.

그는 한강변의 인적이 드문 곳에서 자신의 가방에 불을 질렀다. 그리고 완벽하게 재가 될 때까지 그 자리에서 기다렸다.

윙—

[어디야?]

자신에게 반말을 하는 사람은 그리 많지 않았다. 정신이 온전하지 않고서야 어찌 살인청부업자에게 함부로 하겠는가? 하지만 이 홍미란이란 여자는 정신이 온전치 않았다.

[왜 말을 안 해?]

"……."

[돈만 받고 일은 이렇게 엉망으로 할 거야? 진짜 잘하는 킬러라며?]

"입 다물어."

그는 흥분을 가라앉히며 이를 물고 말했다.

[야, 이게 어디 의뢰인한테…….]

"다음은 네 차례가 될 수 있어. 내가 무료로 죽이고 싶어지거든."

[…….]

"그리고 난 돈을 받았으면 반드시 책임을 지니까 다시는 전화 걸지 마."

그가 전화를 불구덩이로 던져 버렸다. 홍 사장과 연락을 하기 위한 전용 전화였다. 하지만 이제는 필요가 없어졌다. 약속만 지키면 그뿐이었고 안 지켜도 그만이었다. 10억이란 돈은 보통 사람들에겐 큰돈이지만 홍미란 같은 여자에겐 껌값이니까 말이다.

"그래도 약속은 약속이니까."

이번 일은 그에게 약간의 오기가 생기게 만들었다. 무슨 일이 있어도 꼭 하고 싶었다. 그럼 그의 즐거움도 2배로 커질 것 같았다. 우철은 타들어가는 불길을 보며 비릿한 미소를 지었다.

아침마다 고역이었다. 한 집에서 출근을 하는 것도 힘이 든데 차에서는 둘만 있으니 어색하기 그지없었다.

"으음, 출발하겠습니다."

"……"

그날 이후 홍 회장은 그녀에게 한마디 말도 하지 않고 무시하고 있었다. 뭐 그게 편하기는 해도 답답한 마음이 들기는 했다.

오늘도 그는 말없이 노트북만 보고 있었다.

"서 형사, 차 돌려."

"네?"

갑자기 그가 그녀에게 말을 걸었다.

"어디로 갈까요?"

"특수팀."

"네?"

"거기에 불이 났다는군. 게다가 사람이 죽었다고 하는데, 박모 형사라는데……"

"무슨 말씀이신지?"

"연락 없었나? 이렇게 인터넷에서는 야단인데……"

어젯밤에 배터리를 충전한다는 게 잊어버리고 그냥 잠이 들었었다. 지금 차에서 겨우 충전 중이었다. 신우는 운전을 하며 전원을 황급히 켰다. 부재중전화와 카톡이 말도 못하게 들어와 있었다.

그녀는 급하게 핸들을 꺾어 차를 돌렸다. 이럴 수는 없었다. 특별 수사팀 안에서 사람이 죽다니 신우는 말을 전해 들으면서도 믿기지 않았다. 그리고 특수팀에 박씨는 박현석 형사뿐이었다.

윙—

차 서장이었다. 신우는 스피커폰으로 전화를 받았다.

[왜 이렇게 전화를 안 받아!]

"배터리가 없었습니다. 그런데 박 형사는?"

지금 이 순간 그것이 가장 중요한 신우였다.

[서 형사, 놀라지 말고 들어.]

"……"

[박 형사가…….]

"아니에요, 그럴 리가 없습니다. 제가 지금 확인하러 갑니다."

[난 현장이야.]

"아니에요!"

끼익!

그녀가 차를 갓길에 세웠다. 도저히 손이 떨려서 운전을 할 수가 없었다. 그리고 눈물이 쉴 새 없이 흘렀다. 그럴 리가 없었다.

완벽하게 신우는 패닉 상태였다.

"비켜."

갑자기 뒷좌석의 홍 회장이 그녀를 조수석으로 가게 하고는 자신이 운전석으로 와서 핸들을 잡았다.

"진정해."

"아닐 거예요. 아니라고 말해줘요."

"그래, 아닐 거야. 현장에 가보자고."

그녀와 가장 친한 동료였다. 그녀의 목숨도 몇 번 구해주었고 그녀 또한 박 형사를 위험에서 몇 번이나 구해주었다. 둘은 명콤비였다. 그런데 박 형사가 죽었을 리 없다. 어제까지 그녀에게 백까치에 대한 단서를 찾았다며 좋아하던 박 형사였다.

"아니야."

그녀의 눈에서 끊임없이 눈물이 흘러나왔다. 온몸이 떨려서 어찌할 줄을 몰랐다.

현장에 도착하자마자 그녀는 차에서 뛰어내려 시꺼멓게 탄 건물을 망연자실 바라보았다. 그 한쪽에 특수팀원들이 서 있었다.

"팀장님."

"서 형사."

창백한 얼굴로 눈물을 흘리고 있는 신우를 팀장이 다독였다.

"박 형사가……."

"아닙니다. 다른 사람일 겁니다. 박 형사는 어디서 술이 덜 깨서 자고 있을 겁니다. 가끔 그런 아주 못된 버릇이 있습니다. 제가 잘 압니다."

팀장과 팀원들의 표정이 좋지 않았다.

"서 형사."

"아니라니까요."

신우가 건물로 달려 들어가려 하자 소방대원과 특수팀의 형사들이 막았다.

"저 안에 있을 거라고요. 잔다니까요. 확실합니다."

"서 형사."

그때 서장이 그녀를 뒤에서 안아 끌어냈다.

"박 형사는 죽었어."

"아니라니까요."

신우는 몸부림을 치며 엉엉 울기 시작했다.

"죽긴 누가 죽어요?"

"서 형사."

그때였다. 홍 회장이 나타나서 신우를 번쩍 안아 들었다.

"놔요!"

"회장님."

"제가 데리고 가겠습니다."

"죄송합니다."

차 서장이 허리를 숙여 감사를 표했다.

"서장님, 아시잖아요. 박 형사 저 안에 있다니까요."

박 형사가 건물 안에서 웃으며 나올 것 같았다.

"아아앙!"

아이처럼 큰 소리로 울었다. 가슴이 찢어지게 아팠다. 박 형사는 그녀에게 전우와 같은 존재였다.

"박 형사……."

홍 회장의 벤츠리무진에 탄 그녀는 한없이 울었다.

"저기 국과수로 가주세요."

"왜?"

"아니면 내려주세요. 택시라도 타고……."

홍 회장이 차를 출발시켰다. 아침에 분명 무슨 회의가 있다고 했었다.

"회장님, 회의가……."

"괜찮아, 전화했어."

그는 무뚝뚝하게 말을 했지만 진짜 고마움을 느끼고 있었다. 국과수에 도착한 그녀는 차 서장이 먼저 도착해 있는 것에 놀랐다. 거기다가 국과수 직원과 무슨 이야기를 나누고 있었다.

"서장님."

"요란하게 먼저 왔지."

경찰차를 타고 온 모양이었다.

"뭐래요?"

"불에 너무 타서 정확한 원인은 모르지만 먼저 타살이 됐을 가능성이 크다는군."

"네? 타살이요?"

"불이 나고서도 반응이 없이 그 자리에 누워 있는 채였고 기도도 깨끗하다고 해."

살아 있었다면 연기를 마셨을 텐데 그렇지 않다는 뜻이었다.

"누가, 왜요?"

"그건 정확하게 몰라. 자살일 가능성은 거의 없고 타살에 무게를 둔 모양이야."

신우는 망연자실한 얼굴로 서장을 쳐다보았다.

"범인은 꼭 잡을 테니까 너무 걱정 말아."

"범인은 제가 잡습니다."

신우는 이를 악물며 말했다.

"감정적으로 처리할 일이 아니야."

서장은 그렇게 말을 했지만 신우는 서장의 말을 따를 수가 없었다. 신우는 그곳에서 한참을 머무르다 홍 회장과 같이 차에 올랐다.

"오늘은 그만 퇴근해."

"아닙니다. 저도 제 일은 해야죠."

홍 회장을 본사에 내려주고는 신우는 다시 현장으로 향했다. 이대로 가만히 있을 수가 없었다.

넓은 회의실에 태훈이 들어서자 임원들이 일제히 자리에서 일어났다.

"시작합시다."

오늘은 신임회장이 처음으로 주재하는 회의가 있는 날이었다. 각 본사 사장단들이 모여서 그에게 각각 회사의 일들을 보고하는 자리이기도 했다.

"회장님이 첫 사장단 회의에 늦다니 너무하신 것 아닙니까?"

홍 사장이 얄밉게 한마디 하자 모두가 웅성거렸다. 이런 때 기를 뺏겨서 좋을 게 하나도 없었다.

"제가 좀 급한 일이 있어서요."

"무슨 급한 일인가요?"

또다시 꼬리를 잡으려는 홍 사장이었다. 사장들의 시선이 홍 사장과 그에게 꽂혀 있었다. 이보다 더 흥미로운 일이 없다는 시선으로 말이다.

"제가 요즘 협박을 당하고 있습니다. 다들 아시죠?"

"……."

"그게 아주 가까운 사람인 듯해서 보고를 받느라 늦었습니다."

그의 말에 홍 사장의 표정이 좋지 않았다.

"마치 날 두고 하는 얘기 같습니다."

"발이 저리십니까?"

"……."

그의 말에 모두가 숨조차 쉬지 못했다.

"이럴 때 의심받을 말이나 행동을 하는 건 아주 좋지 않은 일입니다. 전 누구든 상관없이 의심이 되면 바로 경찰에 넘길 테니까요. 쓸데없는 얘기는 그만하고 회의 시작합시다."

정신없이 회의가 계속되는 동안에도 홍미란의 눈은 그에게로 향해 있었다. 회의가 끝이 나고 그는 지하로 내려갔다. 역시나 그의 차는 없었다. 아무래도 박 형사에 관한 일을 처리하는 것 같았다.

끼익!

그때였다. 주차장에 굉음 소리를 내며 그의 차가 들어왔다. 그리고 차에서 신우가 내려 그에게 인사를 했다.

"죄송합니다. 늦었습니다."

"아니, 나도 이제 막 나왔어."

그 모습을 우 실장이 묘한 시선으로 바라보고 있었다.

"우 실장 차로 안 가도 되겠군."

"네, 편히 들어가십시오."

"그래, 우 실장도 퇴근해."

우 실장이 그에게 허리 숙여 인사를 했다. 그는 자신의 차에 올랐다. 신우는 말없이 운전을 하고 있었다.

"오전에는 감사했습니다."

"뭐가? 당연한 일이지."

"당연한 일은 아니었습니다. 신경 써주신 만큼 열심히 하겠습니다."

"그래."

룸미러로 보이는 신우의 표정이 그리 좋아 보이지 않았다. 하긴 좋을 수가 없을 것이다. 누구의 소행인지는 모르나 젊은 경찰이 아까운 목숨을 잃은 건 분명했다. 그는 집으로 가는 동안 신우에게 말을 걸지 않았다.

한마디만 더 했다가는 신우가 울 것이고 그러면 그가 견딜 수가 없을 것 같았다. 그는 지금 감정 소모를 할 때가 아니었다.

장례식장 안에 경찰 제복을 입은 사람들이 꽉 차 있었다. 젊은 경찰의 아까운 죽음 때문인지 유난히도 조문객이 많았다. 신우는 제복 대신 상복을 입고 3일간 박 형사의 상주가 되어주었다.

지난 5년간 그녀는 박 형사에 대해 다 안다고 생각했는데 그렇지 않았다. 홀어머니의 외아들인 박 형사였다. 친척들도 없었고 마땅히 상주를 할 사람이 없었다. 그래서 서장님과 그녀가 아들을 잃고 쓰러져 있는 어머니를 대신해서 상주 역할을 하고 있었다.

"괜찮나?"

3일 동안 제대로 먹지도 자지도 못한 그녀에게 차 서장이 물었다.

"괜찮습니다."

"이제 발인만 하면 되니까. 집에 가서 쉬어. 내가 이틀은 휴가 처리해 줄 테니까."

"서장님."

"어?"

"저 그만 사직서를 내고 싶습니다."

서장의 얼굴에 놀란 빛이 떠올랐다.

"이젠 싫습니다. 더 이상 사람들이 죽는 것도 보기 싫습니다. 그만해야 할 때인 것 같습니다."

이 말을 하고는 신우는 바닥에 주저앉아 울기 시작했다.

"왜 다 제가 아끼는 사람들만 이렇게 죽을까요? 엄마서부터 박 형사까지……."

"서 형사."

"전 더 이상은 감당할 자신이 없습니다."

신우의 눈에서 하염없이 눈물이 흐르고 있었다. 평소에 과묵한 서장도 그녀의 대성통곡에 어쩔 줄을 모르고 있었다.

"일어나."

"흑흑흑."

땅을 치며 신우는 울었다. 가슴이 아파서 도저히 참을 수가 없었다.

그때였다. 박 형사의 어머니가 그녀에게 다가와 박 형사의 경찰 배지를 손에 쥐어주었다.

"우리 현석이가 경찰이 되고 얼마나 좋아했는데……."

어머니의 눈에서 눈물이 흘러내렸다.

"서 형사님이 우리 아들 몫까지 해서 우리 아들 이렇게 만든 놈을 꼭 잡아줘요."

"어머니."

"제발 부탁이에요. 우리 아들 이렇게 만든 놈 잡아주고 그만둬요."

그녀의 얘기를 들으신 모양이었다.

"꼭 잡아야 해요. 그래야 내가 눈을 감지……."

박 형사 어머니의 간곡한 부탁에 신우는 고개를 끄덕이며 어머니를 안아드렸다.

"알겠습니다. 제가 꼭 잡을게요."

그들의 이런 모습을 차 서장은 차가운 시선으로 보고 있었다. 순간 신우는 잘못 봤을 거라고 생각했다. 서장도 박 형사의 죽음을 누구보다 슬퍼했기 때문이었다. 그런데 그냥 넘기기엔 서장의 눈빛이 너무 이상했다. 비웃는 듯한 눈빛이었다. 그건 절대로 장례식장에서 상주에게 보일 눈빛이 아니었다.

그건 마치 범인이 사건을 저지르고 나서 흡족한 마음으로 짓는 표정과 매우 흡사했다. 아닐 것이다.

"서장님."

"왜?"

다시 평소의 서장님의 눈빛으로 돌아왔지만 찜찜한 마음이 들었다.

"아니, 어머니께 물 좀……."

"어, 그래."

아주 흔쾌히 그녀의 부탁을 들어주는 차 서장이었다.

박 형사의 시신은 장례 후에 화장을 해서 수목장을 했다. 누구보다 자랑스러웠던 아들의 죽음에 어머니는 끝내 수목장을 치르시지도 못하고 기절을 하셔서 병원으로 실려갔다. 신우는 박 형사를 동기들과 함께 보내며 다짐했다. 반드시 잡고야 말겠다고 말이다.

6. 불타는 밤

미칠 것 같았던 일주일이 흐르고 다시 특수팀은 사무실을 옮겨 백까치에 관한 수사와 박 형사에 관한 수사를 같이 묶어서 하게 되었다. 신우도 사직서를 잠시 미루고 홍 회장의 경호와 더불어 박 형사에 관한 일을 하기 시작했다.

그리고 한 가지 풀리지 않았던 박 형사의 마지막 일이었던 국과 수 CCTV 자료가 불에 소실되어 난관에 봉착했다. 하지만 이에 좌 절하지 않고 신우는 국과수에 찾아가서 박 형사에게 준 복사본이 아닌 원본의 CCTV를 어렵게 확보해서 홍 회장을 찾았다.

달리 부탁할 곳이 없었다. 차 서장에게 부탁을 하려다가 말았 다. 조용히 처리하고 싶기도 했지만 이상하게 박 형사 어머니와 그녀를 차갑게 바라보던 차 서장의 시선이 떠올라 선뜻 부탁할 수가 없었다.

그녀는 지금 혜성그룹 본사로 들어갔다. 항상 지하 주차장에만 있었지 이렇게 건물 안으로 들어와 본 것은 처음이었다. 입에서 절로 감탄사가 나올 정도로 혜성그룹 본사의 로비는 컸다. 갖가지 조각품들과 회화 작품들이 고급스러움을 살려주고 있었다.

운전기사 유니폼을 입고 모자까지 쓴 그녀의 등장에 보안요원이 저지했다.

"회장님 운전기삽니다."

회장의 운전기사가 여자인 건 회사 사람 중에 모르는 사람이 없었다. 하지만 지금 그녀를 보는 보안요원의 눈은 놀란 눈치였다. 그녀의 미모에 놀란 걸 신우만 모르고 있었다.

"저기, 전해 드릴 게 있는데 몇 층이 회장실인지 몰라서요."

"아, 그러십니까? 잠깐만요."

"네."

보안요원이 어디론가 전화를 하더니 그녀를 엘리베이터 쪽으로 안내해 주었다.

"회장실은 38층입니다."

"감사합니다."

그녀의 말에 보안요원의 얼굴이 붉어졌다. 유리로 된 엘리베이터에 타고 나서 신우는 바깥 전망을 볼 수 있었다. 굉장히 멋진 곳이었다.

"우리나라의 수재들만 올 수 있는 곳이라……."

혜성그룹은 글로벌 그룹으로 우리나라의 천재들이 모인 집단이었다.

띵!

10층에서 엘리베이터가 서더니 홍 사장이 다른 사람들과 함께 엘리베이터에 올랐다. 신우는 고개를 숙여 인사를 했다.

"어머, 이게 누구야? 운전기사 아니신가?"

"안녕하셨습니까?"

"아니, 안녕 못 해."

홍 사장의 말에 갑자기 엘리베이터 안에 냉기가 돌았다.

"뭐, 운전기사와는 관계 없는 일이지만. 어디 가는 거야?"

언제나 그렇듯 신우는 그녀의 무시하는 듯한 태도가 싫었다.

"공무가 있어서요."

그녀가 경찰인 건 알 것 같았지만 신우는 일부러 이렇게 말했다.

"공무는 어디로 보러 가시나?"

오늘따라 홍 사장이 한가한 모양이었다.

"회장실에 갑니다."

"그래?"

갑자기 홍 사장이 그녀의 얼굴을 손가락으로 들었다.

"우리 동생에게 관심 있어? 아니면 우리 동생이 관심이 있어 하나?"

"……."

"하여튼 재미있네. 홍 회장은 일하는 사람들을 회사로 부르지 않지. 그건 홍 회장의 똥개 오 집사도 마찬가지야."

"불러서 온 게 아닙니다."

"그래, 어쨌든 올라오라고 한 거잖아."

"오해하지 않으셨으면 합니다."

"오해 안 해."

그녀는 비웃음을 날리며 33층에서 내렸다. 진짜 짜증나는 인간이었다. 신은 공평했다. 돈과 명예를 주셨지만 네가지는 안 주신 걸 보면 말이다. 진짜 재수가 없었다.

띵!

38층에 도착했다. 그녀가 엘리베이터에서 내리자 우 실장이 근엄한 표정을 하고는 서 있었다. 우 실장은 그녀가 마음에 들지 않는 모양이었다.

"어쩐 일이죠?"

"회장님을 만나뵙고 싶습니다."

"이따 집으로 갈 때 봬도 늦지 않을 텐데요?"

그의 말은 틀린 것이 없었다.

"이번 협박 사건에 관한 일입니다."

"저한테 말씀하세요."

"회장님을 뵙고 말씀드리겠습니다."

"중요한 일입니까?"

"아주요."

그녀가 힘을 주어 말했다.

"잠깐 기다려요."

그녀는 운전사 이전에 경찰이었다. 그래서 그녀의 말을 우 실장도 함부로 무시할 수는 없었다.

처음으로 그녀가 홍 회장의 사무실로 들어갔다. 거대하다는 말로는 부족한 공간이었다. 이런 사람과 잠자리를 했다는 게 오히려 비현실적이었다.

"앉아."

저 멀리 책상에 앉아 있던 그가 그녀에게 말했다.

"우 실장은 나가 있어. 내가 오라고 할 때까지 아무도 들여보내지 말고."

"네."

우 실장이 나가자 소파 옆에 서 있는 그녀를 향해 홍 회장이 걸어왔다.

"앉아."

그의 말에 신우는 아주 고급스러운 소파에 앉았다. 주인을 닮아 소파와 가구들의 색깔이 모두 블랙이었다.

"내 사무실을 구경 온 건 아닐 테고."

그가 시골에서 상경한 아가씨처럼 주변을 둘러보는 신우에게 차갑게 한마디 했다. 그는 편하게 말하는 걸지 몰라도 듣는 입장에서는 기분 나쁜 말투였다.

"부탁이 있어서 왔습니다."

"부탁이라면 집에 갈 때 해도 늦지 않을 텐데?"

"이거."

그녀가 봉투를 그에게 내밀었다. 그 안에는 파일과 비디오테이프가 들어 있었다.

"이게 뭐지?"

"백까치의 얼굴이 담긴 파일인데 너무 어두워서 복원해 내기가 힘이 듭니다. 혜성그룹에는 이걸 해결할 부서가 있을 것 같아서요."

"국과수에 맡기면……."

"국과수에서 백까치의 반쪽짜리 지문이 분석도 하기 전에 사라졌습니다. 국과수도 안전하지 않을 것 같아서요. 그걸 훔쳐간 사람만 밝힌다면 백까치에 대해 알아낼 수 있을 것 같습니다."

"그래서 다짜고짜 나에게 이걸 분석해 달라?"

"네."

"용기가 대단해."

"회장님과도 관련된 일이니까요."

"그렇게 생각하나?"

"네, 해주실 거라 믿습니다."

"난 장사꾼이야. 내게도 이득이 있어야지."

"회장님의 안전에……."

"그건 흥미 없어. 우리 연구소에서 이런 거나 하고 있을 시간이 있는 줄 아나?"

"……."

신우는 그가 왜 이러는지 알 수가 없었다. 자신의 안전에 관련된 일이었다. 이건 그녀가 가져다주면 바로 해주어야 할 일이었다. 홍 회장의 마음을 알 수가 없었다. 도와줄 듯하다가도 이렇게 차갑게 거절을 하니 말이다. 그것도 다른 사람도 아닌 자신의 안전에 관한 일인데.

"내게 뭘 줄 거지?"

"제가 뭘 드려야 하나요? 이건 회장님의 안전을 위한 일인데요?"

그녀는 똑 부러지게 이야기를 했다.

"아니지, 나의 일이기도 하지만 백까치의 정체에 대해 누구보다 관심이 있는 건 서 형사 아닌가?"

그가 그녀의 약점을 잡고 흔들었다.

"전 일에 사적인 감정을 넣지 않습니다."

그에게 끌려가서는 안 된다는 생각뿐이었다.

"저에게 뭘 원하십니까?"

하지만 그녀는 그에게 덜미를 잡혔다. 이제야 그는 만족스러운 시선을 그녀에게 보내고 있었다.

"알 텐데?"

"전 제가 가진 전부를 드렸습니다."

그랬다. 그녀는 내세우고 싶지는 않지만 그에게 처녀성을 주었었다. 물론 그녀가 원해서 한 일이기도 했지만 말이다.

"나만 즐긴 건가?"

"아닙니다."

"그래?"

"……."

신우는 그를 똑바로 보았다.

"내가 다시 원한다면?"

"제게 원하시는 게 그것이라면 할 수 없죠. 전 그 비디오를 판독

해야만 하니까요."

"그래서 원하지 않는데 나와 섹스를 하겠다?"

"네."

그녀의 대답에 그가 웃음을 터트렸다.

"사람을 부추기는 데 재주가 있어."

"네? 무슨 말씀이신지."

"알았어. 그렇게 하지. 매일 밤 나의 침실을 데워주는 대가치고
는 너무 비싸긴 하지만 말이야."

혜성그룹의 회장이 이 정도의 일을 못 할 거라는 생각이 들지는
않았다. 비싼 대가를 치르는 건 오히려 그녀였다. 하지만 그녀는
아무런 대꾸도 하지 않았다. 길게 말하면 할수록 그녀가 손해인
법이니까 말이다.

"그럼 이만 일어나 보겠습니다."

그녀가 자리에서 일어났다.

"바쁜……."

그가 그녀의 팔을 당겨 자신의 품에 가두었다.

"계약이 성사된 건가?"

"네."

심장이 터질 것 같았지만 최대한 담담한 어조로 말을 했다.

"그럼 도장을 찍어야지."

그의 말을 이해하기도 전에 그가 그녀의 입술을 삼켜 버렸다. 이번엔 정말로 심장이 터져 버릴 것 같았다.

"으읍."

그녀의 신음 소리는 그의 현란한 기술에 사라졌다. 그의 혀가 그녀의 입안으로 빠르게 들어와 온통 점령하고 있었다. 그의 손은 그녀가 움직이지 못하게 허리를 강하게 잡았다.

유도와 합기도를 한 그녀였다. 얼마든지 마음만 먹는다면 벗어날 수 있었지만 그녀는 그렇게 하지 않았다. 아니, 할 수가 없었다. 그녀도 그의 키스가 좋았기 때문이었다. 키스가 깊어질수록 그녀의 다리에 힘이 풀렸다.

"으음."

그녀가 신음 소리를 흘리자 이번엔 그가 그녀를 놓아주었다.

"도장을 아주 잘 찍었어."

"……."

신우는 아직도 멍한 표정으로 그 자리에 서 있었다.

"이따 저녁에 보자고."

그는 이렇게 말을 하고는 자신의 책상으로 돌아갔다. 신우도 최대한 아무렇지 않은 표정으로 그에게 인사를 하고는 사무실을 나왔다. 시계를 보니 15분 정도 그의 사무실에 머물렀다. 하지만 신우는 몇 시간은 있었던 것 같았다.

사무실에서 나오자 진짜 미스코리아처럼 예쁜 여직원들이 그녀를 힐끔거리며 보았다. 아마도 그녀의 유니폼 때문에 더 그런 것 같았다. 그녀는 우 실장에게 인사를 하고는 엘리베이터를 기다렸다.

"안녕하세요?"

예쁜 여직원이 그녀와 함께 엘리베이터를 기다렸다.

"네, 안녕하세요."

"회장님 운전기사 맞으시죠?"

"네."

"진짜 멋지세요. 여자 운전기사는 처음이거든요. 거기다 한 미모 하신다고 사내에 소문이 쫙 퍼졌죠."

"……."

엘리베이터가 오고 그녀는 1층을 눌렀다.

"몇 층에 가시는지?"

"저도 1층이요."

"네."

"우리 회사가 좀 소문이 많거든요. 우리 회장님에 대한 소문은 아주 많죠."

"……."

여자가 생각보다 말이 많았다.

"회장님이 서출이잖아요. 그래서 확실하게 홍 사장 라인과 홍 회장님의 라인이 갈려 있죠."

"……."

"하지만 명예회장님이 끼어들면서 회장님 쪽으로 기울긴 했지만 여우 같은 홍 사장님이 경영권을 포기할 리가 없죠."

"……."

"그래서 말인데요. 이번에 회장님을 협박하라고 지시한 사람이 홍 사장님이라는 말이 파다해요. 난 말이죠. 우리 회장님이 훨씬 낫다고 봐요. 어려서부터 회장님을 괴롭혀 온 홍 사장님 말고요."

"괴롭히다뇨?"

"몰랐어요? 신데렐라가 따로 없었다니까요? 죽이려고도 몇 번 했대요. 물론 소문이지만."

비서가 손가락으로 입술을 가렸다. 비밀이라는 제스처였다.

띵!

말을 하는 사이에 그들은 1층에 도착했다.

"다음에 또 봬요."

"네."

여자는 아주 상냥하게 인사를 하고는 그녀와 다른 방향으로 향했다. 신우는 지하 주차장으로 향했다. 이곳의 모든 직원은 1층 검색대를 거쳐야 용무를 볼 수가 있었다. 유일하게 회장만이 전용 엘리베이터를 사용해 지하 주차장에서 38층의 사무실까지 논스톱으로 갔다.

지하 주차장까지 내려온 신우는 차에 오르자마자 룸미러로 자신의 얼굴을 쳐다보았다. 붉게 상기된 그녀의 얼굴은 회장실에서 무슨 일이 있었는지를 그대로 말해주는 것 같았다.

"계약서의 도장이라……."

그녀는 자신의 입술을 손가락으로 어루만졌다. 이상하게 홍 회장과 있으면 의도하지 않았지만 야릇한 분위기가 됐다. 그리고 오늘 밤 그들은 첫 거래의 밤을 보낼 것이다. 그의 농담이길 바라는 마음이지만 홍 회장의 눈빛은 그렇게 말하지 않았다.

"어쩌지?"

신우는 눈을 감았다.

오늘처럼 퇴근시간을 기다려 본 적이 없는 태훈이었다.

"부탁하신 파일은 연구실에 넘겼습니다."

"잘했군."

그는 건성으로 대답을 하고는 빠르게 엘리베이터 앞에 섰다.

"회장님?"

"응?"

"무슨 일이라도 있으십니까?"

"아니."

띵!

엘리베이터가 도착했다.

"내려갈 필요 없어."

"네."

우 실장이 구십 도로 인사를 했다. 어쩔 땐 너무 눈치가 없는 우 실장이었다.

"그래서 장가를 못 갔나?"

허우대는 멀쩡한데 여자가 없었다. 아마도 저렇게 눈치가 없어서 그런 모양이었다. 지하에서 내리자 신우가 차를 문 앞에 댔다. 그는 뒷좌석에 타지 않고 조수석에 탔다. 놀란 신우가 그를 보았지만 그는 아무렇지 않게 앉았다.

"출발해."

그가 조수석에 타는 걸 경호원들이 다 보았다.

"저기 회장님, 다른 사람들의 시선이 곱지 않습니다."

다른 사람의 시선 따위는 중요하지 않았다.

"그래?"

"네."

"곱지 않으면 기대에 부응해 주면 되지."

그가 그녀의 오른손을 잡았다. 부드러운 그녀의 손이 그의 손안에 딱 들어맞았다. 마치 그의 페니스가 그녀의 질 안에 딱 들어맞

듯이 말이다. 그 생각을 하자 피가 아래로 몰리는 느낌이었다.

"회장님?"

"왜?"

그리고는 뒤에 따라오는 경호원 차에서 보이게 위로 잡은 손을 들었다. 갑작스런 그의 돌발 행동에 신우는 당황스러워했다. 하지만 그는 이런 신우를 보는 게 좋았다.

"이러다 사고 납니다."

"그렇군. 내가 자제를 하지."

그렇게 말을 하며 그녀의 허벅지 위에 손을 올려놓더니 쓰다듬으면서 자는 척을 했다.

"회장님."

"집에 도착해서 깨워줘."

"……"

그는 진짜 할 말이 없게 만들었다.

집에 도착하자 혹시나 다른 사람들이 눈치를 챌까 걱정을 하는 그녀가 홍 회장의 뒤를 따랐다. 엘리베이터에 경호원들과 같이 타서 그나마 다행이었다. 안 그랬으면 그는 엘리베이터에서 그녀를 가졌을 것이다.

"오셨습니까?"

집에 들어가자 오 집사가 그들에게 인사를 했다.

"식사하십시오. 약 드셔야 합니다."

"아참 그렇지. 밥부터 먹자."

그는 이렇게 말을 하고는 신우의 손을 잡고 식당으로 가서 그녀를 그의 바로 옆에 앉혔다.

"빨리 먹어."

"네?"

"약 먹어야 하잖아."

"네."

그는 지금 빛의 속도로 밥을 먹고 있었다. 마치 며칠을 굶은 사람처럼 보일 정도였다.

"체하실 것 같아요."

"걱정하는 건가?"

"……."

신우의 얼굴이 붉게 물들었다. 그녀를 놀리는 재미가 아주 쏠쏠했다. 그는 입가에 미소를 지으며 밥을 다 먹고는 오 집사를 불렀다.

"약!"

오 집사가 그의 약을 챙겨 주었다.

"서 형사 약은?"

오 집사가 신우의 약도 챙겼다.

"빨리 먹어."

"아직 밥도……."

"다 먹으면 살쪄."

신우는 그의 성화에 못 이겨 밥을 먹다 말고 약을 먹었다. 그러자 그가 신우의 손을 잡고는 그의 방으로 끌고 가기 시작했다.

"오 집사님이……."

"오 집사는 신경 안 써."

오 집사는 정말 신경 쓰지 않을 것이다. 그가 무슨 일을 하더라도 오 집사는 별말이 없었다. 관심이 없다는 게 아니라 그를 믿고 기다려 주는 사람이었다.

벌컥!

문을 거의 차다시피 열고 들어가자마자 그는 신우의 입술을 삼켜 버렸다.

"으으읍."

그녀의 얼굴을 양손으로 잡고는 깊은 키스를 하기 시작했다. 그만 다급한 게 아니었다. 지금까지 그를 무시하던 태도와는 달리 신우가 적극적으로 그에게 매달렸다. 마치 기다렸다는 듯이 그의 키스에 응하는 신우였다.

탁!

벽에 그녀의 등이 부딪쳤다. 하지만 그도 그녀도 신경 쓰지 않았다. 신우는 그의 목에 팔을 감고 다리로는 그의 허리를 감았다. 그런 그녀와 키스를 계속하며 그는 감각만으로 침대를 향해 걸어갔다.

그리고는 그녀를 침대 앞에 세우고는 순식간에 옷을 모두 벗겨버렸다.

"아름다워."

그의 말에 신우는 귀까지 발갛게 변해 있었다. 그런 그녀를 보며 태훈은 자신의 옷을 모두 벗어버렸다. 그녀의 하얀 살결과 그의 구릿빛 피부가 대조를 이루며 묘한 자극을 주었다. 그녀의 동그란 가슴을 그가 손으로 매만지자 신우가 몸을 부르르 떨었다.

"아주 예뻐."

그는 이렇게 말을 하며 신우의 입술을 삼켰다. 정말로 짜릿한 느낌을 주는 키스였다. 그의 혀가 그녀의 입안 구석구석을 헤매고 있었고 그의 손은 그녀의 풍만한 가슴을 움켜쥐고 있었다.

"아흐."

그녀의 신음 소리가 그의 페니스를 팽창시키고 있었다. 그는 신우의 손을 잡아 자신의 페니스를 잡게 만들었다. 처음에는 당황하던 신우가 그의 페니스를 신기한 듯 조심스럽게 만졌다.

"좋아, 그렇게."

그가 잠긴 목소리로 말했다. 진짜 당장이라도 그녀의 안으로 들어가고 싶은 심정이었다. 위아래로 움직이는 게 마치 해본 것 같은 노련한 손놀림이었다. 확실한 건 그녀는 그를 홀리는 능력이 있다는 것이었다.

"마녀."

"네?"

"나를 홀리는 마녀 같아."

"……."

그녀의 눈이 커졌다. 그의 말이 이해가 안 간다는 표정이기도 했다. 그의 입술이 그녀의 탐스러운 가슴을 삼키자 신우의 허리가 활처럼 휘었다.

"아흐."

신음 소리마저도 자극적인 여자였다. 그의 입술이 그녀의 라인을 따라 움직이고 있었다. 여자의 아름다운 곡선에 취해보긴 처음이었다. 그의 입술이 그녀의 가슴에서 배꼽으로 또다시 허리에서 힙으로 이동하는 중이었다.

신우의 멋진 볼륨감이 그를 미치게 만들고 있었다. 신우를 침대에 눕히고 그녀의 다리를 벌리고 아름다운 핑크색 여성을 바라보았다. 심장이 어찌나 뛰는지 그는 손으로 자신의 가슴을 쓸어내렸다.

그는 그녀의 무릎을 옆으로 벌리고는 가운데 자리를 잡았다. 그리고 이제는 더 버틸 수 없이 크게 발기한 자신의 페니스를 그녀의 촉촉이 젖은 질에 넣기 시작했다.

"으윽!"

아직 그녀의 질은 너무나 타이트했다. 그가 힘을 주어 단번에 밀어 넣자 그녀의 입에서 비명이 터져 나왔다. 그는 그녀의 입술을 자신의 입술로 막으며 허리를 움직이기 시작했다. 너무나 황홀해서 가슴이 터질 것 같았다.

그의 근육들이 하나하나 움직이며 섹스의 리듬을 타고 있었다. 얼마나 움직였을까? 그의 이마에서 땀방울이 흘러내리고 있었다. 신우의 얼굴은 욕망의 열기가 가득했고 그는 그 열기에 취해 있었다.

퍽퍽퍽!

색기 가득한 소리가 방 안 가득 피어올랐다.

"아아아아앙."

그의 움직임에 그녀의 신음이 똑같은 리듬을 타고 있었다. 진정 끝을 향해 달려가고 있었다.

"아아악."

"으윽."

그들은 동시에 만족감을 느끼며 쓰러졌다. 그의 분신들이 그녀의 몸 안 가득 퍼지는 게 느껴졌다. 기분이 너무나 좋았다. 어떻게 이루 말할 수가 없었다. 그는 그녀를 안고는 바깥으로 향했다.

"회장님, 오 집사님이……."

"방에서 안 나와."

"네?"

"오 집사님은 우리에게 신경 쓰일까 봐 방에서 안 나오셔."

"어떻게 알아요?"

"지켜보면 알아."

풍덩!

"악!"

그녀는 거실에 있는 수영장에 그대로 던져졌다.

푸하!

"진짜 이럴 거예요? 팔이 다 아물지도 않았다고요."

"이제 괜찮은 거 알아."

"뭐라고요?"

"의사에게 얘기 들었어."

그녀의 팔은 빠른 속도로 회복했고 지금 현재 괜찮은 건 사실이었다. 그가 빠르게 물속으로 들어와서 그녀를 안았다.

"기분 좋지?"

"몰라요."

그에게 매달린 신우는 창에 비친 바깥 풍경을 보았다.

"서울엔 왜 별이 안 보이는 줄 알아요?"

"……."

"주변의 빛이 하늘의 빛을 가리는 거래요. 저도 회장님 때문에 가려서 백까치의 일을 잊을까 겁이 나요."

"그래서 날 거부한 건가?"

"우리는 어울리지 않아요. 물론 회장님이 아무리 백번 양보한다고 해도 우린 이렇게 섹스 파트너로 끝이 날 거예요. 난 상처 받기 싫어요."

그가 그녀의 불안감을 달래주듯이 꼭 끌어안았다.

"난……."

"대답하지 말아요. 지금은 그냥 이대로의 우리를 즐기면 되는 거예요. 다만 내가 더 이상의 기대를 갖지 않게 조심하고 또 조심할게요. 그러니 회장님도 너무 많은 기대를 저에게 심어주지 마세요."

그녀의 말에 그는 반박을 할 수가 없었다. 그녀는 그들에겐 미래가 없다고 확신을 하고 있었고 그는 지금 아니다라고 얘기할 수가 없었다. 그녀가 숨이 막히게 좋은 건 사실이었지만 그의 아이들의 엄마로서는 생각해 보지 않았기 때문이었다.

그는 처음으로 자신이 이기적이라는 생각을 했다. 그녀에게 미안한 마음뿐이었다. 하지만 지금 그녀를 달래줄 수 있는 건 섹스가 유일했다.

그의 입술이 그녀의 입술을 삼켰다. 물속의 키스는 참으로 에로틱했다. 그들이 조금 움직일 때마다 물소리가 났다. 마치 인어들이 사랑을 나누는 느낌이었다.

"수영 잘해요?"

그녀가 그를 꼭 끌어안고는 물었다.

"응, 난 힘이 들거나 스트레스를 받으면 수영을 해. 그러면 다 풀리지."

"전 화가 날 때면 바다에 가요. 바다를 보면 마음이 좀 나아지거든요. 하지만 오해는 마세요. 전 수영은 잘 못 하니까."

"그럴 땐 서핑이 최고지."

"서핑 할 줄 알아요?"

"잘하지. 상도 탔으니까. 내 까만 피부는 서핑 때문이야."

"아."

그녀가 이해한다는 듯 고개를 끄덕였다.

"다음에 같이 가. 내가 가르쳐 줄 테니까."

"좋아요."

그녀가 그의 이마에 입을 맞추며 방긋 웃었다.

"웃으니까 예뻐."

"그거 알아요? 나한테 아름답다거나 예쁘다고 말하는 사람은 회장님뿐이에요."

"다른 사람들은 눈이 삐었어."

"호호호."

그녀의 웃음소리가 거실 안의 수영장을 울리고 있었다.

"정말 그렇게 생각하시는 거예요?"

그가 고개를 끄덕이자 그녀가 그의 얼굴을 양손으로 잡고는 입술에 살며시 키스를 했다.

"가장 오글거리는 말을 자연스럽게 하시는 거 알아요?"

"내가?"

"네."

그녀의 가슴이 물 위에서 출렁거리고 있었다. 어찌나 그 장면이 자극적인지 그의 페니스는 그녀 안으로 들어가 달라며 아우성이었다.

그가 그녀를 계단 쪽으로 데리고 갔다. 그리고 그 위에 그녀를 눕게 만들었다. 얕은 물이라서 그런지 달빛에 그녀의 몸이 온전히 드러났다.

"밖에서 보이는 거 아니죠?"

"안 보여."

그녀가 몸을 일으켜 다시 한 번 주변을 살폈다.

"신경 쓰이나?"

"네. 회장님은요?"

"전혀."

"왜요?"

"그냥 이건 내 사생활이야. 그들이 신경 쓸 일이 아니야."

"그래도 가십거리가 되면 시끄럽잖아요."

"그렇긴 하지."

그가 그녀의 입술에 키스를 했다.

"우리가 여기서 이러다가……."

"몹시 시끄럽군."

그가 다시 그녀의 입술을 키스로 막았다. 그리고 이번에는 부드럽게 그의 페니스를 그녀의 질 안으로 집어넣었다. 이제는 익숙해졌는지 그녀는 비명을 지르지 않았다.

"너무 좋아."

그녀의 타이트한 질이 그의 페니스를 조이고 있었다. 그는 혹시나 계단 때문에 그녀가 불편할까 봐 손으로 그녀를 안고 있었다. 여자에게 이토록 배려심이 강한 남자라는 걸 그는 예전엔 몰랐다.

"하하하."

그의 웃음에 신우가 이상하다는 듯 그의 얼굴을 뚫어져라 쳐다보았다.

"왜 웃었어요? 혹시 내가 못 해서?"

"아니, 너무 잘해서 문제지."

"그럼?"

"내가 이렇게 여자에게 친절한 놈이었나 싶어서."

"뭐라고요?"

그의 손이 그녀의 가슴을 잡았다. 그리고는 그녀의 유두를 힘껏 빨았다.

"아! 이게 친절한 건가요?"

"아니, 이건 미치게 신우를 원한다는 뜻이지."

그의 입술이 다시 그녀의 가슴을 빨기 시작했다. 그의 입술 안에 신우의 부드러우면서 단단한 유두가 있었다. 그가 혀로 그녀의 유두를 칠 때마다 유두는 더욱더 단단해지고 있었다.

"이상해요."

"어떻게?"

그는 신우의 유두를 계속해서 자극했다.

"찌릿해요."

"여기는?"

그의 페니스가 여전히 그녀의 질 안에 있었다.

"거기는 뜨거워요."

"어디가 더 좋아."

"둘 다 좋아요. 미치겠어요."

"나도 미칠 것 같아."

그가 더 격렬하게 허리를 움직이기 시작했다. 그녀의 머리에 오직 그만 새겨 넣고 싶었다.

첨벙첨벙.

물소리가 요란하게 울렸지만 그나 그녀나 신경 쓰지 않았다. 한참을 서로를 탐한 후에 그는 다시 그녀를 안고는 자신의 침실로 들어가서 잠을 청했다. 내일은 토요일이었다. 오전의 회의만 참석하고는 그는 그녀와 하루 종일 침대에 머물 생각이었다.

신우는 피곤했는지 그의 품 안에서 그대로 잠이 들었다. 그는 한참 신우의 얼굴을 보다가 그대로 잠이 들었다.

이른 아침 알람 없이도 신우는 눈을 떴다. 오랜만에 진짜 꿈도 꾸지 않고 편하게 잤다. 에어컨 바람이 시원하게 방 안을 감싸고 있었고 까슬까슬한 이불이 정말로 쾌적했다. 눈을 뜬 신우는 낯선 광경에 한참을 멍하게 눈을 뜨고 있었다.

"후~"

아직 잠이 덜 깬 모양이었다. 그러다가 어제의 일이 떠오르고 그녀의 등 뒤에서 따뜻하게 그녀를 안고 있는 게 이불이 아닌 홍 회장이라는 게 인식이 되자 그녀는 그대로 눈을 감고 쥐 죽은 듯이 있었다.

그렇게 10분쯤 흐르자 신우는 도저히 가만히 있을 수가 없어서 조용히 그의 품을 빠져나오려 몸을 움직였다.

"더 자."

"네?"

"아직 일어날 시간 아니야."

"전 먼저 준비를……."

그러자 그가 그녀를 자신의 품 안에 가두었다.

"내가 더 자고 싶어."

"오전에 회의가……."

"우 실장같이 얘기하지 마."

"……."

그렇게 말을 하더니 고른 숨소리가 들렸다. 어제의 일로 피곤한 모양이었다. 피곤할 법도 했다. 그는 어젯밤에 그녀를 거의 안고 다녔었다. 그는 지금 아주 작게 코를 골고 있었다.

신우는 몰래 그의 팔에서 빠져나와 자신의 방으로 갔다. 다행인 건 그들의 방이 연결되어 있다는 것이었다. 어제 유니폼을 빨지 못해서 엉망이었지만 대충 다리미로 다리고 향수도 뿌려서 오늘 한나절은 견딜 수 있을 것 같았다.

샤워를 마치고 거울에 비친 자신의 모습을 보니 한숨이 푹 하고 나왔다. 팔의 상처가 생각보다 흉했다.

"언제 돈 벌어서 성형수술을 하나?"

수술을 하는 것보다 이 상처도 예쁘게 봐줄 남자를 만나는 게 나을 것 같았다. 그러자 그녀의 머리에 문득 떠오르는 남자가 바로 홍 회장이었다. 하지만 신우는 이내 머리를 흔들었다. 황새를 쫓다가는 가랑이가 찢어지게 마련이었다.

준비를 완벽하게 마친 신우가 홍 회장을 기다리기 위해 거실로 나왔다.

"서 형사님."

오 집사가 그녀를 불렀다.

"네."

"잠깐 얘기 좀 하죠."

무슨 말을 하려는지 감이 오긴 했다. 신우는 그를 따라 테라스로 향했다. 청담동이 한눈에 내려다보이는 테라스에 서서 오 집사가 말을 꺼냈다.

"우리 회장님의 절대적인 약점이 서자 출신이라는 겁니다."

"……."

너무 단도직입적인 말이라 신우는 깜짝 놀랐다.

"홍 사장님이 그런 약점을 잡아 아주 괴롭히는 모양인데, 여자 문제까지……."

여기서 여자란 그녀를 두고 하는 말이었다.

"오 집사님, 전 아무런 욕심이 없으니 걱정하지 마세요."

"주제넘게 참견한다고 생각지 마시고……."

"압니다. 절대로 오해하지 않습니다."

오 집사를 아버지 이상으로 생각하는 홍 회장이었다. 그건 오 집사도 마찬가지였다. 오랜 세월을 함께하다 보니 팔이 안으로 굽는다고 오 집사는 온통 홍 회장 걱정뿐이었다. 모든 걸 알고 이해는 했다.

마음속으론 항상 준비를 했지만 이렇게 직접 들으니 마음이 좋지는 않았다. 남들이 보기에도 홍 회장과 그녀는 아닌 것이었다.

출근 준비를 마친 홍 회장이 나오는 소리가 들리자 그녀와 오 집사가 서둘러 홍 회장 있는 곳으로 향했다. 홍 회장은 벌써 식탁에 앉아 있었다.

"식사하지."

"네."

홍 회장은 그녀와 함께 아침식사를 했다. 회장과 운전사가 이렇게 한 식탁에서 밥을 먹는 건 남들 보기에도 안 좋을 것 같았다.

"회장님, 당분간 집에서 출퇴근을 했으면 합니다."

"왜?"

그의 표정이 굳었다.

"너무 오랫동안 집을 비워놓고 다녀서 관리가 좀 필요할 것 같아서요."

"다음 주에 잠깐 다녀와."

그가 더 이상 그녀가 토를 달지 못하게 말을 잘랐다.

"네."

신우는 이렇게 그와 아침을 먹고는 그를 출근시키고 새로운 특수팀으로 갔다.

"안녕하십니까?"

"뭐 우리가 안녕할 상황은 아니지."

그녀와도 친한 선배인 최 형사가 팀장 몰래 그녀에게 귓속말을 했다.

"분위기가 안 좋아."

"그래 보여요."

"단서가 없어."

"박 형사 건은요?"

"그건 전혀 증거가 없어. 그날의 모든 CCTV 자료가 하나도 남김 없이 다 불에 탔거든."

진짜로 답답한 일이었다.

"최 형사님, 진짜 아무것도 없어요?"

"그게 아주 놀라워. 한 가지 단서는 박 형사가 칼에 찔려 죽은 것 같다는 거지."

"증거는요?"

"부검의가 몸이 거의 다 타서 사인을 식별하기 어려웠는데 가슴 부위의 타다 남은 근육에서 자상의 흔적 같은 게 보였다고 하더라고."

"그럼 백까치의 짓인지도 모른다……."

"확실한 건 아니야. 그리고 박 형사가 마지막으로 본 게 국과수 CCTV 영상인데 그게 불에 다 타고 없어."

홍 회장에게 부탁하기는 했는데 여기서 안 되면 혜성 연구실에서도 뾰족한 수가 없을 것 같았다. 걱정이 쓰나미처럼 밀려왔다.

"저 가봐야 해요. 홍 회장님 회의 끝날 시간이거든요."

"어쨌든 홍 회장 쫓아다니느라 고생이 많아."

"뭘요. 또 뭐라도 나오면 알려주세요."

"알았어."

최 형사를 뒤로하고 신우는 혜성 본사로 향했다. 아무것도 나오지 않았다니 마음이 무거웠다.

본사로 향한 신우는 홍 회장을 기다렸다. 평소에는 무뚝뚝한 사람인데 이상하게 잠자리에서만은 뜨거운 남자였다.

어제도 그녀는 그와 함께 불같은 밤을 보냈었다. 오늘은 또 어떨지 은근히 기대가 되는 게 사실이었다.

그때였다. 멀리서 홍 회장의 모습이 보였다. 엘리베이터의 문이 열리는 순간부터 그의 아우라에 압도되었다. 큰 키에 블랙 정장을 입은 그와 그의 뒤로 같은 색의 정장을 입은 경호원들이 같이 그녀를 향해 걸어오자 마치 영화 속의 인물들을 보는 것 같았다.

그가 차에 타자 경호원들도 각자의 차를 타고 그의 뒤를 따랐다.

"안 불편하세요?"

그녀가 룸미러로 그를 보며 물었다.

"불편해."

"언제부터 경호원들이 있었어요?"

"첫 번째 유괴를 당하고 나서부터."

"유괴요?"

"다섯 살 때였나? 기억도 나지 않지만 유모가 날 납치했었어."

"설마요."

"그때는 홍미란이 벌이지 않은 유일한 유괴였어. 진짜 죽을 뻔했지. 아버지가 돈으로 해결을 보셨고 유모는 필리핀에서 잡혔어."

놀라서 말이 나오지 않았다. 그는 너무나 담담하게 자신에게 있었던 일을 이야기했다. 본가에서 산 신우는 그런 사실을 한 번도 들은 적이 없었다. 그만큼 둘째 부인과 그녀의 자식에 관한 이야기는 집 안에서도 함구했다.

"그 뒤로 오 집사님이 직접 날 돌보셨어. 엄마 없이 미국에 있을 때도 그분이 날 지켜주셨지. 하지만 미국에서는 더 많은 납치를 당했고 그 배후에는 항상 홍미란이 있었어. 홍미란은 어려서부터 날 미워했어."

"왜요? 이복형제라서?"

"그것도 이유겠지만 내가 자신보다 모든 면에서 앞서 있고 무엇보다 아버지께서 아들인 날 더 신뢰하시거든."

돈이 많아도 걱정인 것이다. 이렇게 돈 때문에 죽이지 못해 안달이니 말이다.

"동화 같은 얘기네요."

"맞아, 남자 버전의 백설공주지. 아직 독이 든 사과를 먹지는 않았지만 말이야."

그는 아무렇지 않게 말을 했지만 듣고 있는 신우는 마음이 아팠다.

"너무 불쌍해할 필요는 없어."

"……."

"우리 오늘은 별장으로 갈까?"

"아뇨, 당분간은 집에서 지내는 게 나을 것 같습니다."

"아니, 우리도 머리 좀 식히자고. 하루 사이에 어떻게 되지는 않을 테니까."

그는 강릉에서 경포대 근처의 바닷가에 있는 그의 별장으로 차를 돌리게 했다. 불안한 마음이 강했지만 그를 따를 수밖에 없었다.

하지만 그의 별장에 들어서자 서울의 집보다 더 보안이 뛰어난 곳이란 걸 알았다. 이중 삼중으로 경호원들이 배치되어 있었고 사냥개들도 집을 지켰다.

"굉장히 크네요."

"아버지가 제주도에 가시기 전에는 이곳에 계셨어. 여자와 바다를 좋아하시지."

그의 말이 무슨 뜻인지 알았다. 그의 아버지인 혜성그룹 회장님의 여성 편력은 우리나라 국민이라면 누구나 알고 있었다. 항상 가십거렸기 때문이었다.

"내리지."

"네."

그가 내리자 별장의 집사가 그를 맞이했다.

"그동안 잘 지내셨습니까, 회장님. 오신다는 말이라도 해주셨
으면……."

"하루만 묵고 갈 예정이야."

"네, 알겠습니다. 짐은?"

"안 가지고 왔으니까 간단한 건 방에 준비를 해줘."

"네, 더 시키실 일은 없으십니까?"

그가 입을 손으로 잠그는 흉내를 냈다.

"알겠습니다."

그가 신우의 손을 잡고 안으로 들어갔다.

"이렇게 다니다가 홍 사장님의 귀에 들어가기라도 한다면……."

"괜찮아, 이곳의 사람들은 홍 사장을 다 싫어해."

"아!"

그녀가 고개를 끄덕이자 그가 웃었다. 그는 그녀의 손을 꼭 잡
고는 별장 안으로 들어갔다.

7. 쾌락에 눈을 뜨다

별장 안은 생각보다 화려했다. 그의 지금 집이 화려한 것처럼 말이다. 집 안이 온통 화이트였다. 마치 그리스의 신전처럼 집 안 곳곳에 흰색의 거대한 기둥들이 있었다. 기둥이 그냥 있는 게 아니라 공간을 나누고 있었다. 그리고 조각품들도 이곳이 얼마나 멋스러운 곳인지를 말해주고 있었다.

"아버지는 예술가들을 좋아하시지. 죽은 사람들보다 지금 살아 있는 사람들 중에 젊은 작가들을 발굴하고 그들의 작품들을 수집하시지. 특히 조각상을 좋아하셔."

"그래서 본사에도……."

"맞아."

"그런데 왜 본가에는 없는 건가요?"

"유 여사가 싫어해. 유 여사는 그림이나 조각품보다는 보석을 모으는 걸 좋아하지."

그랬다. 본가의 유 여사는 언제나 화려한 장신구들을 하고 있었다. 마치 귀족부인들처럼 말이다. 유 여사와 홍 사장은 고급스러운 느낌이 들기는 했지만 세련된 느낌은 없었다. 요즘은 심플한 느낌의 것들을 선호하는데 그들은 그게 아니었다.

진주 하나를 해도 알사탕 크기의 것들을 하고 대부분이 아주 화려했다. 딱 보기에도 위화감이 드는 보석들이었다.

"보석 좋아하나?"

"아뇨, 한 번도 해보지 않아서 사실은 좋은지 어쩐지도 몰라요."

"……."

그가 알 수 없는 표정으로 그녀를 보았다.

"그렇다고 불쌍하게 보지는 말구요."

"그렇게 생각한 적 없어."

"다행이네요."

그가 그녀의 손을 잡고 집 안 곳곳을 안내해 주었다.

"무슨 신전 같아요."

커다란 분수 앞에서 그녀가 말했다.

"멋진 작품이지. 그리스 로마 신화에 나오는 신들이야."

분수에는 수많은 신들이 사람보다 약간 더 크게 조각되어 있었다. 마치 실사 같은 느낌이었다.

"이거 저녁에 보면 무서울 것 같아요."

"아니, 조명이 켜지면 아주 화려해. 해가 지면 불이 들어오니까 그때 봐."

"네."

"이 집의 하이라이트는 여기야."

바다가 한눈에 보이는 수영장이었다.

"와!"

감탄사가 절로 나왔다.

"여기서 저녁에 와인을 마실 거야. 원래는 석양을 보며 마시는 건데 아쉽지만 그런대로 좋은 경치를 가지고 있지."

그의 손을 잡고 별장의 구석구석을 다니고 나니 마치 그가 그녀의 연인이라도 되는 느낌이었다.

"배고프지?"

"조금요."

"1층에 가보자고. 저녁이 준비되어 있을 거야."

그는 여전히 그녀의 손을 잡고는 식당으로 그녀를 이끌었다. 확트인 공간에 대리석으로 만들어진 식탁이 있었다. 식탁 위에는 둘이서 먹기에 너무 많은 음식들이 차려져 있었다.

"와, 진수성찬이네요."

"마음껏 먹어. 그래야 힘을 쓰지."

그의 말에 그녀의 얼굴이 붉어졌다.

"이거 먹어봐."

그가 랍스터를 먹기 좋게 발라서 그녀에게 건네자 옆에 서 있던 별장 집사 얼굴이 아주 우습게 변했다. 그의 행동에 놀란 눈치였다. 하지만 신우는 좋았다. 그에게 특별한 대접을 받고 있는 듯한 느낌이었다. 심지어 그가 그녀의 입에 랍스터를 넣어주기까지 했다.

"맛있어?"

"네."

그의 행동이 당황스럽기도 하면서 기분도 좋았다. 뭔가 오글거리면서도 짜릿한 느낌이었다. 이렇게 빠져들면 안 되는데 신우는 자신이 이미 헤어 나올 수 없는 늪에 빠진 걸 알게 되었다.

"뭘 그렇게 보고 있어?"

그의 얼굴을 너무 빤히 본 모양이었다.

"아닙니다."

"나도 이렇게 하는 게 어색해. 한 번도 안 해봤거든."

그는 랍스터 한 조각을 그녀에게 다시 먹여주었다.

"자연스러우신데요."

받아 먹은 신우가 더 어색했다.

"하하하, 내가 뭐든 빨리 적응을 하긴 하지."

홍 회장의 눈은 잘생겼지만 슬픔이 있었다. 그가 치열한 삶을 살면서도 가족에게 학대를 당하고 있었다는 게 놀라웠다. 유괴라니, 정말 말도 되지 않았다. 지금의 사건도 어쩌면 홍 사장이 시켜서 한 일일지도 모른다는 생각이 들자 소름이 끼쳤다.

"빨리 먹고 쉬자고."

"네."

식사 후에 나란히 식당에서 나온 그들은 다시 분수가 있는 곳으로 향했다.

"와!"

오색의 빛이 분수에서 뿜어져 나오고 있었다. 각 신들에 어울리는 색상이 무지갯빛을 띠며 솟아오르고 있었다.

"굉장해요."

그녀의 말에 홍 회장이 그녀를 뒤에서 안으며 말했다.

"굉장하지."

그렇게 말을 하며 그녀의 목에 입을 맞추었다. 목부터 찌릿함이 아래로 내려왔다. 그의 촉촉한 입술은 그녀의 목에 계속해서 머물렀고 그의 체취는 그녀의 마음을 야릇하게 만들고 있었다.

"여기도 굉장하긴 하지."

그가 그녀의 옷 아래로 손을 넣어 브래지어를 한 가슴을 어루만졌다.

"이걸 안 하면 안 되나?"

그의 불만이 가득한 목소리에 신우는 웃음이 터졌다.

"저도 안 하고 싶습니다. 답답하니까요."

"법으로 금지를 시켜야 해."

그의 농담에 신우는 모처럼 웃을 수 있었다. 요즘은 홍 회장이 아니면 웃을 일이 없었다.

"또 그런다."

"네?"

"갑자기 우울해지는 거."

"아닙니다."

"아니긴. 박 형사가 그렇게 된 후로 계속해서 그러는데 눈치 보여."

"홍 회장님이 눈치를 봐요? 설마요."

"그런가?"

그가 낮게 웃었지만 이상하게 그의 말에서 진심이 느껴지고 있었다. 그가 그녀의 눈치를 본다면 얼마나 좋을까 하는 생각이 들었다. 신우가 뒤를 돌아 그를 마주 봤다. 그리고 한 손을 들어 그의 얼굴을 쓰다듬었다.

이러고 있으니 진짜 연인 같았다. 저녁이라서 그런지 그의 얼굴
에 수염이 거뭇거뭇 올라와 그녀의 손바닥을 간질이고 있었다.

"잘생겼나?"

"네, 저기 조각상보다도요."

"감동이군."

그들의 눈빛이 서로에게 집중되어 있었다. 그의 깊고 짙은 눈동
자 안에 그녀가 있었다. 분수대의 화려한 색깔이 그의 눈 안에 가
득했고 그녀의 모습도 다양한 색의 한가운데 있었다. 그 신비로움
에 그녀는 정신을 잃어버릴 것 같았다.

"키스해 줘요."

자신의 입에서 나왔다고는 믿어지지 않는 소리가 툭하고 튀어
나왔지만 주워 담을 수도 담고 싶지도 않았다. 그가 그녀의 허리
를 강하게 당기고는 입술을 먹어치울 듯이 삼켰다.

"으으음."

서로의 혀가 얽히고 있었다. 그의 키스를 그녀 또한 열정적으로
받아들였다. 그녀의 손이 그의 가슴에서 점점 더 아래로 향했다.
그녀의 마음에 무슨 변화가 있었는지 모르겠지만 그녀는 지금 그
를 너무나 원했다.

그녀의 손이 그의 와이셔츠 속으로 들어가 그의 맨가슴을 쓸어

내렸다. 욕망으로 그의 유두가 단단해진 게 손바닥에서 그대로 느껴졌다. 일하는 사람들이 오갈 수 있었지만 지금은 아무것도 신경 쓰고 싶지 않았다. 오롯이 그와 그녀 둘뿐인 세상에 있고 싶었다.

그녀의 입술은 완벽하게 그에게 제압당하고 있었지만 지금 그녀의 손은 자유롭게 그의 몸을 배회하고 있었다.

"으으음."

그가 그녀의 혀를 힘있게 빨아 당기자 저절로 신음 소리가 터져 나왔다. 그녀의 손이 그의 페니스를 더듬자 그의 입에서도 신음 소리가 터져 나왔다. 약간의 용기가 생긴 신우는 그의 벨트를 풀며 그를 자극하기 시작했다.

"위험해."

"알아요."

그녀는 그의 바지 지퍼를 내리고는 단단하게 솟아 있는 그의 페니스를 해방시켜 주었다. 그리고 한 손으로 잡기에 버거운 그의 페니스를 거침없이 잡았다. 그리고 위아래로 움직이며 그를 자극하기 시작했다.

"잠깐만."

그가 그녀를 커다란 기둥 뒤로 이끌었다.

"다른 사람들 신경 안 쓴다면서요."

"신경 안 써."

"그런데 왜……."

"신우의 야한 얼굴을 다른 사람들이 보는 게 싫어."

그의 말에 그녀의 입가에 미소가 번졌다.

"내 표정이 야해요?"

"응."

여전히 그녀의 손은 그의 페니스에 가 있었다. 그리고는 그가 저지할 틈도 없이 그 자리에 무릎을 꿇고 앉아서 그의 페니스를 작은 입안으로 삼켜 버렸다.

"으윽!"

놀란 그가 그녀의 머리를 살짝 밀어냈지만 신우는 그대로 그의 페니스를 물었다. 너무나 거대해서 그녀의 목젖까지 닿았지만 신우는 처음 느끼는 묘한 느낌에 혀로 그의 페니스를 핥았다.

"으으윽."

그가 신음 소리를 참고 있었다. 어떻게 해서든지 그를 흥분시키고 싶은 마음에 그녀는 그의 페니스를 힘껏 빨았다.

"신우야, 그만."

"츄읍, 싫어요."

"아니."

그녀는 그의 긴 페니스를 혀로 핥으며 그의 귀두까지 모두 그녀의 입으로 영역 표시를 해나갔다. 그가 욕망에 들떠 있는 모습이

좋았다. 아니, 그를 이렇게 만든 스스로가 자랑스러웠다. 어쨌든
지 그는 그녀와의 섹스에 만족하는 것 같았다.

그것만으로도 행복했다. 더 이상은 바라지도 않았다. 언제 그와
의 인연이 끝날지 모르지만 지금은 정말 그에게 빠져 행복한 시간
을 보내고 싶었다.

그가 갑자기 그녀를 일으켜 세웠다. 그리고는 그녀의 바지를 순
식간에 벗기고는 기둥에 기대게 만들었다.

"오늘은 날 너무 자극했어."

그의 짙어진 눈동자가 마치 사냥을 시작하기 전 맹수 같았다.
그는 그녀의 다리 한쪽을 자신의 팔에 걸치고는 바로 페니스를 그
녀의 질 안으로 밀어 넣었다.

"아흐."

쾌락의 고통이 밀려왔다.

"아, 미칠 것 같아요."

퍽퍽퍽!

그들의 음탕한 소리가 분수대 근처를 울리고 있었다. 그의 허리
짓은 격렬했고 질을 들어왔다 나가는 그의 페니스의 느낌도 그녀
를 미치게 만들었다. 신우는 다치지 않은 팔을 그의 목에 감고는
그에게 필사적으로 매달렸다.

그리고 저도 모르게 그의 리듬에 같이 몸을 맞추었다. 온몸에

전류가 흐르는 것처럼 찌릿함이 퍼지고 있었다.

"홍 회장님. 아흐."

그녀가 듣기에도 커다란 신음 소리를 내고 있었다. 분수대 옆의 기둥 뒤에서 그들은 거침 없는 섹스를 하고 있었다. 그녀의 손이 그의 가슴에 가 있었다. 단단함이 손바닥 전체에 느껴졌다. 처음으로 남자와 섹스란 걸 한 지 얼마 되지 않아서 그녀는 그와의 섹스에 미친 듯이 빠져들고 있었다.

"헉헉."

둘 다 가쁜 숨을 몰아쉬었다. 사람들이 언제 올지도 모르는데 그들은 서로에게 빠져 신경도 쓰지 않았다.

"계속 여기 있을 거예요?"

"아니."

"그럼 빨리 방으로 들어가요."

"왜?"

"창피하단 말이에요."

"아직 끝나지 않았어."

그의 말대로 그의 페니스는 여전히 그녀의 질 안에 있었다. 그가 얄밉게 허리를 움직였다.

"하지 마요."

"나는 좋은데……."

"나도 좋아요."

그녀의 말에 그가 다시 허리를 움직이기 시작했다. 아래에서 느껴지는 뜨거움이 그녀의 깊은 곳에 숨었던 욕정을 타오르게 만들고 있었다.

"깊이 더 깊이."

그가 그녀의 안으로 더 깊이 들어와 주기를 바랐다.

퍽퍽퍽!

그는 그녀의 바람대로 더 깊이 그녀의 안을 휘젓고 있었다. 그의 페니스가 그녀의 자궁 안쪽까지 찌르고 있었다.

"아흐, 좋아요."

진짜 미칠 것 같은 쾌감이 그녀의 아랫부분을 자극했다. 그가 빠르게 움직이며 마지막을 향해 달리고 있었다. 그의 움직임이 멈추고 그녀의 자궁 안에 그의 분신들이 뿌려지고 있었다. 따뜻한 충만함이 그녀의 자궁 안에 퍼지고 있었다.

그는 바닥에 떨어진 바지를 그녀에게 건네고 자신도 바지를 입기 시작했다. 할 때는 좋았는데 조금 뻘쭘한 기분이 들기는 했다.

"어디로 가는 거예요?"

그가 그녀의 손을 잡고는 어디론가 빠르게 이동했다.

"방에 가서 옷도 갈아입어야지."

"네."

그가 안내한 방은 그녀의 입을 벌어지게 만들었다.

"여기는……."

방 안의 반을 차지하고 있는 게 침대였다. 마치 사막의 왕이 있을 법한 커다란 황금색 침대에는 황금색의 캐노피가 쳐져 있었고 침대 주변은 방석들이 빙 둘러싸고 있었다.

"마치 영화에 나오는 아랍의 침실 같아요."

"맞아. 다 중동 지역에서 공수한 거야."

그녀가 테이블 위에 있는 황금색 향수병을 들고 그 향기를 맡았다.

"제 취향은 아니지만 나쁘진 않네요."

"최음제."

"네?"

"최음제 맞아. 아버지가 손님들의 접대를 위해 각방마다 하나씩 가져다 놓은 거야. 아주 효과적이지."

"그럼 이건요?"

그녀가 또 다른 병을 들었다.

"그건 남자들이 뿌리는 거야. 정력제라고 해야 하나?"

그녀의 놀란 표정에도 아랑곳하지 않고 그는 설명을 이어갔다.

"이곳은 아버지와 접대 받을 분들을 위한 아방궁 같은 곳이야. 이곳의 일들은 누구에게도 발설하지 않게 직원들은 교육을 받았지. 그들 앞에서 우리가 섹스를 한다고 해도 눈 하나 깜빡할 사람들이 아니야."

그러고 보니 그들이 손을 잡고 다녀도 일하시는 분들은 그들에게 시선조차 주지 않았다.

"여기 회장님도 자주 오시나요?"

순간 질투에 사로잡힌 신우가 입을 삐쭉 내밀고는 물었다.

"아니, 처음이야."

"왜요? 이렇게 황홀한데?"

"미국에 있었으니까. 얘기만 들었지."

"아."

오기 싫어서 안 온 게 아니라 멀리 떨어져서 못 온 것이었다.

"못 온 거네."

"하하하."

그녀의 투덜거림에 그가 호탕하게 웃었다.

"질투하는 건가?"

"제가 어떻게 질투를 해요."

입이 툭하고 튀어나온 그녀의 입술을 그가 손가락으로 집었다.

"놔요."

"진짜 삐졌군."

"아니라니까요."

그가 그녀를 자신의 품 안에 안았다.

"신우가 아니었다면 여기 오지 않았을 거야."

"……."

"우리에겐 그렇게 많은 시간이 없으니까 즐기자고."

신우가 그의 손에 이끌려 어디론가로 향했다. 방의 한쪽 구석에 커다란 문이 있었고 그 안으로 들어가자 웬만한 사우나 크기의 목욕탕이 있었다. 이렇게 보니 각방에서 이곳으로 연결이 되는 것이었다.

"혼탕을 하는 거예요?"

"우리는 아니지."

모든 게 놀라웠다. 이곳은 진짜 쾌락을 위해 존재하는 곳이었다. 혼탕을 하는 온천이라니 신우는 입이 다물어지지 않았다.

그가 그녀의 입술을 머금으며 옷을 벗기고 있었다. 그런데 그런 그들을 신경 쓰지도 않고 집안 도우미들이 왔다 갔다 분주히 움직이고 있었다. 한 사람은 와인을 세팅하고 있었고 다른 한 사람은 수건과 가운을 챙기고 있었고 다른 한 사람은 뭘 하려는지 대기 중이었다.

"잠깐만요. 여기서 우리 같이 목욕……."

"응."

"잠깐만요."

그녀의 말을 무시하고 그는 그녀의 옷을 마저 벗기고 자신의 옷도 모두 벗어버렸다. 그러고는 그녀를 물속으로 이끌었다. 그들이 물속으로 들어가자 나머지 한 사람이 벗어놓은 옷가지들을 챙겨서 밖으로 나갔다.

"적응이 안 돼요."

"차차 적응이 될 거야. 그들은 그들이 하는 일을 우리는 우리가 할 일을 하면 되는 거야."

"……"

갑자기 낯선 느낌이 들었다. 그는 다른 사람의 수발을 받는 게 익숙했지만 그녀는 그렇지 않았다. 그녀가 완전히 나체로 있는 걸 본 남자는 홍 회장이 유일했는데 오늘로서 아닌 게 되었다.

"내 몸을 본 건 당신이 유일했는데 지금은 아니에요."

"뭐?"

"아까 와인 가져다 놓은 사람은 남자였다고요."

"그래?"

"네."

그는 그녀의 말을 듣지도 않고 그녀의 목에 키스를 하기 바빴다.

"익숙해질 거야."

"홍 회장님."

"으음."

그의 입술이 그녀의 가슴을 헤매자 더 이상 생각이란 걸 할 수가 없었다.

"이건 너무해요."

"아니, 괜찮아."

따뜻한 물의 온도가 그녀를 기분 좋게 만들고 있었다.

"우리 이렇게 있어도 되는 걸까요?"

"물론."

"백까치는……."

"잊어."

그가 그녀의 입술을 머금었다. 그리고 그녀의 가녀린 목을 손으로 감쌌다. 키스를 참 잘한다는 생각이 들었다. 그의 혀가 그녀의 안으로 들어와서 그녀를 점점 더 강하게 소유하려 들었다. 이제는 그냥 그와 함께 즐기는 일뿐이었다.

따뜻한 물속에서 그가 와인잔을 그녀에게 건넸다.

"맛있어요."

"더 맛있게 먹는 방법을 알려줄까?"

"네."

그녀가 천진난만하게 웃자 그가 그녀의 입에 다시 키스를 했다. 그리고 그녀의 입안에 그가 마시고 있던 와인을 조금씩 흘려

보냈다.

"으음."

향기가 가득한 야릇한 와인이 그녀의 입안으로 계속해서 들어오고 있었다.

"맛이 어때?"

"……."

그녀는 멍한 표정으로 그를 바라보았다. 이렇게 그의 입을 빌려 와인을 마시니 더 취하는 것 같았다. 그녀가 그의 몸 위로 올라탔다.

"반칙이야."

그의 경고에도 그녀는 그의 몸 위로 올라가서 그의 페니스에 여성을 가져다 댔다. 그리고는 슬슬 허리를 돌리기 시작했다.

"어디서 배운 거지?"

"홍태훈이라는 사람한테요."

"야한 녀석에게 배웠군."

"그래요."

그녀의 목소리가 잠기고 있었다. 그녀는 허리를 움직여 그의 페니스를 질 안으로 넣었다.

"으윽."

그의 눈이 욕망으로 인해 짙어졌다. 신우는 이런 그의 눈빛이 좋았다. 그녀에게 빠진 듯한 착각을 주기 때문이었다.

"온천물에서 여자와 섹스를 나누다니 새롭군."

"처음이에요?"

"응."

"왜 저와 하는 모든 걸 처음이라고 말해요? 원래 여자들에게 그렇게 말하는 거예요?"

"아니, 진짜 다 처음 경험하는 거야. 물론 여자와의 섹스가 처음은 아니지만 그 외에 내가 하는 거의 모든 게 처음이지."

"왜요?"

"그 이유는 나도 몰라."

그는 속 시원하게 말해주지 않았다. 어쩌면 그도 그녀에게 느끼고 있는 게 뭔지 몰라서 답을 못해줄 수도 있을 것이다. 다만 그들이 나누는 건 사랑이 아닌 섹스라는 건 확실히 알 것 같았다.

"표정이 왜 그래?"

"아니에요."

"아니긴."

그가 그녀를 안아 올렸다.

"뭐 하는 거예요?"

"야한 공간으로 이동하는 거지."

그가 그녀를 물 밖으로 들어 올려주었다. 그리고 자신도 물속에서 나와 커다란 수건으로 그녀를 감싸 안았다. 그리고 아주 정성스럽게 그녀를 닦아주었다.

"아주 마음에 들지?"

"네."

그의 웃는 모습이 그녀의 눈에 들어왔다. 의도치 않게 그는 자신의 매력으로 그녀를 공격했고 그녀는 속절없이 무너지고 있었다.

이곳으로 들어오기 전에 보았던 그의 방에 가자 진짜 아라비안나이트에서나 볼 수 있는 그림이 펼쳐져 있었다. 침대 가운데 와인과 함께 과일이 풍성하게 놓여 있었다.

"이제 무희들이 밸리 댄스만 추면 되겠네요."

"원해?"

"아니요."

그라면 그렇게 할 것 같았다. 그녀가 침대에 눕자 그가 리모컨으로 스크린을 내렸다.

"영화 보시게요?"

"아니."

영화가 아니면 과연 뭘까라는 생각이 들었지만 그녀는 조용히 누워 포도 한 알을 입에 물었다. 영화를 생각했던 그녀의 기대와는 다르게 그가 보는 건 서핑 영상이었다. 시원한 영상과 함께 클

래식의 선율이 묘하게 잘 어울렸다.

"멋있어요."

그녀가 화면에 취해 있는 동안 그는 그녀에게 아까 잠시 맡았던 향을 다시 맡게 했다.

"이상한 거 아니에요?"

"아니, 이건 연인들의 관계를 돕는 조상들의 비법이지."

향을 맡고 나니 기분이 묘했다. 그녀의 질에서 찌릿한 반응과 함께 애액이 흐르는 게 느껴졌다. 그리고 몸이 약간 뜨거워지는 느낌이었다.

"말을 듣고 맡으니까 몸이 이상해지는 것 같아요."

"좋은 현상이야."

그가 신우의 몸에서 큰 수건을 벗겨내고는 밖으로 던져 버렸다. 그리고는 그녀의 가슴을 어루만지며 시선은 그녀에게 고정시켰다.

"너무 뚫어지게 보지 마요."

"왜?"

"이상하게 몸이 뜨거워지니까요."

"어디 볼까?"

그녀의 여성으로 그가 손을 내리더니 손가락을 질 안으로 밀어 넣었다.

"홍수가 났어."

"부끄럽단 말이에요."

"난 좋아."

그는 이렇게 장난스럽게 말을 하며 그녀의 유두를 입안으로 넣었다.

"달콤해."

그는 그녀의 핑크빛 유두를 자신의 혀로 계속 자극했다. 그의 혀가 주는 느낌이 너무 좋았다. 그가 갑자기 빨아들이자 신우는 자신의 몸을 활처럼 휘었다. 그는 정말 그녀의 몸을 다룰 줄 알았다.

"아아앙."

이러다가 쾌감에 의해 죽을 것 같았다. 그의 손이 그녀의 가슴을 주무르고 그의 입술은 그녀의 배꼽을 공략하고 있었다. 그녀의 움푹 들어간 배꼽에 그가 혀를 밀어 넣었다. 그리고 마치 질 속으로 들어가는 페니스처럼 자극적으로 움직이기 시작했다.

"그만해요."

"안 돼."

그의 대답은 단호했다. 그리고 아까 그녀가 그의 페니스를 빨아주었듯이 그는 그녀의 여성을 삼켜 버렸다.

"아앙."

그가 그녀의 무릎을 세우고는 다리를 넓게 벌렸다. 그리고는 한참을 바라보았다.

"예뻐."

그는 이렇게 그녀가 부끄러워할 말을 아주 자연스럽게 했다. 그리고 손을 들어 그녀의 여성을 쓸어내렸다.

"아흐."

온몸에 소름이 돋았다. 그가 그녀의 클리토리스를 손가락으로 만졌다.

"아아아앙."

그리고는 손가락을 그녀의 질에 집어넣었다.

"어떻지?"

"좋아요."

"이건 어떻지?"

그의 손가락이 그녀의 질 벽을 긁어내리고 있었다. 짜릿한 느낌이 온몸에 번지고 있었다. 정신을 차릴 수가 없는 틈을 타서 그가 그녀의 여성을 입으로 삼키고는 빨아들이기 시작했다.

"아아앙."

아무런 생각도 할 수가 없었다. 그녀는 몸을 휘며 신음 소리를 내는 것 빼고는 할 수 있는 게 없었다. 그가 완벽하게 그녀를 지배했다.

"미치겠어요."

"좋아?"

"아아아."

그녀는 대답 대신에 신음 소리를 내고 있었다. 그의 머리카락을 움켜잡으며 그녀는 신음 소리를 흘렸다. 그는 다급하게 그녀의 여성을 빨아들였다. 그 소리가 얼마나 야한지 소리만으로도 그녀의 낯이 뜨거워졌다.

"그만해요."

하지만 그녀의 말은 철저하게 무시되었다. 그의 혀는 여전히 그녀의 클리토리스를 자극하고 있었다. 부드러우면서도 단단한 그의 혀가 그녀의 민감한 클리토리스를 건드릴 때마다 신우는 자지러지듯 신음 소리를 냈다.

"이제 그만 넣어줘요."

그녀가 그에게 애원을 했다.

"아니."

그는 심술쟁이처럼 그녀의 말을 들어주지 않고 계속해서 그녀의 여성을 자극하기에 여념이 없었다. 그녀는 몸이 녹아내리듯이 그의 자극에 허물어져 가고 있었다. 한참을 그렇게 그녀를 자극하던 홍 회장이 드디어 그녀의 질 안으로 자신의 페니스를 넣었다.

"아아앙."

이제는 고통보다는 쾌감이 몰려들었다. 그가 허리를 거칠게 움직이고 있었다. 섹스를 한다기보다 100m 달리기를 하는 사람처럼 그는 거친 숨을 몰아쉬며 그녀를 차지했다. 신우는 그의 엉덩이를 잡고는 그의 리듬에 맞춰 같이 허리를 움직였다.

누가 가르쳐 주지 않아도 알 수 있는 본능의 움직임이었다. 그가 엉덩이에 힘을 주며 더 깊이 그녀 안으로 들어오자 신우는 끝이 없는 쾌락의 구렁텅이로 빠져드는 느낌이었다.

"아아앙."

그녀의 안에 그의 분신들이 쏟아져 들어왔다. 꽉 채워지는 이 느낌이 그녀는 좋았다. 별장에서의 주말은 쾌락 그 자체였다. 그들은 내일이 없을 것처럼 섹스를 나누었다.

8. 검은 그림자

한낮인데도 어두컴컴한 하늘에서 추적추적 비가 내리고 있었다. 청담동의 부유한 빌라촌을 검은 우산을 쓰고 있는 한 남자가 걷고 있었다. 언제나 그렇듯이 부촌인 이곳은 다른 사람들에겐 관심들이 없었다. 그냥 우산을 쓰고 지나가는 한 사람에 불과했다.

차우철은 잠시 가던 길을 멈추고 담배에 불을 붙였다. 그리고 우산을 살짝 들어 홍 회장이 살고 있는 고급빌라를 한번 쳐다보았다. 그는 담배 한 대를 피우는 동안 근처의 CCTV를 확인했다.

"10대라……."

만만한 장소가 아니었다. 어쩌면 그가 여태까지 했던 대로 집에서 죽이는 일이 쉽지 않을 것 같았다.

"어려울수록 재미있는 법이지."

그리고는 근처의 부동산으로 향했다.

"수고하십니다."

우산을 접으며 그가 들어서자 부동산의 남자가 그의 행색을 보더니 다시 컴퓨터에 시선을 고정했다. 한마디로 그는 이 동네에 살 수 있는 부류의 사람이 아니라는 표정이었다.

"뭐 좀 여쭤보려고요."

"네."

"저 빌라의 가격대가 어느 정도 되나요?"

"한 30억쯤 갈걸요."

확실하게 무시하는 말투였다.

"제가 저걸 사려고 하는데요."

"아 예."

"매물은 있나요?"

"매물은 두 곳이 있는데……."

말을 하면서도 그의 시선은 컴퓨터에 가 있었다.

"혹시 볼 수 있을까요?"

"지금요?"

"아뇨, 저도 오늘은 안 되고 내일쯤이면 좋을 것 같은데……."

이렇게 말을 하면서 그는 주변에 CCTV가 있는지 확인했다.

"혹시 보안은 잘되어 있나요?"

"빌라의 보안이야 끝내주죠. 저기는 아파트 주차장까지 특수부대 출신인 경비원들이 있어요. 다 젊어요. 왜냐면 그 빌라가 다 재벌들 거거든요. 아주 유명한 연예인들도 있고요."

"집은 들어가서 볼 수 있나요? 보안 때문에 못 보는 건 아니고요?"

"이 근처에 더 좋은 조건의 빌라도 있고 아파트도 있는데……."

"아뇨, 저 집을 계약하고 싶습니다."

"그러시죠 뭐."

남자는 여전히 네가 내일 오겠냐는 표정이었다.

"실례지만 몇 살이시죠?"

"이번 달이 환갑이요만……."

"아, 네."

"왜요?"

남자가 짜증 섞인 투로 말했다.

"너무 동안이시라……."

그의 말에 남자가 웃었다. 하지만 우철은 속으로 생각했다. 생일이 오기 전에 제삿날이라고 말이다.

부동산에서 나온 우철은 다시 한 번 담배에 불을 붙였다. 그리고 저 빌라를 사서 들어갈지 아니면 날짜를 잘 조율해서 집을 보는 척하며 부동산업자를 죽이고 홍 회장을 죽일지 깊은 고민에 빠졌다.

이제껏 그가 갔던 그 어떤 집보다 이곳은 철통보안이었다. 지난번 혜성그룹 본가에 들어갔을 때 해치웠어야 하는데 실패한 게 가장 큰 오점이었다. 그때는 홍미란이 직접 그가 들어갈 수 있는 비밀통로를 알려주었었다.

빌라를 멀리서 한번 쳐다본 그는 작전을 수정해야 하는지 생각에 잠겼다. 혜성그룹 본사에서 공격하는 것도 생각보다 힘들 것 같았다.

"어떻게 할까? 어디서 죽여줘야 하지?"

어찌해야 할까? 모든 면에서 만만치 않은 상대였다. 거기다가 두 번의 실패로 그에게 접근하는 게 너무 어려워졌다. 어차피 그의 실수여서 다른 사람을 원망할 수도 없었다.

"젠장."

그는 조용히 자신의 차가 있는 곳으로 걸어갔다.

"서장님!"

특수팀의 최 형사였다.

"여긴 어쩐 일이세요?"

"자네는 어쩐 일인가?"

"저는 홍 회장님 집 근처 잠복근무 중입니다."

"잠복근무도 시키나 보군."

"뭐 워낙 거물이니까요. 사실 우리가 없어도 아주 빵빵한 스펙을 가진 경호원들이 있는데 말이죠."

"그렇군."

"어디 가십니까?"

"근처에 아는 동생이 살아서 잠깐 집에 들렀다가 오는 길이야."

"오~ 부자 동생이 있으신가 보네요."

"그래, 너무 잘살아서 문제지. 수고해."

"들어가십시오."

최 형사가 고개를 숙이고 인사를 했다.

"최 형사, 자네 안으로도 들어가나?"

"일이 있으면요."

"어떻게? 저긴 완전 철통보안이던데."

"오 집사님한테 경찰이라고 말하면 들여보내 줍니다."

"그렇군."

이곳에도 들여보내 주는 사람이 있었다. 차 서장은 미소를 지었다.

"그리고 서 형사는 그냥 들어갑니다."

"어떻게?"

"서 형사가 홍 회장의 차를 끌잖아요."

"차만 끌지 퇴근 후엔 집으로 가는 것 아닌가?"

"서 형사 그 집에서 출퇴근합니다. 회장이 서 형사가 왔다 갔다 하는 게 불편하다고 집에 머물게 했다고 하네요."

"그래?"

"완전 횡재한 거죠. 누군 이렇게 비 오는 날 편의점에서 도시락 사서 차에서 먹고 누구는 재벌의 집에서 등 따시고 배부르게 있고. 서 형사 복이죠 뭐."

"수고해."

"넵."

최 형사를 보며 그는 미소를 지었다. 홍 회장을 잡을 수 있는 길이 생긴 것이다.

"어미만 죽이고 말려고 했는데 참 운도 없지. 귀찮게 됐어."

그는 이렇게 말을 하며 자신의 집으로 발길을 돌렸다.

"아함."

하루 종일 하품의 연속이었다. 지난주부터 일주일간 매일 그녀는 홍 회장의 침대에서 잤다. 그냥 잠만 잔 게 아니라 거의 하루에 두 번 이상의 섹스를 했다. 홍 회장은 진정한 변강쇠였다. 어찌나 섹스를 밝히는지 여태까지 여자친구가 없었다는 게 신기할 지경이었다.

하긴 그녀에게 말을 하지 않았을 뿐 침대를 데워줄 여자는 많았을지도 몰랐다.

"없었을 리가 없지."

그도 그녀에게 잠자리를 한 여자들은 있었다고 말했었다.

"무슨 자신감인지."

신우는 혼자 중얼중얼거리고 있었다. 오늘은 특별할 게 없는 날이어서 하루 종일 그의 차 안에서 빈둥거리고 있었기 때문이다.

윙—

핸드폰의 진동이 울렸다.

"여보세요?"

[나야, 서 형사.]

차 서장님이었다. 그런데 그녀가 저장한 핸드폰 번호와 달랐다.

"핸드폰 바꾸셨어요?"

[아니, 이건 전부터 가지고 있었던 거고. 서 형사가 알고 있는 건 경찰서에서 쓰는 거고.]

"어쩐 일이십니까?"

[홍 회장을 개인적으로 만나고 싶어서.]

"무슨 일 때문인데요?"

[백까치에 관한 거야.]

백까치란 소리에 신우는 정신이 번쩍 들었다.

"저한테 먼저 말씀해 주세요."

[홍 회장에게 직접 말해야 돼. 그리고 이건 비밀로 해줘. 알았지?]

"왜요?"

[나도 박 형사 때문에 조사를 하다가 알게 된 일이야.]

"박 형사와 백까치가 연관이 있나요?"

[확실해.]

서장의 말에 신우는 알겠다고 말했다.

"언제 만날까요?"

[난 오늘이 좋겠어.]

"오늘이요?"

퇴근 후에 별다른 말이 없었고 요즘 홍 회장이 그녀와의 섹스에 정신을 못 차리고 있으니 아마도 잠깐 시간을 내줄 수도 있을 것이다.

[난 홍 회장의 집에서 만나는 게 좋을 것 같은데…….]

"그렇게 말해놓을게요."

차 서장과의 전화를 끊은 신우는 차 서장의 말이 뭘지 궁금해서 미칠 것 같았다. 오늘따라 그녀의 시간이 더디게 흐르고 있었다.

태훈은 오늘도 어김없이 핸드폰 시계를 뚫어지게 보고 있었다.

이제 퇴근시간이 얼마 남지 않았기 때문이었다.

"10, 9, 8……."

눈치 없이 우 실장이 들어왔다. 우 실장은 그의 사무실에 급하게 들어오다가 턱에 걸려서 넘어질 뻔했다. 아무리 급한 일이 있어도 침착한 우 실장인데 참 놀라운 일이었다.

"무슨 일이야?"

"지난번에 부탁하신 파일이 복원됐다고 합니다."

"그래?"

홍 회장은 우 실장의 말이 귀에 들어오지 않았다.

"이거."

그는 우 실장이 주는 서류를 가방에 담고는 서둘러 퇴근 준비를 했다.

"그래도 검토해 보시는 게……."

"알았어. 집에 가서 볼게."

"서 형사가 급하다고 하던데……."

"서 형사에게 줄 테니 걱정 말아."

"네."

그는 서둘러 지하에 있는 주차장으로 향했다. 어김없이 예쁘게 그를 기다리는 신우가 그의 눈에 들어왔다. 그는 오늘도 신우의 옆에 탔다.

"오래 기다렸지?"

"아뇨."

"서운한데."

그는 신우가 작은 일에도 이렇게 얼굴을 붉힐 때면 빠르게 침대로 끌고 가고 싶은 마음이 들었다.

"빨리 가자."

"알겠습니다."

그렇게 말을 하며 기어를 잡은 신우의 손을 잡았다.

"회장님, 운전에 방해가 됩니다."

신우의 말에 괜히 서운한 마음이 들었다.

"방해를 하려면 이 정도는 해야지."

태훈이 신우의 가슴을 손으로 만졌다.

"회장님!"

그리고 손을 아래로 빠르게 내려서 그녀의 여성도 어루만졌다. 신호가 걸려 있어서 옆 차에서 볼 수도 있었지만 그는 신경 쓰지 않았다.

"하지 마십시오."

"그럼 사과해."

"죄송합니다."

"잘못을 인정했으니 오늘 밤엔 제대로 된 벌을 받아야겠군."

신우의 얼굴에 당황한 빛이 역력했다. 신우와 즐겁게 가는 바람에 그는 서류에 대한 이야기를 말하는 걸 깜빡했다.

"속도를 좀 더 내."

그의 잔소리에도 신우는 신호를 다 지키며 어김없는 모범운전으로 집까지 갔다.

"아참, 혜화경찰서 서장님께서 회장님을 뵙고 싶어 하십니다."

그녀의 말에 태훈은 오만상을 찌푸렸다. 이건 그가 기대하던 저녁이 아니었다.

"많은 시간은 뺏지 않으실 겁니다."

혜화경찰서면 그 대신 죽었던 경호원에 대한 조사가 이루어진 곳이었다. 그리고 신우의 근무지기도 했다. 아마도 신우에게 부탁을 해서 그를 만나게 해달라고 한 모양이었다.

"만나주면 신우에게 좋은 건가?"

"아뇨, 홍 회장님께 좋은 겁니다."

"그래? 내가 좋은 일이라……."

집에 도착한 그는 신우와 함께 올라갔고 잠시 후에 경찰이라는 사람이 도착했다. 오 집사가 문을 열어주자 트레이닝복 차림의 남자가 그들을 향해 들어왔다. 배낭까지 메고 있는 모습이 꼭 범죄자 같았다.

"안녕하십니까. 회장님."

"안녕하세요? 어디 가십니까?"

"네."

"그런데 어디 가실 분이 이 밤에 왜 저를 보자고 하셨는지……."

"드릴 말씀이 있어서요."

태훈은 경찰서장이라는 남자의 눈빛이 마음에 들지 않았다. 눈 안 가득 살기가 도사리고 있었기 때문이었다.

"앉으세요."

"집 안이 참 좋습니다."

"그렇죠."

"서 형사는 이쪽으로 앉고."

서장이 자신의 옆에 서 형사를 앉혔다.

"서장님, 무슨 일이에요?"

"박 형사는 흰 독수리가 죽인 게 분명해."

"흰 독수리요? 다른 사람이 죽였다는 건가요?"

"아니, 백까치는 존재하지 않아. 흰 독수리가 맞는 거지."

"제가 본 건 분명히 백까치 문신이었어요."

"잘못 본 거지. 어린 나이에 까친지 독수린지 알 수가 없잖아. 그런데 내가 궁금한 건 왜 까치로 본 거지?"

"어릴 때 어느 은행인지 기억은 잘 나지 않지만 집 앞에 까치 그림의 은행이 있었어요. 어린 마음에 그 그림과 같게 보였거든요. 그런데 그게 독수리 모양이래요?"

"응."

"그러면 백까치가 아니라……."

"흰 독수리지."

"미국의 상징인 건가요?"

"아니, 흰 독수리는 군부대의 마크야."

"그럼 백까치, 아니, 흰 독수리가 군인 출신이라는 건가요?"

"그래."

"특전사 같은 건가?"

"아니, 북파공작원 출신이지."

"별걸 다 아시네요. 그럼 범인이 특정된 건가요?"

"오른손에 흰 독수리 문양이 있는 50대 후반에서 60대 사이의 북파공작원."

"맞아."

신우와 대화를 나누고 있음에도 서장의 눈은 그를 향하고 있었다.

"어디서 이런 정보를 얻으셨어요? 그동안은 증거가 없어서 이놈을 못 잡았는데."

신우의 얼굴에 미소가 가득했다. 어머니의 원수를 갚을 수 있다는 기대 때문이었다.

"아니, 왜 그렇게 사람들을 죽인데요?"

"희열을 느끼는 거지. 칼이 살을 뚫고 들어가는 느낌이 아주 최고거든."

서장의 시선은 아직도 그에게 고정되어 있었다.

"흰 독수리가 엄마를 왜 죽였는지 궁금하지 않나?"

"당연히 궁금하죠. 엄마는 그날 서류만 전달하고 나오려고 했죠. 아무 상관 없는 엄마를 제 눈앞에서 죽였어요. 엄마는 제가 다칠까 눈을 감는 순간까지도 조용히 있으라는 신호를 보냈어요."

"알아, 그러니 서 형사가 살았지."

"단순히 사람을 죽이는 데 희열을 느끼다니 완전 사이코예요."

"아니, 북파공작원으로 길러질 당시에 그는 모진 고문을 견디며 반드시 복수할 거라고 생각했어. 그를 이렇게 만든 정치인이나 재벌들을 용서하지 않을 거라 맹세했지. 그러다 보니 예기치 않은 희생이 발생하는 거야. 서 형사의 엄마처럼."

차 서장이 신우와 이야기를 나누는 사이에 태훈은 이상한 걸 느꼈다. 그래서 우 실장이 건네준 서류봉투를 몰래 열어보았다. 서류 안에는 범인의 얼굴이 꽤 선명하게 나와 있었다.

순간 태훈의 얼굴이 확연하게 굳어졌다. 그 얼굴의 주인공이 그의 앞에 앉아 있었다.

"흰 독수리의 얼굴은 확인했나요?"

마치 뱀처럼 차 서장이 그를 쳐다보며 물었다.

"……."

"어떻게 잘생기게 나왔나요?"

"회장님, 나왔어요?"

아무것도 모르는 신우가 그를 향해 물었다.

"응."

"어디 줘보세요."

그가 머뭇거리고 있자 신우가 자리에서 일어나려 했다.

"왜 날 죽이려고 하는 겁니까?"

순간 신우의 표정이 굳었다.

"홍 사장의 부탁을 받았죠. 이건 알려 드려야 할 것 같아서요."

"죽은 모든 사람들에게 죽이기 전에 누가 죽여달라고 했는지 알려주셨습니까?"

"물론이죠."

오 집사가 그의 뒤에서 몽둥이를 들고 살금살금 걸어오고 있었다. 태훈은 최대한 태연한 체하며 말을 계속했다.

"거기 오 집사님, 가만히 있는 게 좋을 겁니다."

뒤에도 눈이 달렸는지 서장이 오 집사를 향해 말했다.

"이제 다 말했으니 슬슬 시작해 볼까요?"

차 서장이 그들을 보며 아주 태연하게 말했다.

"박 형사도 죽였나요?"

"그래, 너무 많은 걸 알면 다치기 마련이거든."

"어떻게 같이 일하던 사람을 그렇게 죽여요?"

신우가 눈물을 참으며 말했다.

"내가 살아야 하니까."

"내가 엄마가 죽던 날 그 자리에서 발견되었다면……."

"너도 이 자리에 못 있겠지."

"어떻게 그럴 수가 있어! 얼마나 믿었는데!"

신우가 갑자기 서장에게 달려들었다. 하지만 북파공작원 출신의 서장은 만만치 않은 존재였다.

탁! 탁!

일단은 잡히는 막대로 신우가 서장에게 달려들었다. 서장의 단검은 그렇게 만만한 것이 아니었다. 신우도 부족한 무술 실력은 아니었다. 안쪽에서 무슨 일이 일어난지도 모르는 경호원들은 조용했다.

경호원들이 들어올 때까지는 신우가 그를 혼자 막아야 했다. 회장도 오 집사도 무술을 전문적으로 하는 사람이 아니었기 때문이었다.

"집사님, 빨리."

그녀의 말에 문 쪽으로 가서 도움을 요청하려던 오 집사의 발에 표창을 날려 쓰러지게 만든 서장은 양손에 단검을 쥐고 휘두르기 시작했다.

"비켜!"

그는 조명의 긴 봉을 빼서 서장에게 휘두르기 시작했다. 무술을 잘하는 서장은 셋이서도 버거운 상대였다. 밖에서 안의 요란한 소리를 들었는지 괜찮은지를 묻는 소리가 들렸다. 그리고 급기야 문을 부수는 소리도 들렸다.

조금만 더 서장을 붙들고 있으면 어쩌면 살 수도 있을 것 같았다. 하지만 안전문은 그리 쉽게 열리지 않았다.

덜컹덜컹.

계속해서 밖에서 문을 열려고 하는 소리가 들려왔지만 문은 꼼짝도 하지 않았다. 신우가 뒤에서 오 집사가 가지고 온 몽둥이로 서장의 등을 내리쳤지만 소용없었다. 마치 초인적인 힘을 가지고 있는 초능력자처럼 그는 그들을 상대로 버티고 있었다.

아마도 그들을 죽일 것을 확신했기에 자신의 이야기를 다 털어놓은 것 같았다.

"오늘로 끝장이야."

서장이 이를 악물고 그간 그를 죽이려다가 실패한 것에 대한 이야기를 했다.

"천만의 말씀."

태훈은 심리전에서는 밀리고 싶지 않았다. 더군다나 서장은 양 손에 칼을 쥐고 있었다. 신우는 지금 총을 가지고 있지 않은 모양 이었다.

"총 없어?"

급한 마음에 그가 물었다.

"방에 있어요."

신우의 말에도 방으로 갈 수가 없었다. 신우 혼자 상대할 수 있 는 놈이 아니었다. 오 집사가 다친 다리를 끌고 문으로 기어가고 있었다. 조금만 더 가면 문을 열어줄 수 있을 것 같았다.

"오늘은 네 칼을 모두 부러트려 버릴 거다."

"흥, 과연."

서장은 아주 살기등등한 눈으로 그들을 째려보았다. 신우와 서 장 그리고 그가 서로를 보며 대치했다. 오 집사가 문에 다 도착했 을 때 서장이 다른 표창을 꺼내 오 집사의 등에 맞추었다.

"이 자식이!"

오 집사가 쓰러지는 모습에 태훈은 완전히 이성을 잃어버렸다. 그리고 서장을 향해 달려들었다. 그건 신우도 마찬가지였다. 하지 만 경찰인 신우는 확실하게 달랐다. 칼을 휘두르고 있는 서장의 손을 차서 칼 하나를 떨어뜨리게 했다. 그리고는 서장에게 곧장 달려가 서장의 가슴을 양 발로 찼다.

마치 영화 속 장면의 여주인공 같았다. 신우가 다시 서장을 공격하자 서장이 신우의 옆구리에 칼을 휘둘렀다. 다행히 옷을 스치고 서장의 칼날이 비켜 나갔다.

그리고 그다음 서장의 칼날이 그를 향해 날아왔고 미처 피하지 못한 그는 옆구리에 칼을 맞았다.

"으윽."

서장이 칼을 높이 들어 쓰러진 그의 가슴을 향해 내리꽂으려는 순간이었다. 오 집사가 문을 열어주면서 경호원들이 안으로 들어와서 전기 총을 쏘았다.

"으윽!"

서장은 전기 총에 맞고서도 그를 향해 달려들기를 멈추지 않았다. 눈이 뒤집어진 맹수처럼 그에게 달려들었지만 그가 서장의 팔을 잡고 칼을 막았다. 그때 뒤에서 경호원들이 서장을 떼어냈다.

"으으으악!"

서장이 최후의 발악을 하다가 그대로 기절해 버렸다. 태훈은 온몸에 식은땀이 흘러내렸다.

"괜찮아요?"

"응."

그가 괜찮은지를 확인한 신우는 오 집사에게로 달려가서 표창을 뽑아내고는 구급차를 불렀다.

"괜찮으실 거예요."

그도 오 집사의 옆에 앉아서 오 집사의 상태를 살폈다. 잠시 후에 구급차와 경찰들이 동시에 출동했다.

"서 형사, 괜찮아?"

옆구리에 피가 흥건한 그녀를 보고 특수팀 최 형사가 놀란 얼굴로 물었다. 집 앞을 지키던 그는 이 상황에 완전히 어리둥절해하고 있었다. 서장이 백까치라는 게 믿기지 않는 얼굴이었다.

"괜찮으니까 그러고 있지 말고 서장님, 아니, 백까치나 경찰서로 데려가요. 도망칠 수 있는 소지가 다분하니까 철저하게 지키셔야 할 거예요."

"어? 어."

여전히 최 형사의 얼굴은 현실을 믿지 못하는 것 같았다.

"최 형사님!"

신우가 소리를 치자 그때서야 최 형사가 움직이기 시작했다. 말안 해도 최 형사가 지금 얼마나 놀랐을지 알 것 같았다. 그들에게차 서장은 상사이자 선배이자 훌륭한 친구였다. 그런 그가 살인범이라는 게 놀라울 따름이었다.

동시에 그걸 속이고 철저하게 지금껏 아무렇지 않게 살았다는 것도 용서가 되지 않았다.

"알았어. 병원은?"

"다음 구급차로요."

그때 또 다른 구급차가 들어왔다. 태훈은 신우와 함께 구급차에 올랐다. 구급차에서 신우의 상처를 본 태훈은 깜짝 놀랐다.

"내가 백까친지 뭔지 하는 놈을 죽여 버리겠어."

"고마워요. 회장님 아니었으면 엄마처럼 죽었을 거예요."

그녀의 말에 태훈은 신우의 손을 꼭 잡아주었다. 둘은 병원으로 가는 내내 서로의 손을 놓지 않았다.

신우는 이게 꿈인 것만 같았다. 도저히 현실적이지 않은 사건이었다. 서장이 범인이라는 것도 한몫을 하고 있었다. 범인은 잡았지만 신우는 많은 것을 잃었다.

다친 부위가 쑤셔왔지만 이 기막힌 상황 때문인지 고통을 느끼지 못하고 이상하게 잠만 왔다. 병원에서 다친 상처야 치료해 주겠지만 지금 그녀의 마음의 상처는 치료 받지 못할 것 같았다.

특실에 신우와 홍 회장이 같이 누워 있었다. 지난번에도 특실에 입원했고 이번에도 그런데 방의 크기가 달랐다.

"마치 호텔 같아요."

"호텔이면 같이 누워 있었겠지."

"농담이 나오세요?"

"그럼."

그때였다. 병실 문이 열리고 대단한 아우라를 가진 남자가 휠체어를 타고 들어왔다. 신우는 저도 모르게 몸을 일으키다가 다친 곳에 고통이 밀려와 인상을 썼다.

"누워 있어."

홍 회장이 그녀의 얼굴을 보고 당장에 누우라고 말했다.

"누워요."

휠체어를 끌고 들어온 부드러운 인상의 여자가 그녀에게 누울 것을 권했다.

"어떻게 된 일이야?"

휠체어는 몸이 불편한 사람이 앉는 것인데 지금 들어오는 명예회장의 목소리는 기차 화통을 삶아 먹은 듯했다.

"아버지, 그게……."

"청부살인이 말이 돼?"

아버지라 함은 혜성그룹의 명예회장이이란 뜻이었다. 그리고 그의 뒤에 서 있는 우아한 여인은 그의 어머니라는 뜻이기도 했다.

팍!

그때 문이 큰 소리를 내며 열렸다. 어찌나 놀랐는지 신우는 딸꾹질을 하기 시작했다. 문을 열고 들어온 사람은 다름 아닌 홍 사장의 어머니였다.

"홍 회장, 이건 너무하는 거 아냐? 우리 미란이가 공범이라니,
내가 어이가 없어서……."

"그렇다고 범인이 그러네요. 누님이 동생을 상대로 살인 교사
를 했다고요."

"뚫린 입이라고 말을 막 하는군. 역시 천출은 달라."

"말은 바로 하셔야죠. 서출입니다."

"뭐? 뭐라고?"

유 여사가 뒷목을 잡았다.

"그만들 해!"

"여보, 우리 미란이 어쩔 거예요? 당신이 뿌린 씨가 곱게 자란
우리 미란이를 이렇게 억울하게 만들었잖아요."

"그 입 다물어!"

홍 명예회장이 격노해서 소리를 질렀다.

"이번에는 나도 용서 안 해. 그동안 미란이가 태훈이를 상대로
안 좋은 짓을 해도 나중엔 괜찮아지겠지 하고 넘어갔는데 이번은
그 정도가 심해."

"그래서 어쩌시려고요?"

"죗값을 받아야지."

"여보."

"만약에 이번에 변호인단을 화려하게 꾸리거나 다른 방법으로 돕는다면 내 유산 상속 목록에서 둘 다 지워 버리겠어."

"여보! 이게 다 너 때문이야!"

고상함을 자부하던 유 여사가 갑자기 홍 회장의 어머니에게 달려들었다. 본색이 드러나는 순간이었다. 뒤에 있던 경호원들이 급하게 유 여사를 막았다.

"이젠 그만하시죠."

홍 회장의 얼굴에 화가 가득했다. 자신의 어머니를 때리는 걸 보고 가만히 있을 자식은 없었다.

"해도 해도 너무하십니다. 이번엔 제가 홍미란을 용서하지 않을 겁니다."

"네, 이놈. 어디서 감히 네가 끼어들어."

유 여사가 악에 받쳐 소리를 질렀다. 하지만 병실 그 어디에도 유 여사의 편은 없었다.

"끌어내."

"여보?"

"다시는 얼굴 비치지 마."

"여보!"

홍 명예회장도 유 여사의 추태를 더 이상 보고 싶지 않은 눈치였다. 유 여사가 나가자 다시 평온이 찾아왔다.

"많이 다친 거야?"

"아뇨, 어머니는 괜찮으세요?"

머리가 엉망이 된 어머니를 아들이 안쓰러운 듯 바라보았다.

"응, 이번에 널 구해준 형사님이라고?"

"네."

"안녕하십니까? 서신우입니다."

"고마워요. 우리 아들 곁에 있어줘서."

"아닙니다. 오 집사님께서 용기 있게 회장님을 지키셨습니다."

"오 집사는 아직 중환자실에 있어서 여기 들렀다가 가볼 생각이다. 그래도 다행히 목숨에는 지장이 없다는구나."

"천만다행이에요."

한참을 머물던 홍 회장의 부모님이 나가려고 할 때 그녀의 아버지가 들어왔다.

"회장님."

"당신은?"

"정원사입니다."

"여긴 어쩐 일인가?"

"딸이 누워 있어서……."

"서 형사가 딸인가? 아주 훌륭한 딸을 두었군."

"감사합니다."

"고마워."

홍 명예회장이 아버지의 손을 잡고는 다시 한 번 고마움을 표시했다. 그리고는 오 집사가 있는 중환자실로 향했다.

"아버지."

"아이고 이게 무슨 꼴이야."

아버지가 그녀 앞에서 눈물을 보였다.

"죄송해요."

"당장 때려치워."

"그럴 거예요."

"말로만 하지 말고. 내가 미치는 꼴을 보고 싶은 거야? 이러다가 온몸에 칼자국투성이로 시집도 못 가면 어쩌려고."

"죄송해요."

신우는 딸 때문에 울고 있는 아버지를 안쓰러운 눈으로 바라보았다.

"어르신."

그가 아버지를 불렀다.

"아이고 회장님, 어르신이라뇨. 편하게 부르십시오. 그리고 괜찮으십니까?"

"따님 덕분에 살았습니다."

그가 그녀를 추켜세워 주었다.

"훌륭한 따님을 두신 겁니다."

"두 번 다시 이런 일은 겪고 싶지 않습니다. 제가 제명에 못살 것 같아요."

"압니다. 제가 그만두라고 하겠습니다."

"저는 우리 신우가 회장님의 차를 모는 것도 싫습니다. 이참에 요리 학원이나 다니다가 좋은 신랑 만나서 시집이나 갔으면 좋겠습니다."

"아빠, 요리 학원은 좀……."

"시끄러워."

신우는 바로 꼬리를 내렸다.

"차 서장이 백까치라고?"

뜬금없는 이 말에 많은 뜻이 함축되어 있었다. 아버지의 배신감은 그녀와는 비교도 되지 않았다.

"네."

"등잔 밑이 어두웠어. 개자식."

아버지의 말이 맞았다. 철천지원수와 매일같이 웃으며 지낸 것이었다. 아버지와 한참을 차 서장에 관한 이야기를 했다. 씹을 거리가 있으니 좋았다. 차 서장은 지금 두 부녀의 관계를 좋게 하는 징검다리 역할을 하고 있었다.

"먹고 싶은 건 없어?"

"응."

그래도 딸이라고 먹고 싶은 걸 묻는 아빠였다.

"신우야."

"네."

"진짜 경찰 그만둘 거지?"

"네."

"고맙다."

아버지의 얼굴에 미소가 가득했다.

"아빠도 이번 달까지 하고 혜성 본가를 그만둔다."

"왜요? 힘드세요?"

"아니, 꽃가게를 하려고. 그동안 배운 것도 있고 해서 고민하다가 결정했어. 신우 네 도움이 필요할 것 같구나."

"장사는 처음인데 괜찮으시겠어요?"

"집도 있고 그동안 모아둔 돈도 있는데 너무 무리하지 않고 하면 괜찮을 것 같아."

아버지의 갑작스런 폭탄 발언에 신우는 한동안 말을 못했다.

"아버지, 좀 생각해 보는 게……."

"2년 동안 준비했어. 네가 백까친가 뭔가를 잡는다고 설치느라 내 얘기를 듣지 않아서 그렇지."

할 말이 없었다. 아버지의 고집은 대단했다. 그걸 꺾을 수 있는 힘이 그녀에겐 없었다.

"어르신, 신우는 제가 데리고 일을 시킬까 합니다만."

"아닙니다. 신우도 어울리는 일을 해야죠. 그리고 당분간은 집에서 쉬면서 플로리스트 공부나 시킬 생각입니다."

딸의 적성은 안중에도 없는 선택이었다.

아버지는 이렇게 단호하게 말을 하고는 병실을 나갔다.

"꽃집의 아가씨는 예쁘다는 노래가 맞긴 맞아."

"약 올리는 거죠?"

"아니, 진심이야."

"그런데 전 꽃집 아가씨가 되기 싫어요. 적성에도 안 맞고 차라리 아버지께 말해서 태권도장이나 하나 할까 봐요."

"태권도장? 하긴 그게 더 어울리긴 하네."

"태권도를 잘하는 남자를 만나서 태권도장을 하는 게 꿈이었어요."

진짜 그녀는 경찰을 그만두면 운동 잘하는 남자와 결혼해서 태권도장을 하든 합기도장을 하든 아니면 유도도장을 하든 아이들을 가르치고 싶었었다.

"정말 그만둘 거야?"

"네, 사실은 사건이 마무리되기 전에 그만두려고 했어요. 그런데 일이 자꾸 꼬이는 바람에 지금까지 하지 못한 거죠."

"바로 그만둘 건가?"

"퇴원하고 차 서장 조사가 끝이 나면요."

"내가 말려도 소용없겠지?"

"네."

그의 목소리에 힘이 없었다. 하지만 이참에 그도 정리하는 게 좋을 것 같았다. 힘들고 괴롭겠지만 그는 그녀와는 다른 세계의 사람이었다.

9. 어둠을 걷어내는 과정

일주일간 병원 신세를 지고 오랜만에 특수팀으로 출근을 하게 되었다. 특수팀도 범인을 잡고 나니 검찰로 넘기기 전에 마무리 조사로 정신이 없었다.

"아주 독해."

"뭐가요?"

최 형사가 그녀를 보자마자 알아듣지 못할 말을 했다.

"밤을 새면서 취조를 하는데 입도 뻥끗 안 해."

"왜 말을 안 해요?"

"아무래도 불리하다고 판단을 한 거지. 그나저나 난 차 서장님 이 백까치라는 게 아직도 믿어지지 않아."

"그러게요. 그런데 퍼즐을 맞춰보면 답은 이미 나와 있었어요. 우리가 못 봐서 그런 거지."

"들어가 볼 거야?"

"네, 지금 누가 있어요?"

"팀장님."

"왜요?"

"차 서장이 불러달라고 했어."

"진짜요?"

"응, 가서 봐봐. 사이코패스 같아. 피해자들에게 전혀 미안한 마음이 없어."

미안한 마음을 가진 인간이라면 절대로 그렇게 많은 사람을 죽일 수는 없을 것이다. 신우는 취조실을 내려다볼 수 있는 기록실로 갔다.

유리창으로 취조실이 보이고 그들이 나누는 대화가 들렸다. 그리고 기록실은 그들의 대화를 녹음하게 되어 있었다. 유 형사가 그 일을 하고 있었다.

"서 형사님."

"안녕, 어때?"

"완전 미친놈이에요."

"왜?"

"팀장님을 아주 가지고 논다니까요. 들어보실래요?"

유 형사가 그녀에게 취조실의 소리를 들려주었다.

「난 아직도 서장님이 백까치란 게 믿어지지 않습니다.」

「그런가?」

팀장이 차 서장에게 담배를 건넸다.

「언제부터 이런 일들을 하신 겁니까?」

「30년쯤 됐나?」

「왜 사람을 죽이는 살인청부업자가 되신 겁니까?」

「난 사람을 죽이지 않았어.」

「홍 회장과 서 형사를 죽이려고 하지 않으셨습니까?」

「난 사람을 죽인 적이 없어.」

담배를 피우며 차 서장은 아주 담담하게 말을 하고 있었지만 사실이 아니었다.

「검거 당시에 손에 백까치가 그려져 있었습니다.」

「범인은 오른손잡이지 않나? 나는 모두가 알다시피 아주 지독한 왼손잡이지.」

서장은 왼손잡이가 맞았다. 하지만 그날 본 차 서장은 양손잡이였다.

"오래 살고 싶은가 보군."

신우는 저도 모르게 말을 내뱉었다. 어쩌면 저렇게도 살고 싶어

하는지 그녀는 알 수가 없었다.

"증거가 있는데도 저래?"

"네, 아주 뻔뻔함의 극치예요."

「서 형사를 만나게 해줘.」

「서 형사는 왜요?」

「물어볼 말이 있어서.」

팀장보다 열 살은 많은 경찰 선배를 계급이 높다고 해서 함부로 말을 놓기가 힘이 든 팀장은 존대를 하고 있었고 차 서장은 말을 놓고 있었다.

"서 형사님이 들어가 보셔야 할 것 같은데요."

"그러네."

그녀는 바로 취조실 안으로 들어갔다.

"팀장님."

"서 형사 왔나?"

신우가 팀장에게 인사를 하자 차 서장이 먼저 그녀를 아는 체했다.

"앉아."

차 서장이 아주 친한 척을 하고 있었다.

"제게 할 말이 있으십니까?"

"내가 그날 이야기를 안 한 게 있어서."

"뭐요?"

"서 형사 엄마에 대해서 말이야. 궁금하잖아."

"……."

차 서장의 얼굴에 잔인한 기운이 감돌았다.

"듣지 않아도 됩니다."

"뭐?"

그녀가 굉장히 궁금해할 거라고 생각한 모양이었다.

"어머니는 이미 오래전에 미친개에게 물려 비명횡사를 하셨지만 돌이켜 보니 아주 값진 죽음을 선택하신 겁니다. 절 살려내시고 어머니뿐만 아니라 억울하게 돌아가신 분들의 복수를 대신 해 주었으니까요."

"거짓말, 궁금하잖아."

"아니, 당신이 하는 말 따위는 안 믿어. 자신이 사람을 죽이고서도 안 죽였다고 하는 그런 거짓말쟁이의 말을 누가 믿어?"

그녀가 차 서장의 비위를 살살 건드리기 시작했다.

"북파공작원으로 희생당하신 분들은 많지만 다 당신처럼 살지는 않아. 당신은 복수를 한 게 아니라 살인을 즐긴 거지. 북파공작원 훈련 때 배운 기술로 말이야. 재미있었나?"

"난 희생양이지 살인마가 아니야."

"아니, 고도로 훈련이 된 살인마야. 혼자 영웅인 척 착각하는 위선자지."

그녀의 한마디 한마디에 그의 인상이 구겨졌다.

"아무리 아니라고 우겨도 차고도 넘쳐. 그러니 마음대로 해. 정신 병력도 없으니 그쪽으론 생각도 하지 말고."

신우는 목에 핏대를 세우며 그를 몰아붙였다.

"아주 훌륭해. 화가 나지 않은 척하는 게 보이네. 네 엄마의 부드러운 가슴에 칼을 꽂았을 때가 가장 좋았어. 내가 죽인 유일한 여자 경찰이잖아. 그 딸도 죽일 뻔했는데 안타까워."

그는 자신의 범행을 인정하고 있었다.

"슬슬 말하는 거야? 내가 몇 명이나 죽였는지 네들이 알아? 뭐 그런 건가?"

"내가 몇 명이나 죽였을까?"

"어디 들어나 보지, 몇 명이나 죽였는지. 아니다. 우리 엄마 빼고는 우리처럼 다 실패해 놓고 거짓말하는 거 아냐?"

신우는 어머니까지 들먹이며 그를 자극했다.

"정확하게 22명이야."

"아쉽네, 하나를 못 죽여서 2등을 차지했으니까 말이야."

희대의 살인마 유대식이 죽인 사람이 23명이었다.

두려웠지만 신우는 그를 좀 더 자극해 보기로 했다.

"난 그런 걸로 1등을 원하지 않아. 다만 내가 아주 깨끗한 사회를 만들었다고는 생각하지. 혜성그룹처럼 거대한 재벌들은 다 약자들의 돈을 갈취해서 성장한 기업이거든."

"그런 식으로 합리화해도 살인은 용서받지 못해. 그리고 넌 살인 그 자체를 즐긴 거야."

"아니야, 난 불쌍한 사람이야."

차 서장이 갑자기 정신이 나간 사람처럼 자신의 머리를 쥐어뜯었다. 옆에 앉아 있던 팀장이 깜짝 놀라 자리에서 일어났다. 분위기를 전환할 필요가 있었다.

"왜 하필 까치야?"

그녀가 살짝 건드렸다.

"독수리라니까."

"아, 그래 독수리."

"행운의 마스코트야. 죽을 뻔할 때마다 구해주었지."

"그래서 피해자들을 죽일 때마다 그린 거야? 그것도 오른손에?"

"난 그린 적 없어."

독수리라고 정정까지 해주고는 또 그린 적이 없다고 말했다.

"그래, 어찌 됐든 양손잡이잖아?"

"아니, 난 왼손잡이야. 알면서 그래?"

"그건 사람들을 속이기 위한 거고. 왼손도 사용할 수 있으니까

279

직접 오른손등에 그린 거잖아?"

그는 마치 다른 사람이 문신을 해준 것처럼 오른손등에 그림을 그렸다. 오른손잡이가 많은 우리나라에서 오른손으로 칼을 썼다면 당연히 오른손잡이라고 생각할 테니까 말이다.

차 서장은 그녀를 아주 비열한 눈으로 바라보았다. 그들의 눈싸움은 한 치의 양보도 없이 한동안 계속되었다.

"자신이 했던 수많은 일들을 자랑해 보지 그래?"

"하하하, 난 아무 짓도 안 했어."

"그런데 뭘 숨기려고 하지?"

"숨길 것 없어. 이번에 욱해서 홍 회장을 때리긴 했지만 죽일 의도는 없었어."

경찰 생활을 몇십 년을 한 사람이었다. 어떻게 법망을 빠져나갈지 알고 있었다.

"어쨌든 증거는 얼마든지 있으니까."

"이번 사건 빼고는 없지 않나?"

차 서장이 비웃고 있었다.

"아니, 국과수 CCTV 화면하고 박 형사가 죽던 날 건물에서 비상계단을 오르고 있던 당신을 내가 봤어. 그리고 그 시간대에 근처 건물에서 화재 직후 건물을 빠져나간 당신의 자료를 확인했고. 증거는 넘쳐나고 있어. 다 증명하지 못한다고 해도 지금까지 죽인 사람만으로도 사형이야."

"하하하, 재주가 좋아. 역시 내 부하야."

차 서장이 그녀를 대놓고 비웃었다.

"그리고 우리는 법정에서나 보게 될 거야. 내가 곧 그만둘 거거든."

"……."

"엄마에 대한 복수는 했으니까."

신우가 차 서장을 보며 얄밉게 웃었다.

"홍 회장을 네 눈앞에서 죽였어야 했어."

"왜? 나하고 철천지원수를 진 것도 아닌데?"

"재밌잖아?"

"그러네. 재미있네. 사람을 죽이는 게 말이야. 반성의 기미라고는 눈곱만큼도 없어."

"맞아, 내가 반성할 이유는 없지 않나?"

"팀장님, 대충 자백은 받은 것 같은데 전 이만 가겠습니다. 필요하시면 부르세요."

"그래, 수고했어."

취조실을 나오려다가 그녀가 고개를 돌렸다.

"사이코패스는 처음으로 보네."

"……."

"아무리 사이코라도 죽은 피해자들에게 미안한 마음을 조금이라도 가졌으면 좋겠습니다. 서장님."

신우는 서장에게 이렇게 말을 하고는 취조실을 나왔다. 어머니로 인해 그녀의 모든 삶의 목표는 범인을 잡아 복수를 하는 것이었는데 이렇게 잡고 보니 허무한 생각이 들었다. 신우는 너무나 술 생각이 간절했다.

그래서 근처 포장마차에서 소주 한 병을 먹고는 오랜만에 자신의 성북동 아파트로 향했다. 엄마와의 추억이 있는 곳이었다. 집에 들어가려는데 안에 불이 켜져 있었다.

"이상하다. 아버지가 오셨나?"

그녀는 서둘러 엘리베이터를 타고 집으로 향했다. 오래된 복도식 아파트라서 저녁에는 좀 으스스했다.

디릭!

그녀는 비밀번호를 누르고 문을 열었다.

"아버지?"

집 안에는 아무도 없었다. 다만 집 안 전체에 불이 켜져 있었다. 뭐지? 그녀가 집을 나가기 전에 분명히 불을 꺼두었었다. 그리고 한 번도 이렇게 집 전체에 불을 켜둔 적도 없었다.

"아버지?"

그녀가 한 번 더 아버지를 불렀지만 대답이 없었다. 그때였다.

문 뒤에서 누군가 거실로 향하는 그녀를 뒤에서 덮쳤다.

"에잇!"

신우는 재빠른 동작으로 뒤에서 덮친 남자의 옷을 잡아 앞으로 메다꽂았다.

"아악!"

쿵 하는 소리와 함께 남자의 비명 소리가 들렸다.

"회장님!"

그녀를 덮친 건 다름 아닌 홍 회장이었다.

"괜찮으세요?"

"아니."

"다치신 데는요?"

"허리가……."

"구급차 부를까요?"

신우는 미안해서 어쩔 줄을 모르고 있었다.

"손 좀 잡아봐."

그가 일어나기 위해 그녀에게 손을 내밀었다. 미안한 마음에 신우는 그의 손을 잡아 일으키려 했지만 그가 힘을 주어 그녀를 자신에게로 당겼다.

"어머!"

그녀가 소리를 지르며 그의 품에 안겼다.

"연약한 척하기엔 늦지 않았나?"

민망함에 얼굴이 붉어진 신우였다.

"여긴 어떻게……."

"놀래주려고 했는데 내가 더 놀랐어."

그렇게 말을 하며 그가 몸을 일으켰다. 그리고는 그녀의 방으로 이끌었다.

"어머!"

그녀의 방 안은 장미밭이 되어 있었다.

"예뻐요."

"마음에 드나?"

"네."

"그리고……."

그가 주머니에서 상자를 꺼내더니 뚜껑을 열고는 너무나 예쁜 목걸이를 꺼내 그녀의 목에 걸어주었다. 목걸이는 영문으로 H자가 작은 다이아몬드로 되어 있는 펜던트가 달려 있었다.

"고마움의 표시야."

"네."

그가 다르게 말해주길 바랐던 걸까? 그녀는 그의 말에 서운함을 느꼈다.

"어때?"

"예쁘네요."

"반응이 시원치 않은데? 열심히 골라서 산 건데······."

"진짜 마음에 들어요."

그녀가 얼굴에 미소를 지으며 말했다.

"꽃향기도 너무 좋네요."

"다행이군."

그가 그녀의 얼굴을 쓰다듬었다. 그리고는 그녀에게 키스를 했다.

"소주 맛이 나는군."

그가 그녀의 입술을 핥으며 말했다.

"한잔했어요."

그녀의 음성이 갈라지고 있었다.

"술꾼 같아."

"오늘은 그럴 수밖에 없었어요. 차 서장을 취조했거든요."

"뭐라고 하던가?"

"반성의 기미나 미안한 마음 따위는 없었어요. 다 자기가 잘한 일이라고 생각하는 것 같아요."

그가 죄를 인정 안 하는 것보다 미안함이라고는 전혀 없는 차 서장의 태도가 신우를 더욱더 분노케 했다.

"사이코패스군."

"PCLR검사에서 거의 만점에 가까운 점수가 나왔다고 하네요."

"무슨 검사?"

"사이코패스 검사요."

"그 검사는 확실하게 맞는 것 같군."

"그러게요. 반사회적 인격 장애인 건 맞는 것 같아요."

그가 그녀의 얼굴을 양손으로 감쌌다.

"나도 약간의 장애를 겪고 있는 것 같아."

"장애라뇨?"

"시력이 굉장히 안 좋아."

"왜요?"

그가 시력이 안 좋다니 몰랐던 사실이었다.

"안경을 써야 할 것 같아."

"그렇게 하세요. 안 좋은 걸 알면서 방치하는 건 좋지 않아요."

"그런 것 같아. 이렇게 예쁘니까. 내가 눈이 부셔서 그런 것 같아."

"뭐라고요?"

"하하하, 진심이야."

그가 그녀를 놀리고 있었다.

"어쨌든 오늘 정말 고맙습니다."

"딱딱해."

신우는 홍 회장과의 관계를 명확히 할 필요성을 느끼고 있었다.

"회장님, 식사는 하셨습니까?"

"아니."

"그럼 김치볶음밥이라도 드시겠습니까?"

"좋지."

신우는 주방으로 들어갔다. 집을 나오면서 냉장고를 비워둔 상태여서 지금 있는 건 김치뿐이었다. 즉석밥 두 개를 전자레인지에 데웠다. 그리고 김치를 잘게 다진 후에 양념을 하고 볶았다.

"냄새가 좋군."

"……"

신우가 그를 바라보며 미소를 지었다. 그녀 혼자 있을 땐 넓어 보이던 거실이 그가 소파에 앉아 있자 작아 보였다. 그는 여러모로 그녀와 어울리지 않는 사람이었다.

"집에 먹을 게 없으니 이해하세요."

"맛있겠는데."

그녀가 식탁 위에 밥을 담은 접시 두 개를 올려놓았다. 다행히 물김치가 있어서 그것도 함께 내놓았다. 홈쇼핑에 감사해야 할 것 같았다.

"맛있어. 요리를 잘하는군."

"먹고는 살아야 하니까요."

"난 다 밖에서 사먹는 줄 알았어."

"평소에는 저녁만 집에서 먹어요. 거의 드물긴 하지만요."

그가 아주 맛있게 그녀가 해준 김치볶음밥을 먹고 있었다.

"안 어울려요."

"뭐가?"

"홍 회장님과 이 집이요."

"왜?"

"저 혼자 있을 땐 굉장히 커 보였는데 홍 회장님이 들어오니 유난히 작아 보여서요."

"그런가? 내가 좀 크긴 하지."

그는 금방 그녀가 해준 김치볶음밥을 비웠다.

"물 드릴까요?"

"응."

그녀는 냉장고 안에 있는 작은 생수병을 그에게 건넸다.

"아버지의 말대로 플로리스트 공부를 할 생각이에요."

"도장을 하고 싶다고 하지 않았나?"

사실은 도장을 차리는 게 그녀의 꿈이기는 했지만 지금은 아버지의 뜻에 따르고 싶었다.

"아버지의 마음을 한번쯤은 편하게 해드리고 싶어서요."

"그래서 언제부터 시작하려고?"

"좀 알아보고 바로 시작할 겁니다."

"잘됐군."

그는 무뚝뚝하게 한마디를 던졌다.

"부탁이 있습니다."

물을 마시던 그가 그녀의 얼굴을 보며 말하라는 표시를 했다.

"뭔가?"

선뜻 말하는 게 힘이 들었다. 하지만 언젠가는 해야 할 말이었다. 그게 오늘이라는 게 지독하게 아프긴 했지만 말이다.

"다시는 이렇게 찾아오지 않으셨으면 합니다."

"불편한가?"

"불편하기도 하지만 이렇게 오시는 걸 다른 사람들이 알게 되면 공연한 가십거리만 될 거니까요."

"하긴 그건 신우 말이 맞아."

신우가 오지 말라는 걸 잘못 이해하고 있는 것 같았다.

"이번 주말에 별장에 갈 생각이야. 준비하고 있어."

"싫습니다."

"……"

이제야 그녀의 말을 알아들은 눈빛이었다.

"그동안 감사했습니다. 제 평생 기억 남을 일들이었습니다."

"우리들의 일이 고작 기억에 남을 일이었다?"

"더 이상은 제가 쫓아갈 여력이 없습니다."

"뱁새인 건가?"

그의 생각에도 그녀는 뱁새인 것이다.

"제 한계는 여기까집니다."

그가 자리에서 일어났다.

"자신을 너무 과소평가하는군."

"회장님께서 예쁘게 봐주신 걸 감사하게 생각하고 있습니다."

"알았어."

그는 화가 난 얼굴로 그녀의 아파트를 나섰다. 그가 나간 후 신우는 한동안 멍하게 소파에 앉아 있었다.

"잘한 거야."

그녀는 이렇게 스스로에게 말을 하고는 샤워를 하기 위해 욕실로 향했다. 그리고 흐르는 눈물을 샤워 물줄기에 숨겼다. 이게 그녀가 할 수 있는 일의 전부였다.

띠리릭!

문이 열리는 소리가 들렸다. 어제 비밀번호를 바꾸고 잔다는 걸 깜빡 하고 잠이 들었었다. 어찌나 울었는지 두 눈이 퉁퉁 부어 잘 떠지지도 않았다.

"신우야."

아버지의 목소리였다.

"네, 나가요."

잠옷 위에 가운을 대충 걸치고 나간 신우는 식탁 위에 잔뜩 놓인 음식재료에 깜짝 놀랐다.

"아버지, 이게 다 뭐예요?"

"반찬거리지. 네가 사표를 냈다는 말은 들었다. 오늘부터 백수라지?"

"백수가 된 딸을 보고 이렇게 좋아하는 아버지는 아마 없을 거예요."

"그런가?"

아버지는 완전 신이 나셔서 싱글벙글이셨다.

"씻고 나와. 주방장이 김치랑 반찬 몇 가지 챙겨 주더라."

"그건 아빠 드시지 그러셨어요."

반찬통을 받아 들며 신우가 말했다.

"나도 이번 달까지 하고 백순데 뭐."

"그래도 잘 챙겨 드셔야죠."

신우가 반찬통을 내려다보며 한숨을 지었다.

"오늘은 평일인데 어쩐 일이세요?"

"연차하고 그동안 못 쉰 거 다 쉬려고. 내가 점찍어둔 가게도 너랑 보고."

"집으로 들어오실 거죠?"

"아니, 이 집도 내놨어."

아버지는 요즘 아주 폭탄 발언을 달고 사셨다.

"네?"

"네 엄마와의 추억은 이제 그만 잊자. 조금 더 넓은 곳으로 이사 가는 거야."

아버지는 큰 결심을 하신 것이다. 평생 엄마만을 그리워하신 분이었다. 그런데 엄마의 숨결이 남은 이 집을 파실 생각을 하신 걸 보면 크게 마음먹으신 것 같았다.

"그래도 집은……."

"너도 이제 엄마 일은 털어버리고 네 앞길만 생각해. 알았지?"

"아버지."

아버지의 눈가가 촉촉하게 젖어 있었다.

"얼른 씻고 나와. 이거 정리만 하고 가게 보러 갈 거니까."

"네."

그녀는 샤워를 하고 청바지와 티셔츠만 입고 주방으로 나왔다.

"옷이 이런 것뿐이야?"

"경찰이 뛰기 편한 옷만 입지 뭘 입겠어요."

아버지가 한숨을 푹 쉬셨다.

"왜요?"

"아니다."

반찬거리를 대충 정리하고 두 부녀는 집을 나섰다.

띠릭!

갑자기 아버지가 자동차 키를 눌렀다.

"차 빌려오셨어요?"

"아니, 하나 샀다."

그녀의 눈앞에 작은 1톤 트럭이 보였다.

"배달도 가야 하니깐."

"아버지, 너무 기대하시는 거 아니에요?"

"생각보다 많은 거래처가 생기겠어."

"오올, 멋진데요."

그녀는 새 차 냄새가 폴폴 나는 1톤 트럭에 올라탔다.

"우리 집 첫 차네요."

"그렇구나."

"아버지가 운전을 하실 줄은 몰랐어요."

"안 한 지 하도 오래돼서……."

"아버지, 내리세요. 저 1종입니다."

"괜찮아."

"제가 안 괜찮아요."

하지만 아버지는 차에 시동을 걸고 운전하기 시작했다. 신우는 슬며시 안전벨트를 맸다. 그런 신우의 모습을 보더니 아버지가 웃음을 터트렸다. 엄마의 죽음 이후 웃을 일이 없었던 부녀 사이에 모처럼 웃음꽃이 피었다.

아버지가 보아둔 가게는 대학로에 위치한 곳이었다. 큰 병원과 학교 그리고 지나는 사람들도 많은 곳이었다.

"비싸지 않아요?"

이런 곳이라면 당연히 가격이 엄청 비쌀 것이라는 생각이 들었다.

"아니, 거저 나왔어."

"진짜요?"

가게의 가격을 그녀의 귀에 대고 말하자 신우는 깜짝 놀랐다.

"뭐 이상한 거 아니에요?"

"아니야. 부동산에서 다 확인했어."

지금 가게는 꽃가게가 아닌 팬시점이었지만 인테리어만 조금 하면 괜찮을 것 같았다.

"이걸 안 잡으면 바보죠."

부동산업자가 옆에서 부추기고 있었다.

"그러네요. 하지만 저희도 생각을 좀……."

"다른 사람들이 줄을 서 있습니다."

"신우야, 난 이 가게로 결정하고 싶다."

"알았어요. 계약해요 우리."

아버지는 벌써 세상을 다 가진 얼굴이었다.

"좋으세요?"

"좋구나."

가게 계약을 마치고 점심을 먹기 위해 아버지와 함께 신우는 처음으로 대학로를 거닐었다.

"뭐 드시고 싶으세요?"

"아무거나 먹자."

"찜닭 어떠세요?"

"요즘 젊은 애들이 먹는 걸로 먹자. 대학로에도 모처럼 왔는데……."

"그럴까요?"

신우는 아버지의 뜻밖의 말에 미소를 지으면서 주변의 패밀리 레스토랑으로 아버지를 안내했다.

"괜찮으시겠어요?"

"나도 마음은 십대다."

"네, 네."

레스토랑에서 점심으로 칼질도 하고 커피도 마시니 그동안 그녀가 어머니 사건만 신경을 쓰고 아버지에게 무심했다는 생각이 들었다.

"아버지, 죄송해요."

트럭에 타자마자 그녀가 아버지의 손을 잡으며 말했다.

"뭐가? 오늘 이렇게 즐겁게 밥도 먹고 차도 마셨는데……."

아버지도 울컥하신 것 같았다.

"앞으로 잘할게요."

"그래, 딱 이만큼만 우리 서로에게 잘하자."

"네."

아버지는 차를 몰고 도심 쪽으로 향했다. 그러더니 명동에 있는 백화점에 차를 멈추었다.

"오늘은 아빠가 큰맘 먹고 한턱 쏜다."

"네?"

"예쁜 옷 좀 사봐. 넌 너무 안 꾸며. 그러면 시집 못 간다."

"아버지."

그 후로 부녀는 백화점의 의류매장을 거의 다 돌다시피하며 옷을 샀다.

"이거 주세요."

"이것도 예쁘지 않니?"

"아버지가 멋쟁이시다."

백화점 직원의 말에 아버지의 입이 귀에 걸려 또 한 벌의 옷이 생겼다.

"아버지, 가게도 못 차리고 파산하시겠어요."

"그래도 좋아. 네가 항상 이렇게 입고 가게에 출근하면 좋겠구나."

"알았어요. 꼭 예쁘게 꾸미고 갈게요."

양손 가득 쇼핑백을 들고서야 집으로 갈 수가 있었다. 집에 도착하자마자 신우는 음식 솜씨를 발휘하기 시작했다.

"아버지는 말일에 집으로 들어오실 거예요?"

"그전에 집을 미리 알아보려고."

"집은 우리 천천히 구해요. 평생 살 곳으로 들어가야 하니까요. 일단은 안방을 치워놓을게요."

안방은 엄마와의 추억 때문에 아버지가 잘 들어가지 않는 공간이었지만 짐을 넣으려면 어쩔 수 없이 안방으로 들어가야 했다.

"버릴 건 다 버릴게요."

"알았어."

아버지의 표정이 어두웠다. 시간이 지나도 잊혀지지 않는 것들이 있었다. 아니, 더 그리운 것들이 있었다.

"아버지, 우리 커피 한잔해요."

"그럴까?"

신우가 원두커피를 내리기 시작했다.

"드세요."

아버지가 식탁에 앉아서 안방 문을 바라보고 계셨다.

"이제 정말 끝이 난 거야?"

"네."

"이제 너도 다칠까 걱정하는 일은 그만둬도 되는 거지?"

아버지가 그녀를 바라보며 물었다.

"아뇨, 앞으로는 더 걱정하셔야죠."

"왜?"

"딸이 어떤 놈팽이를 만나느라 늦게 들어오지 않는지, 비가 오는데 우산은 가지고 갔는지, 다이어트를 한다고 점심을 거르는 건 아닌지, 기타 등등요."

아버지가 그녀의 손을 꼭 잡았다.

"그런 걱정은 날마다 할 수 있지. 어떤 놈팽이를 만나는지는 꼭 확인할 거고, 비가 오면 우산 들고 나가고, 다이어트는 절대 못 하게 하고 말이야."

"아버지."

"이제 우리 둘이 알콩달콩 그동안 엄마에게 미안해서 못 한 행복한 일들만 하자꾸나."

"네."

부녀는 두 손을 꼭 잡았다. 아버지의 말이 맞았다. 그동안은 돌아가신 엄마에게 미안해서 하지 못한 행복한 일들을 하며 부녀간의 밀린 정을 나눌 것이었다. 오랜만에 조용하던 집 안에 사람의 향기가 났다.

10. 용서란 없다

사람이란 게 원래 하던 걸 해야지 전혀 반대되는 걸 할 때는 반드시 문제가 생기기 마련이었다. 그녀에게 꽃꽂이는 정말 어려운 공부였다. 차라리 사법시험을 보는 게 더 쉬울 것 같았다.

커다란 테이블 위에 여섯 명이 앉아서 강의를 듣고 있었다. 우리나라에서 손꼽히는 플로리스트가 강사였다. 여러 가지 색의 장미가 테이블 위에 가득했다.

장미를 보고 있자니 홍 회장이 생각났다. 뭐만 했다 하면 다 그의 얼굴이 떠올랐다.

"아야!"

넋을 놓고 있다가 가위로 살을 살짝 잘랐다.

"괜찮으세요?"

강사의 얼굴이 창백해졌다.

"호호호, 꽃을 자르라고 했지. 손을 자르라고 했나?"

나이가 제일 많은 어르신이 보다 못해 한마디 하셨다.

"한 달 후면 가게 오픈인데 걱정이에요."

"설마 꽃가게요?"

"네."

강사의 표정이 좋지 않았다.

"제 생각에는 강사님께서 오픈 때 조금 도와주시는 게 어떨까 합니다만."

"저는 찬성이요."

노부인이 한마디 하자 천군만마를 얻은 것처럼 기분이 좋아진 신우였다.

"우리 신우 씬 다 좋은데 꽃꽂이하고는 안 맞아."

"저도 동감입니다."

인정하지 않을 수가 없었다. 진짜 꽃꽂이는 그녀의 취향이 아니었다.

"경찰이었다고?"

"네, 달리기는 세계 최곱니다."

"그럼 활동적인 직업을 찾지 그랬어."

"아버지의 소원이세요. 제가 여성스럽게 사는 거요."

"호호호, 그래?"

노부인이라고 하기엔 젊었지만 분위기가 워낙 고급 져서 다른 생각이 들지 않았다.

"우리 아들하고 비슷한 또래인 것 같아."

"그러세요?"

"우리 아들은 태권도 사범이야."

"진짜요? 전 태권도장 하는 게 소원이에요."

"왜?"

"어린아이들도 가르치고 운동도 할 수 있고 일석이조죠."

꽃꽂이를 하면서 알게 된 사람들은 거의 중산층 이상의 사람들이었다. 아버지의 소개로 온 이곳은 알고 보니 유 여사가 다니던 곳이었다. 직업교육이라기보다 친목을 도모하는 곳이란 걸 신우는 한참이 지나서야 알게 되었다.

"신우 씨!"

집으로 돌아가는 길에 그녀와 같이 수업을 듣던 사모가 그녀를 불렀다.

"바빠?"

"아뇨, 백수라서 남는 게 시간입니다. 뭐 하실 말씀이라도 있으십니까?"

"아니, 차나 한잔할까 해서."

"좋죠. 오늘은 백수가 한잔 대접하겠습니다. 매번 빵이랑 간식 준비해 오시는데 너무 얻어만 먹어서요."

"그럴까?"

"넵."

신우는 사모의 팔짱을 끼고 근처 커피숍으로 갔다.

"사모님은 참 고우세요."

"호호호, 고마워."

"저희 어머니가 살아계셨다면 비슷한 나이셨을 것 같아요."

"돌아가셨고만 저런……."

"어머니도 경찰을 하시고 경호원을 하시다가 돌아가셨죠."

"훌륭한 어머니 뒀어."

"네."

어머니를 칭찬해 주자 신우는 모처럼 기분이 좋았다.

"그런데 오늘 왜……."

"그냥 아들 녀석이 매번 데리러 오는데 오늘은 좀 늦는다고 해서. 그리고 또 같은 반 친구인 신우 씨하고 얘기도 해보고 싶었고."

사모의 편안한 미소가 거절하지 못하게 만들고 있었다.

"커피 향이 좋네요."

"그러네. 벌써 가을이 다 가고 겨울이 오니 참 세월이 빨라. 아버지하고 한다는 꽃가게는 언제 오픈이야?"

사모는 그게 궁금한 모양이었다.

"원래는 지난달에 했어야 하는데 인테리어가 생각보다 시간이 많이 걸려서 다음 달 초에 해요."

"장사는 할 수 있겠어?"

"예술적으로 하는 건 못 하지만 꽃다발하고 꽃바구니 만드는 건 확실하게 익혔고 아버지께서 원래 조경을 하실 줄 알아서 다른 건 신경 쓰지 않아도 될 것 같아요."

"그런데 왜 내가 걱정이 되지?"

"다들 걱정하세요. 하지만 잘할 자신감은 있으니까 너무 걱정하지 마세요."

"자신감 하나는 금메달감이네."

그때였다. 키가 크고 잘생긴 남자 하나가 그녀들을 향해 걸어오고 있었다.

"어머니."

사모님의 아들이었다. 그런데 어딘가 낯이 익은 얼굴이었다.

"김 사범님?"

"서 형사님."

"둘이 알아?"

사모도 놀란 얼굴이었다.

"태권도 봉사할 때 몇 번 같이 일했거든요. 완전 반가워요."

신우는 사모는 신경도 쓰지 않은 채 김 사범을 끌어안았다.

"다치셨다는 이야기는 들었어요."

신우가 손가락을 들어 올리며 말했다.

"벌써 새나가다니……."

"하하하, 그거 말고요. 어머니가 말씀하시는 매번 다치신다는
분이 서 형사님이었어요?"

"네."

"진짜 괜찮은 거예요? 사이코패스의 칼에 찔렸다고 해서 걱정
했어요."

"뭐라고?"

사모님의 얼굴에 핏기가 사라졌다.

"이번에 잡힌 사이코패스 있잖아요? 혜화경찰서장이라던 그 사
람 말이에요."

"알지."

"그 사람 서 형사님이 잡았어요."

김 사범이 그녀를 치켜세워 주었다.

"정말이야? 그렇게 대단한 형사인 줄은 몰랐네."

사모가 아주 감탄사를 연발하고 있었다.

"이젠 그만두고 백숩니다."

면전에서의 칭찬은 익숙지가 않아서 민망했다.

"오늘 바빠요?"

사모가 그녀를 보며 물었다.

"네?"

"백수니까 시간은 많겠네. 우리 같이 밥 먹어요."

"아니, 그게……."

김 사범이 그녀에게 식사를 하자고 말했다.

"그래, 우리 같이 식사해요. 저녁 먹을 시간은 조금 이르긴 하지만 난 배가 고프네."

"어머니께서도 이렇게 말씀하시는데 같이 가요."

"아버님 식사 차려 드려야 하는 거 아니에요?"

빠져나갈 구실을 찾던 신우가 사모에게 물었다.

"우리 아버지는 집에 든든한 며느리가 지키고 계십니다."

"며느리?"

"우리 형수요. 내가 장가간 줄 알았어요?"

"아뇨, 그런 게 아니라……."

"같이 가요. 이 근처에 진짜 맛있는 한우집이 있어요. 계산은 재벌이신 우리 어머니가 하실 겁니다."

"호호호, 재벌이라고 하니 기분은 좋네. 가자. 내가 살 테니."

이렇게 얼떨결에 그녀는 김 사범과 저녁을 먹게 되었다. 잘생긴 데다가 성격까지 좋은 그였다. 하지만 그 이상의 느낌은 들지 않았다. 그녀의 마음속엔 아직 홍 회장이 있었다. 그를 지우는 게 그리 쉬운 일이 아니었다.

차가운 감방 접견실에 홍미란을 찾아온 유 여사였다. 원래는 변호사 이외의 사람은 접견이 허락되지 않는 곳이었지만 돈이면 다 해결이 되는 곳도 이곳 감옥이었다.

"괜찮은 거야?"

"괜찮아 보여?"

언제나 예쁘게 꾸미며 키운 아이였는데 유 여사의 눈에 눈물이 흘렀다.

"참을 수가 없어. 그놈은 어떻게 됐어?"

미란이 눈에 독기를 품고 화를 냈다.

"재판 중인데 최소 무기징역이고 아니면 사형이라는구나."

유 여사는 딸을 진정시키느라 여념이 없었다.

"태훈이가 아주 작심을 했는지 네가 어려서부터 자신을 유괴하고 살해하려고 했다고 검찰에 말하고 증거까지 줬대."

"미친놈."

"그리고 이번 사건까지 하면 너도 어쩌면……."

"무기징역이라고?"

유 여사의 눈에서 눈물이 흐르고 있었다.

"변호인단 좀 꾸려봐."

"최고로 뽑은 거야. 그나마 태훈이가 변호사들에게 이 사건을 맡으면 혜성그룹에 관한 일은 주지 않겠다고 하는 바람에 대형 로펌은 물 건너갔고 겨우 유능한 개인 변호사를 구할 수 있었어."

"악마 같은 놈."

유 여사가 미란이 좋아하는 초밥을 가져왔다.

"일단 이것부터 먹어."

미란은 앞에 차려진 초밥을 하나씩 먹으며 말했다.

"엄마, 서 형사 알지? 우리 집에서 정원 가꾸던 아저씨 딸."

"알아."

"그년 좀 어떻게 해봐."

"어?"

"지금 내가 빨리 풀려날 수 있는 방법은 그것뿐이야."

유 여사는 미란의 말을 이해하지 못했다.

"태훈이가 그 애 좋아해."

"뭐라고?"

"내 말 못 들었어? 태훈이가 그 애 좋아한다고. 엄마가 그 애를 가지고 태훈이를 설득하란 말이야."

미란의 말뜻을 그제야 안 유 여사는 옆에 앉은 변호사를 잠깐 나가게 했다.

"얼른 먹어."

초밥을 남긴 미란이 안쓰러워 유 여사가 말했다.

"초밥이 문제가 아니란 말이야. 태훈이 그 자식을 진짜로 죽여 버릴 거야."

"미란아."

"그러니까 엄마가 빨리 그년을 이용해서 태훈이를 설득하란 말이야."

"알았어."

하나뿐인 귀한 딸이었다. 유 여사가 혜성그룹에서 살아갈 수 있었던 유일한 이유였다. 바람둥이 남편에 첩까지 유 여사의 자존심으론 견딜 수 없는 일들을 그녀는 미란만을 보고 견뎠다. 이런 귀한 딸이 지금 그녀에게서 모든 걸 빼앗아간 첩년의 아들 때문에 고생하고 있었다.

"걱정하지 마. 엄마가 다 알아서 할게. 어서 먹어."

미란이 나머지 초밥을 다 먹고 나서야 유 여사는 자리에서 일어났다. 그리고 그녀는 구치소에서 나오자마자 친정오빠에게 전화를 걸어서 신우를 처리할 사람들을 구해달라고 했다.

혜성처럼 거대 재벌은 아니어도 준재벌 정도 되는 유 여사의 오

빠는 그동안 동생의 말이라면 다 들어주었다. 왜냐면 혜성의 도움으로 그의 회사가 성장할 수 있었으니까 말이다.

그의 소개로 사람을 만난 유 여사는 회심의 미소를 지었다. 이번에는 완벽하게 태훈의 발목을 잡을 수 있을 것 같았다.

홍 회장을 바라보는 우 실장의 표정이 어두웠다. 지난 몇 달 동안 우 실장은 홍 회장의 변화무쌍한 감정의 곡선을 맞춰주느라 힘이 들었다. 회장이 되고 나서 서울 혜성 본사로 오고 나서부터 살해 협박을 받기도 하고 서 형사에게 빠져서 경호원들이나 사람들이 보거나 말거나 정신 줄을 놓고 살더니 이젠 서류 더미에 거의 묻혀서 살고 있었다.

그나마 서 형사에게 빠져 있을 땐 부드럽기라도 했지 요즘은 까칠하기가 송곳보다 더했다.

"이건 아니지. 다시!"

홍 회장이 기획실 서류를 그의 앞으로 던졌다. 깜짝 놀란 우 실장이 서류를 놓치자 홍 회장이 우 실장을 날카로운 눈빛으로 쳐다보았다.

"정신을 어디다 두고 있어."

"죄송합니다."

"죄송하다고 한마디 할 거면 경찰은……."

갑자기 홍 회장이 말을 멈추었다. 경찰 얘기를 하다가 멈춘 걸 보니 서 형사가 생각난 모양이었다. 도대체 둘의 관계가 어디까지 진전이 되었다가 깨진 것인지 알 수는 없었지만 확실하게 말할 수 있는 건 홍 회장이 까인 것 같다는 것이다.

찬 사람은 저렇게 넋을 놓고 있거나 상대방의 얘기만 나와도 저렇게 버럭 화를 내지는 않으니까 말이다.

"오늘 유 여사님이 홍 사장님의 면회를 가셨습니다."

"……"

"초밥을 싸들고 가서 직접 먹이셨다고 하는데 원래는 불법입니다."

"내버려 둬. 자식을 생각하는 건 어느 부모나 마찬가지니까."

오랜만에 부드럽게 말을 하는 홍 회장이었다.

"요즘 부쩍 살이 빠지셨습니다."

"그렇게 보이나?"

홍 회장이 서류를 살피며 우 실장의 말에 건성으로 답을 하기 시작했다.

"네, 식사를 제대로 안 하시니 더 그런 것 같습니다."

"입맛이 없어."

"오 집사님이 오늘은 보양식을 준비했다고 저녁 약속을 잡지 말아달라고 부탁하셨습니다. 그리고 한의사 분께서 저녁에 집으로 오신답니다."

"왜?"

그제야 그를 한번 쳐다본 회장이었다.

"보약을 지으신다고 하던데요."

"필요 없어."

"아니, 많이 필요해 보이십니다."

"내가 그 정도야?"

"네."

한숨을 쉬면서도 홍 회장은 서류에서 눈을 떼지 않았다.

"회장님."

"왜?"

"서 형사……."

"아무 말도 하지 마."

역시 회장은 차인 게 확실했다. 세상 잘난 줄 알고 사는 사람이 차이다니 우 실장도 놀라운데 본인은 얼마나 충격적이었겠는가?

"홍보실의 광고 카피도 마음에 안 들어."

탁!

나이스 캐치, 이번엔 제대로 홍 회장이 던진 서류를 받은 우 실장이었다.

"왜 그런 음흉한 미소를 짓고 있지? 기분 나쁘게."

"아닙니다."

"내가 던진 걸 잘 받으니 기분이 좋아?"

이 정도 상황이면 정신병 수준이었다. 언제까지 이런 회장의 비정상적인 행동을 받아줘야 할지 우 실장은 울고 싶은 심정이었다. 그나마 경영 능력은 전 세계에서 탑이니 다행이라는 생각이 들었다. 한동안 그렇게 우 실장은 회장의 비위를 맞추며 그의 곁을 지켰다.

윙—

회장의 개인전용 핸드폰이 울리고 있었다.

"회장님."

"유 여사야."

홍 회장은 요즘 본가의 유 여사와 거의 의절 상태였다. 자기를 죽이려고 사람을 산 배다른 누이의 어머니였다. 우 실장이 생각해도 완전히 무시하고 싶은 사람이었다.

윙—

핸드폰이 계속해서 울리고 있었지만 홍 회장은 받지 않았다.

윙—

이번에는 우 실장의 주머니에서 핸드폰이 울리기 시작했다. 유 여사였다. 그는 홍 회장처럼 안 받을 수 있는 입장이 아니었다.

"회의 들어갔다고 해."

"네."

홍 회장이 눈치 빠르게 말을 해주어서 우 실장은 전화를 그나마 편한 마음으로 받을 수 있었다.

"여보세요?"

[왜 이렇게 늦게 받아?]

완전히 열이 받은 목소리였다.

"무슨 일이십니까?"

[무슨 일이긴, 당장 홍 회장 바꿔.]

아주 앙칼진 것이 동화책에 나오는 성질 나쁜 계모 같았다.

"지금 회의 중이십니다."

[그래도 바꿔.]

"저에게 말씀하시면 전달해 드리겠습니다."

잠시 망설이는가 싶더니 유 여사가 말했다.

[우리 미란이 어떻게 할 거냐고 물어봐. 저대로 미란일 방치할 건지 아니면 빨리 빼내줄 건지 정확하게 말하라고 해. 이건 내가 마지막으로 묻는 거라고 전하고.]

"네, 제가 회의가 끝나면⋯⋯."

[지금 물어!]

그녀의 목소리가 어찌나 큰지 홍 회장에게 그대로 들리고 있었다.

"죄를 지었으면 죗값은 치러야지."

홍 회장이 독이 가득한 눈으로 그를 보며 말했다.

"사모님……."

[알았어. 다 들었어. 그 말 후회하게 될 거야.]

"후회 안 합니다."

우 실장은 중간에서 핸드폰만 들고 있을 뿐 통화는 양쪽에서 하고 있었다.

쾅!

홍 회장이 책상을 주먹으로 내리쳤다. 그 소리가 어찌나 큰지 밖에 있던 비서들이 문을 열고 황급히 들어왔고 우 실장이 손짓으로 그들에게 나가라는 신호를 보냈다.

"미친 것들!"

홍 회장이 최대한 부드럽게 욕을 내뱉었다. 우 실장은 자신이었다면 당장 쫓아가서 멱살이라도 잡을 것 같았다.

"괜찮으십니까?"

"아니."

당연한 걸 물었지만 지금 이 험악한 상황에서 아무 말도 안 했다가는 숨이 막혀서 죽을 것 같았다.

"시원한 얼음물이라도 드릴까요?"

"……."

아무 대답이 없다는 건 마시고 싶다는 얘기였다. 우 실장은 바로 얼음물을 홍 회장의 책상에 가져다주었다.

벌컥벌컥.

홍 회장은 숨도 안 쉬고 물을 마시더니 다시 서류를 보기 시작했다. 우 실장 같았으면 벌써 사무실을 나갔을 텐데 홍 회장은 그러지 않았다. 역시 보통 사람은 아니었다. 우여곡절 끝에 퇴근시간이 다가오고 있었다.

하지만 정시에 퇴근하는 건 요즘 기대도 하지 말아야 했다. 기획팀 박 대리와 사귀기 시작했는데 연애할 시간이 없었다. 이러다가 진짜 노총각이 될 판이었다.

윙―

회장의 핸드폰이 울렸다. 제발 약속이 생겨서 일찍 퇴근하길 바라며 우 실장은 핸드폰 액정을 쳐다보았다. 발신자 제한의 번호였다. 이런 전화는 거의 오지 않는데 이상했다. 기분이 이상해서 우실장은 회장의 개인핸드폰을 받았다.

[으으으음.]

"여보세요?"

[으으으음.]

"여보세요?"

[지금 우리와 함께 서 형사가 같이 있다. 홍태훈 회장만 보내라.

경찰에 알릴 시에는 서 형사는 죽는다.]

"여보세요?"

전화가 끊겼다.

"젠장! 어디로 갈지 말을 해야지!"

우 실장은 자신도 모르게 소리를 질렀다.

"무슨 일이야?"

"그게."

그때 문자가 들어왔다. 문자를 열어보니 서 형사가 묶여 있는 사진이었다. 그리고 그 아래 주소가 찍혀 있었다.

"몸값을 요구하는 것⋯⋯."

홍 회장이 그의 손에 들려 있던 핸드폰을 들고는 빛의 속도로 나갔다.

"회장님!"

"아무한테도 알리지 마."

"위험합니다. 경찰에 알리시는 게⋯⋯."

"절대로 알리지 마. 신우가 위험해져."

홍 회장은 이 한마디를 남기고는 지하 주차장으로 달려갔다. 우 실장이 바로 쫓아갔지만 회장의 차를 모는 운전기사만 주차장에 황당한 표정으로 서 있었다.

"대체 무슨 일입니까?"

경호원들이 쫓아오지 말라는 회장의 말을 듣고 따라가지는 않았지만 불안한 눈치였다.

"핸드폰에 위치 추적 장치 있죠?"

"네."

"거리를 두고 쫓아가요. 아니, 같이 갑시다."

젠장, 그의 핑크빛 연애는 사라질 조짐을 보이고 있었다. 이렇게 회사에 얽매어 있는 남친을 좋아할 여자는 없을 테니까 말이다.

우 실장은 지금 경호원의 차를 타고 회장의 뒤를 쫓았다.

"회장님은 어디에 가시는 겁니까?"

"서 형사 알죠?"

"네."

"납치를 당했답니다."

"네?"

"그러니 저렇게 난리죠."

우 실장이 한숨을 푹 쉬었고 경호원들은 알 만하다는 듯 더 이상은 묻지 않았다. 그렇게 좋다는 내색을 하고 다녔으니 주변의 사람들이 모를 수가 없었다. 회장 본인만 느끼지 못하고 있는 것 같았다.

"걱정이네요. 저러다가 회장님이 다치시기라도 하면."

"안 그럴 겁니다. 저 사람들은 원하는 게 있으니까 그것만 해주면 될 거예요."

우 실장은 유 여사의 짓이라고 100% 생각했다. 아까 전화의 여운이 그랬으니까. 돈이 많을수록 욕심이 더한 법이었다.

"제발."

태훈의 입술이 바짝바짝 타들어갔다. 두 달 동안 그는 신우에 대한 그 어떤 것도 듣지도 보지도 않았다. 신우는 자신을 처음으로 차버린 모진 여자였다. 설득을 해볼까도 생각을 했지만 그의 자존심이 허락하질 않았다.

다만 그는 모든 걸 놓지는 않았다. 신우의 아버지가 할 예정인 꽃가게가 있는 상가를 사서 싸게 세를 주었다. 물론 그 사실은 비밀로 하고 말이다. 마음 같아서는 계속 그의 운전사로 두고 싶었지만 신우의 말은 단호했다.

"냉정한 여자야."

이렇게 말은 하고 있었지만 지금 그의 두 손은 긴장으로 젖어 있었다. 제발 아무 일 없기를 바라는 마음이었다. 오늘따라 긴장을 해서 그러는지 운전이 잘 안 됐다. 내비에 주소를 찍고 오로지 내비가 가르쳐 주는 대로만 가고 있었다.

"후."

한숨이 절로 나왔다.

윙―

유 여사였다.

"여보세요?"

[왜 아까는 전화를 안 받아서 일을 이렇게 크게 만들어.]

"신우의 털끝 하나라도 건들면 가만히 안 있습니다."

[나도 내 딸이 다치는 꼴은 못 봐.]

"뭘 원하시는지 압니다."

[내가 뭘 원하는데?]

"홍미란이 시키지 않았다고 말해달라는 거 아닌가요?"

태훈이 이를 악물면서 말을 했다.

[맞아.]

"내가 그렇게 할 테니 당장 풀어주십시오."

[그렇게는 안 되지. 먼저 약속을 지켜. 우리 미란이가 누구 때문에 이 고생을 하는데. 이게 다 태어나지 말았어야 할 네가 태어나서 이렇게 된 거야.]

순전히 억지였다.

"서 형사가 안전한지부터 확인한 다음에요."

[그 정도야 해주지.]

"만약에 서 형사의 털끝이라도 건드리는 날엔 태어난 걸 후회하게 만들 겁니다."

태훈의 말에서 싸늘함이 풍겼다.

[알았어.]

전화를 끊고 그가 도착한 곳은 지금은 쓰지 않는 빈 창고였다. 퀴퀴한 창고에 탁자가 있었고 그 위에 서 형사가 위태롭게 나무 의자에 앉아 있었다. 손발이 묶이고 목에는 밧줄이 묶여 있었다.

그가 가까이 가면 서 형사가 교수형이 될 판이었다. 책상 아래에 장치가 되어 있었다.

"괜찮아?"

입에 녹색 테이프가 붙여져 있어서 신우는 고개만 끄덕였다. 그 때문에 신우는 계속해서 다치고 있었다.

"가만히 있어. 내가 구해줄게. 나 믿지?"

신우가 고개를 끄덕였다. 그녀를 구하기 위해 그가 가까이 다가가자 복면을 쓴 남자들이 갑자기 나타났다.

"워워, 회장님, 가까이 오시면 책상이 날아가면서 서 형사의 목에 밧줄이 휘릭 하고 감기는 짜릿한 장면을 보시게 될 겁니다. 참고로 저 줄은 안 잘려요."

태훈이 걸음을 멈추었다. 그들은 농담을 하는 듯 말하지만 그건 모두 진실이었기 때문이다.

"이제 확인하셨으니 돌아가세요. 우리도 이곳을 뜰 겁니다."

"언제 풀어줄 거지?"

"유 여사님께서 말씀해 주셨을 텐데요. 그 일을 해결하고 나면 집으로 돌려보내 드릴 겁니다."

"어떻게 믿지?"

"저희도 유 여사님보다는 회장님이 더 신경이 쓰입니다. 거물들을 어설프게 건드렸다가는 우리가 되려 당하거든요."

"알긴 잘 아는군."

"그럼 가보세요. 저희는 연락을 기다리겠습니다."

복면을 쓴 남자들이 그를 붙들고 바깥으로 끌어냈다.

"신우야, 걱정하지 마."

그의 눈에 불안에 떨고 있는 신우가 보였다. 이번 일이 해결되고 나면 홍미란과 유 여사를 가만두지 않을 것이다. 절대로 용서하지 않을 것이다. 하지만 지금은 신우의 안전이 우선이었다.

11. 제자리

태훈의 얼굴에 수심이 가득했다. 어젯밤에 한숨도 잠을 이루지 못하고 눈을 뜨자마자 변호사를 찾았다. 그의 변호사는 국내에서 가장 큰 로펌의 수장이었다. 아버지의 변호사이기도 한 그는 이른 아침부터 걸려온 그의 전화에 놀라 평소보다 1시간이나 일찍 출근을 했다.

"회장님."

50대의 이 변호사는 그를 보자마자 구십 도로 인사를 하며 반겼다. 검찰 출신의 그는 화려한 인맥을 자랑했고 전관예우의 변호사들도 다량 확보하고 있었다. 한마디로 그가 해결 못 하는 사건은 없었다.

"부탁이 있어서 아침부터 실례를 범했습니다."

"아닙니다."

"말씀드리기도 창피한 저희 집 일 때문입니다."

"홍 사장 이야기입니까?"

"네, 아무리 생각해도 그래도 가족인데 아무 일 없었던 걸로 취하를 할 수 있나 해서요."

"그건 좀 곤란합니다. 증거가 명백하고 이건 친고죄가 아니어서 합의가 이루어진다고 해도 용서가 되는 사건이 아닙니다."

"방법이 없을까요?"

"왜 마음이 돌아서셨습니까?"

"가족이니까 좀 걸려서요."

"저에겐 솔직하게 말씀해 주셔야 방법을 찾습니다."

그건 이 변호사의 말이 맞았다.

"사실은 지금 유 여사가 제가 아끼는 사람을 납치해서 저에게 협상을 요구했습니다. 저는 그 사람을 구해야 합니다."

"하지만……."

"방법이 없을까요?"

"지금 차우철이 홍미란이 교사를 해서 자신이 저지른 일이라고 말하고 있기 때문에 방법이 없습니다. 이건 우리 쪽에서 선처를 바란다는 탄원서는 낼 수 있어도 그 외에는 방법이 없습니다."

"어쩌죠?"

"이건 경찰에 알리시는 게······."

"안 됩니다."

태훈은 변호사를 만나고 나니 속이 더 타들어갔다. 지금 상황에서는 방법이 없었다.

곰팡이 냄새가 코 안을 가득 채우고 있었다. 입이 테이프로 막혀 있어서 코로만 숨을 쉬다 보니 더 심했다. 납치될 때 그녀의 얼굴에 뿌렸던 마취제 때문에 머리가 아직도 깨질 듯이 아팠다.

집으로 가던 길에 그녀는 골목에서 남자들에 의해 이곳까지 오게 되었다. 손이 묶이지 않았다면 이곳에서 쉽게 나갈 수 있을 것 같은데 방법은 그게 아니었다. 아무리 유단자라고 하더라도 갑작스러운 남자들의 공격에 속수무책으로 당했다.

어제 공장에서 홍 회장을 보고는 얼마나 놀랐는지 몰랐다. 그가 그녀를 구하기 위해 한걸음에 달려온 것이었다. 얼마나 고맙고 든든하게 느껴졌는지 그는 모를 것이다.

그가 안심하고 기다리라는 말을 그녀에게 했다. 꼭 구하겠다고도 말했다. 그 말을 믿을 수밖에 없는 그녀였다. 하지만 가만히 있다가 잘못되기라도 한다면 홀로 남을 아버지 때문에 안 될 것 같았다.

축축하고 차가운 바닥에 손이 묶인 채로 누워 있던 그녀는 몸을 일으켰다. 빛이 살짝 들어오는 걸로 봐서는 위쪽에 창이 있는 것 같았다. 지금은 밤이고 시간은 알 수가 없었다.

신우는 몸을 일으키고 주변을 살폈다. 이곳은 지하 창고였다. 줄을 자를 만한 그 어떤 도구도 없었다.

신우는 밖에서 들어오는 희미한 빛으로 방 안을 살피기 시작했다. 그리고 드디어 깨진 유리 조각들을 발견하고 그중에 하나를 소매로 감싸 잡았다. 다행히 앞으로 손이 묶인 상태라서 줄을 끊기가 더 수월했다.

스윽스윽.

유리 조각에 밧줄이 조금씩 잘리기 시작했다. 불편한 자세라서 손목이 끊어질 듯 아팠지만 그녀는 참고 참으며 줄을 끊어가고 있었다. 얼마나 오래 줄을 끊었을까 줄이 툭 하는 소리와 함께 끊어졌다.

그때였다. 갑자기 문이 열리는 소리가 들렸다. 당황한 신우는 문을 뒤로하고 얼른 누웠다. 손은 다리 사이에 끼워 감췄다.

"여깁니다."

"죽이지는 마."

유 여사의 목소리였다.

"만약에 잡힐 경우에 죽이면 서로 곤란해져."

"압니다."

"그리고 쓸데없는 짓도 하지 말고."

"저희들은 그렇게 굶주리지 않았습니다."

"알아."

유 여사는 남자를 잘 아는지 아주 다정하게 말을 하고 있었다.

"이 건 끝나면 내가 심심치 않게 생각해 줄게."

"홍 사장님 일은 잘될 것 같습니까?"

"홍 회장이 나서는데 안 될 일은 없지."

이 모든 게 홍미란을 구하기 위한 작전이었다.

"홍 회장의 아킬레스건이 형사라는 게 믿어지지 않습니다. 인물이야 반반하지만 연예인들하고 스캔들도 일으키신 분인데 이상하네요."

"다 제 눈에 안경이야."

"그런 것 같습니다."

그들은 그녀를 비웃고 있었다. 그들이 방을 나가자마자 신우는 재빠르게 일어나서 방에 있는 쌓을 수 있는 모든 것을 동원해서 창문 앞에 가져다 댔다. 그리고 그것들을 밟고 좁은 창문을 빠져나가는 데 성공했다.

하지만 그녀는 그곳을 빠져나온 후가 더 당황스러웠다. 이곳은 그녀의 집과 아주 가까운 곳에 있는 폐건물이었다. 어제 공간과는 다른 것 같았다. 잘하면 빠져나갈 수 있을 듯했다.

하지만 이 건물의 단점은 담이 있다는 것이었다. 지금 그녀의 눈에 보이는 놈들만 해도 세 명은 되었다. 그것도 아주 돼지같이 덩치가 큰 놈들로만 말이다.

그때였다. 아까 간 줄 알았던 유 여사가 건물에서 나오고 있었다. 기회는 이때였다. 놈들의 시선이 유 여사에게로 간 틈을 타서 담을 넘어야 했다.

제발 예전의 실력이 녹슬지 않았길 바라며 그녀는 기회를 엿봤다. 그리고 담장 가까이로 몸을 이동시키며 모두가 유 여사에게 인사를 할 타이밍에 맞춰 몸을 날릴 자세를 잡았다. 기회는 단 한 번뿐이었다.

"안녕히 가십시오."

완벽하게 조직폭력배들의 인사법으로 유 여사에게 구십 도로 인사를 하는 그들을 뒤로하고 신우는 단번에 담장을 뛰어넘었다. 아직 실력이 녹슬지는 않았다.

툭!

그녀가 담을 넘자 그 옆에서 노상방뇨를 하고 있던 남자가 하던 일을 멈추고 그녀를 쳐다보았다.

"하던 일 하세요."

그녀는 이렇게 작은 소리로 말을 하고는 열심히 달리기 시작했다. 이곳은 주택가의 끝에 있는 곳이라서 큰 도로까지의 거리가 좀 멀었다. 택시를 타고 홍 회장의 빌라가 있는 청담동으로 가야 하기 때문에 신우는 뒤도 돌아보지 않고 뛰기 시작했다.

"헉헉헉."

그녀는 쉼 없이 전속력으로 달려서 삼선교까지 뛰었다. 택시를 겨우 잡아탄 그녀는 지금 시간이 10시임을 알게 되었다. 그녀가 가쁜 숨을 몰아쉬자 택시 운전기사가 의심스러운 눈초리로 그녀를 바라보았다.

"괜찮아요?"

"네."

그녀는 이렇게 말을 하고는 그대로 택시에 기대 가쁜 숨을 진정시켰다. 목적지를 얘기하고는 신우는 그대로 늘어져 버렸다. 긴장이 풀린 탓이었다. 한참을 자고 나니 그녀는 청담동에 도착했다.

"핸드폰 한 번만 빌릴게요."

그리고 그녀는 홍 회장의 휴대폰으로 전화를 했다.

[여보세요?]

반가운 목소리가 들리자 눈물이 쏟아져 내렸다.

"회장님."

그녀의 흐느낌에 홍 회장이 놀란 것 같았다.

[왜 그래? 놈들이…….]

"저 도망치고 있는 중이에요."

[뭐?]

"탈출했다고요. 그런데 택시비가 없어서……."

[어디쯤이야?]

"5분이면 도착해요."

[알았어.]

그녀는 전화를 끊고는 하염없이 눈물을 흘렸다. 택시가 도착하지 홍 회장이 직접 빌라 앞으로 나와 있었다. 그리고 택시 운전사에게 수표를 주면서 고맙다는 인사를 했다. 택시 운전사는 홍 회장을 알아보고는 아주 난리였다.

하지만 홍 회장은 운전기사가 있건 없건 간에 신우를 안아 들고는 빌라 안으로 들어갔다. 그녀를 안은 그의 몸이 떨리고 있었다. 그녀만큼 그도 놀란 것 같았다.

"괜찮아? 다친 곳은?"

그녀에게 빠르게 묻는 그의 말에서 걱정이 묻어났다.

"괜찮아요."

말은 담담하게 했는데 그녀는 울음이 터져 버렸다. 지난 시간의 두려움이 밀려왔기 때문이었다.

"흑흑흑."

신우의 그의 품에 안겨서 그의 가슴이 다 젖을 때까지 울고 또 울었다.

"못생겨져."

"뭐라고요?"

"예쁜 눈이 붓잖아."

"지금 그게……."

"걱정돼서 미칠 뻔했어."

"……."

그의 진심 어린 말에 신우는 다시 한 번 크게 울었다. 다른 사람 따위는 그녀의 눈에 들어오지도 않았다. 오 집사가 뭐라고 하는 소리가 들리긴 했지만 정신적으로나 육체적으로나 모두 지쳐 버린 신우였다.

그렇게 자꾸 아득하게 정신 줄을 놓고 있었다.

책상 아래에서 혼자 책을 읽고 있던 신우는 지금 10살의 어린아이였다. 엄마가 신우를 보며 웃고 있었다. 그런데 그때 차 서장이 들어와서 엄마와 몸싸움을 벌였다. 가서 엄마를 구해야 했다. 이제는 가만히 있고 싶지 않았다.

"엄마, 피해!"

라고 말을 하며 책상에서 나온 그녀는 성인이 된 지금 모습의 신우였다. 그리고 신우는 엄마를 도와 차 서장을 죽여 버렸다. 엄마는 그렇게 목숨을 구할 수 있었다. 죄책감이었다. 언제나 엄마를 구하지 못하고 책상 아래 숨어 있던 어린 신우가 이제는 커서 엄마를 도운 것이었다. 꿈이라도 좋았다. 엄마를 도울 수 있다는 건 이제 그 죄책감에서 벗어날 수 있다는 뜻이었다.

"엄마……."

그런 그녀를 엄마가 따뜻하게 안아주었다. 너무나 따뜻해서 눈물이 흘러내렸다. 신우는 모처럼 편안한 잠을 잘 수 있었다. 꿈속의 엄마 품에서.

눈을 뜨니 그녀의 눈앞에 홍 회장이 누워 있었다. 깜짝 놀란 신우가 몸을 일으키려고 하자 홍 회장이 그녀를 더 꼭 끌어안았다.

"뭐 하는 거예요?"

"더 자."

"이러고 잔 거예요?"

그녀와 그는 옷을 하나도 입고 있지 않았다.

"다친 곳이 없나 확인했어. 그리고 아무 짓도 안 했어."

홍 회장이 아주 당당하게 말했다.

"어제 사실은 가슴을 좀 만지긴 했어. 아랫동네 녀석이 아주 성질을 내고 있었거든."

"회장님!"

그가 다정하게 그녀의 머리카락을 넘겨주었다.

"괜찮은 거야?"

"네."

"걱정했어."

"알아요."

"나 때문에 항상 상처를 입는군."

그가 묶여 있던 그녀의 손목에 난 상처를 보며 말했다.

"괜찮아요."

"내가 괜찮지 않아."

그의 목소리에 살기가 느껴졌다. 진짜 용서하지 않을 모양이었다.

"어떻게 하실 거예요?"

"유 여사까지 감옥행이지 뭐."

"그건 너무한 일인 것 같아요. 저도 괜찮고 하니까 유 여사님은 용서해 줘요. 자식 일에 가만히 있을 부모는 없어요."

"아이 엄마같이 말하는군."

"부탁이에요."

"안 돼."

신우가 그의 품에 파고들었다.

"이런다고 내가 용서할 줄 알아?"

신우가 그의 입술에 자신이 입술을 가져다 댔다.

"뭐 하는 짓이지?"

"아부요."

"이런 아부는 받을 만하군."

그가 이렇게 말을 하면서 그녀의 입술을 덮었다.

"조금 더 자."

"출근 안 해요?"

"오늘은 일요일이야."

"아!"

그녀가 다시 그의 품에 파고들었다.

"자꾸 이러면 잠을 더 이상은 못 자는 수가 있어."

"알았어요."

신우는 말 잘 듣는 아이가 되어 그의 품 안에서 다시 깊은 잠에 빠져들기 전에 아버지를 생각했다. 이번의 납치 사건은 비밀로 할 것이다. 때로는 모르는 게 나은 일도 있었다. 신우는 오랜만에 긴장을 풀고 깊은 잠을 청했다.

입이 바짝바짝 말라가고 있었다. 서 형사가 사라진 것이었다. 분명히 홍 회장이 빼돌린 게 확실한데 아무런 반응이 없었다.

"이제 어떻게 하냐고? 우리 홍 사장 어떻게?"

유 여사는 자신의 방에서 정신없이 움직이고 있었다. 홍 회장이 언론에라도 흘리는 날에는 유 여사 본인도 감옥에 들어가야 했다.

"그럼 우리 미란이는 누가 돌봐주지."

유 여사는 자신의 손톱을 물어뜯으며 정신없이 방 안을 돌아다녔다.

윙—

서 형사를 놓친 멍청한 녀석들에게서 전화가 왔다.

"찾았어?"

[죄송합니다.]

"죄송하다고 말을 하면 다야? 니들이 여자 하나 지키지도 못하면서 조폭이라고 할 수 있어?"

[……]

"됐고! 이번 일은 나는 모르는 일이니까 그렇게 알고 잘해. 안 그러면 교도소에 들어가도 책임 안 질 테니까."

전화를 끊고 나서도 유 여사는 불안한지 계속해서 방 안을 왔다 갔다 했다.

"전화가 왔습니다."

"누군데?"

"변호사님입니다."

"알았어."

유 여사는 전화를 받았다.

"여보세요?"

[홍 회장님 측에서 탄원서를 제출하신 모양입니다.]

"무슨 탄원서?"

[홍 사장님이 시킨 일이 아니니 풀어달라는…….]

"거짓말."

[네? 아닙니다.]

"조금 있으면 취소할 거예요."

[아닙니다. 홍 회장 측 변호사와 방금 통화했습니다.]

이해할 수가 없었다.

"확실한 건가요?"

[네.]

"알았어요."

이상한 일이었다. 유 여사는 어떻게 된 일인지 확인하기 위해서 홍 회장에게 전화를 걸었다.

[네, 유 여사님.]

홍 회장의 목소리가 차분했다.

[놀라셨죠? 세상일이 다 그런 겁니다.]

"지금 뭘 하자는 거야?"

[피를 말린다는 게 어떤 건지 보여줄 테니 기대하셔도 좋을 것 같습니다. 처음에는 하도 서 형사가 엄마의 마음을 알아달라고 사

정을 해서 그냥 그렇게 넘어가려고 했는데 생각해 보니 자식을 잘 못 키운 것도 생각을 해야 할 듯합니다.]

"뭐야?"

[그렇게 딸이 많은 잘못을 할 동안 한 번의 야단도 치지 않고 그 장단에 맞춰주신 분 아닙니까? 그것도 용서해서는 안 되는 거죠. 저 말고도 다른 사람들도 그런 식으로 괴롭히지 않았다고 장담할 수 없죠.]

"홍태훈!"

[오늘 차우철하고 홍 사장의 대질이 있는 날인데 차우철은 철저 하게 홍미란의 지시를 받아 했다고 주장하고 있다던데요. 저한데 이렇게 한가로이 전화를 걸 시간에 차우철을 설득하는 게 더 나은 방법인 것 같습니다.]

"뭐, 뭐? 천출인 주제에 어디서 훈계질이야?"

[교도소에 간 살인자 딸을 둔 주제에 어디서 큰소립니까? 이렇 게 하시면 탄원서도 빼버릴 테니 입조심하세요!]

홍 회장의 말에 반박을 할 수가 없었다. 약이 올라 미칠 것 같은 유 여사였다.

[제가 더 멋진 사실 하나 알려 드릴까요? 서 형사 일을 아버지 가 아셨습니다. 이번엔 이혼을 원하신다고 하시는데 걱정입니다. 잘하면 위자료 한 푼 받지 못하고 쫓겨나실 듯합니다. 그럼 전화

끊습니다. 제가 바빠서.]

"홍태훈!"

전화는 끊겼다. 유 여사가 제일 두려워하는 일이 벌어졌다. 남편이 그녀를 버리려 하고 있었다. 원래 부부관계는 몇십 년 전에 끝이 났지만 한 번도 이혼에 대한 이야기는 하지 않았다. 그녀가 이혼을 한다면 그녀의 친정 또한 흔들릴 것이다.

다들 혜성그룹 덕을 보며 살고 있으니까 말이다.

"안 돼."

그녀는 머리를 감싸고는 바닥에 주저앉았다. 앞으로 벌어질 일들이 너무나 두려웠다.

신우는 홍 회장이 출근을 한 집에 혼자 남아 있었다. 아버지께 당분간 여행을 다녀온다며 걱정하지 말라는 전화를 드리고 나서는 방 안에 그냥 멍하게 앉아 있었다. 뭘 해야 할지 암담했다.

납치를 당하고 몇 번의 부상을 당하다 보니 사람을 대하는 데 트라우마가 생긴 것 같았다.

똑똑.

오 집사가 방으로 들어왔다. 손에는 쟁반이 들려 있었다.

"아직 뭘 먹고 싶은 생각이 없습니다."

"약을 드시려면 이걸 드셔야 합니다."

오 집사의 말은 단호했다.

"네."

그녀는 할 수 없이 전복죽을 먹기 시작했다.

"다 드셔야 합니다."

"네."

"이따 오후에 한의사가 올 예정입니다."

"한의사요?"

"네, 회장님이 정기적으로 한약을 드시는데 이번엔 서 형사님과 같이 지으신다고 해서요."

"전 한약 못 먹습니다."

한약은 써서 싫었다. 하지만 지금 먹는 전복죽은 완전 예술이었다. 이렇게 뭔가를 맛있게 먹어본 적이 없었다.

"저기 이거 더 있나요?"

"더 드시고 싶으십니까?"

"전 죽 원래 잘 안 먹는데 맛있네요."

"기다리십시오."

"그리고 오렌지주스도 있으면 한 잔 부탁드립니다."

"네."

오 집사의 표정이 아주 희한했다. 오 집사가 나가고 신우는 투덜거렸다.

"죽 한 그릇 더 먹는다고 싫은 내색 하는 거 봐."

잠시 후에 오 집사가 가져다준 죽 한 그릇까지 모두 비운 신우는 자꾸만 졸음이 와서 소파에서 꾸벅꾸벅 졸았다. 온몸이 나른한 게 이상했다. 며칠 전부터 몸이 가라앉는 느낌이었다. 그런데 오늘은 좀 심한 것 같았다.

"아아암."

그녀는 기지개를 켜고는 소파에 누워 쪽잠을 청했다.

"서 형사님."

오 집사가 부르는 소리에 신우는 소파에서 벌떡 일어났다.

"회장님 도착하셨습니다."

"아, 네."

갑자기 그녀에게 깍듯하게 대하는 오 집사였다.

"나갑니다."

그녀가 벌떡 일어나려다가 빈혈 때문에 다시 주저앉자 오 집사가 놀란 얼굴로 그녀를 살폈다.

"괜찮으십니까?"

"네, 요즘 운동을 안 했더니 체력이 바닥난 것 같아요."

"그러십니까?"

"네."

그들은 현관 쪽으로 나란히 걸어갔다.

"회장님께서 많이 괴로워하셨습니다."

"네?"

"김은별 씨 만날 때 말입니다."

"김 사범이요?"

아니, 김 사범하고 밥 한 번 먹은 것까지 알다니 너무하다는 생각이 들었다.

"네, 매일 술을 드셨습니다."

"왜요? 우리는 그냥 친군데……."

"홍 회장님께서 서 형사님을 아주 많이 좋아하십니다. 평생을 모시면서도 그런 모습은 한 번도 못 봤습니다."

"……."

오 집사가 갑자기 이해하기 어려운 말을 하고 있었다.

"우리 회장님을 어떻게 생각하십니까?"

"……."

"좋아는 하시죠?"

"네, 아주 많이 좋아하죠. 하지만 전 부담스러운 사람은 싫습니다."

"다른 여자분들은 우리 회장님을 차지하기 위해서……."

"그건 그 여자분들의 얘기고요."

"그럼 더 이상의 관계는 갖지 않으실 겁니까?"

그때 현관문을 열고 홍 회장이 들어왔다. 그리고 한의사로 보이는 남자도 같이 들어왔다.

"두 사람 다 얼굴이 왜 그렇게 어둡지?"

"다녀오셨습니까?"

"둘이 싸웠어?"

"아닙니다."

오 집사는 차갑게 말했다. 아마 그녀의 대답이 마음에 들지 않은 모양이었다.

"밥 먹기 전에 진맥부터 할까요?"

"네."

그녀와 홍 회장, 그리고 한의사가 거실 소파에 앉았다.

"자주 피곤하시죠?"

"네."

"간 쪽에 열기가 많습니다. 다른 곳은 괜찮으시고요. 약은 3개월 치를 보내 드리겠습니다."

한의사가 종이에 뭐라고 적기 시작했다.

"산삼을 드신다고요?"

"아뇨?"

"제가 해먹일 겁니다."

"체질에 맞는지 보겠습니다."

그가 이번에는 그녀의 맥을 짚었다. 한참을 이쪽저쪽 손을 왔다 갔다 하며 진맥을 짚고는 조심스럽게 말을 꺼냈다.

"당분간 한약을 드시면 안 됩니다."

신우는 한약을 안 먹어도 된다는 말에 환호성을 지를 뻔했다.

"진짜 안 먹어도 돼요?"

"네."

"나이스!"

신우의 몸짓에 한의사가 웃음을 터트렸다.

"산삼도 안 됩니까?"

"구입하셨으면 회장님께서 드십시오."

"저요?"

"네, 확실한 건 아니지만 쌍둥이를 키우시려면 체력이 중요하니까요. 참고로 저도 쌍둥이 아빱니다."

한의사의 말에 신우와 홍 회장은 영혼이 가출한 듯한 표정을 지었다.

"그러니까 지금 신우가 아이를 가졌다는 말씀이십니까?"

"네, 자세한 건 산부인과에 가보시는 게……."

홍 회장이 신우를 안아 들고는 밖으로 그대로 나가는 바람에 오 집사와 한의사는 난감한 표정을 지었다. 그다음부터 신우는 마치 뭐에 홀린 듯 정신이 하나도 없이 몸만 돌아다니고 있는 것 같았다.

저녁 8시가 넘어서 그는 혜성병원의 산부인과 병동을 들었다 났다. 혜성병원장이 퇴근했다가 다시 들어왔고 병원 자체에 초비상이 걸렸다.

"3개월이 다 되어가는데 모르셨습니까?"

의사가 신기하다는 듯이 물었다.

"그러니까 제가 운동을 심하게 하면 생리를 건너뛰는 일들이 많아서 신경을 쓰진 않았어요. 그런데 몸이 다른 때와는 다르게 나른하긴 했죠."

"이 상황에서 칼로 찔리고 수술도 하고요?"

"네, 진통제도 많이 먹었는데 괜찮을까요?"

"검사 결과는 이상이 없습니다. 당분간은 약을 드시면 안 됩니다."

"네."

"쌍둥이라고요?"

그녀의 배 위에 초음파 기기를 대자 검은 동그라미 2개가 선명하게 보였다.

"아기 주머니고요. 이건 아기 심장 소립니다."

쿵쾅쿵쾅쿵쾅.

두 명의 심장 소리다 보니 소리가 우렁차게 들렸다.

"아기들은 건강합니다."

그녀의 눈에 눈물이 가득했다. 그녀가 엄마가 되는 순간이었다. 그것도 쌍둥이 엄마였다.

"축하드립니다."

의사가 그에게 말했다.

"감사합니다."

홍 회장은 뭐가 그리 좋은지 싱글벙글이었다.

"여잔가요? 남잔가요?"

"아직 모릅니다."

"가르쳐는 줄 거죠? 난 딸 쌍둥이가 좋은데……."

신우는 홍 회장의 어이없는 모습을 넋을 놓고 보고 있었다. 초음파 사진을 들고 보면서도 신우는 믿어지지 않았다.

"엄마라니……."

"고생했어."

"……."

"우리 빠르게 식부터 올리자."

"식이요?"

"우리들의 결혼식 말이야. 아이들을 아빠 없이 키울 거야?"

그건 말도 안 되는 일이었다. 홍 회장처럼 훌륭한 아빠를 아이들에게서 뺏을 수는 없었다.

"왜 대답이 없어?"

"지금 상황이 좀 얼떨떨해서……."

"혹시 김 사범인가 하는 놈을 마음에 두고 있는 거 아니야?"

"아뇨."

신우는 단호하게 말했다.

"그런데 왜 대답을 못 해?"

"아버지에게 이야기도 해야 하고……."

"그건 내가 해."

"아니, 솔직하게 명예회장님이나 사모님도 절 반대하실 텐데……."

"왜 반대한다고 생각하지?"

"그야 제가 평범한 사람이니까."

"신우는 나에겐 특별해."

섹스 파트너로는 특별하게 생각할 수 있겠지만 어른들은 그게 아니었다. 신우의 얼굴 표정이 안 좋아지고 있었다.

"아이들이 행복했으면 해요."

"당연하지."

그는 차를 몰고 가면서도 흥분한 상태였다. 그리고 신호가 걸릴 때마다 그녀의 배 위에 손을 올려놓으며 신기해했다. 지금 신우 자신도 신기한데 그는 오죽할까라는 생각이 들었다.

"이상해요."

"뭐가?"

"내 뱃속에 생명이 있다는 게 말이에요. 그런데 어제 그렇게 뛰고 약까지 먹었는데 불안하기는 해요."

"내가 유 여사를 어떻게 하는지 봐. 내 자식들을 위험에 빠뜨린 여자야."

"……."

홍 회장의 눈에서 살기가 쏟아져 나오고 있었다.

"홍 회장님, 있잖아요. 아이들을 위해서 이번 일은 그냥 넘어가요. 다 같은 가족이잖아요."

"신우야."

"부탁할게요."

신우는 지금 조용히 아이들에게만 신경을 쓰고 싶었다. 집안이 더 이상 시끄러워지는 걸 원하지 않았다.

"엄마가 준 선물 같아요."

신우는 자신의 배를 쓰다듬으며 하늘의 엄마에게 감사함을 표했다. 그와의 인연은 어떻게 될지 모르겠지만 지금 뱃속의 아이들은 그녀를 10살 아주 행복했던 때로 그녀의 삶을 되돌려놓을 거라는 걸 알았다.

이제 행복의 제자리로 돌아가는 일만 남았다.

12. 다 가진 자

　신우는 커다란 창 아래 있는 거실의 수영장에 발을 담그고 햇빛
을 받으며 앉아 있었다. 어제는 너무나 정신이 없어서 집으로 돌
아오자마자 깊이 잠이 들었었다. 아침에 홍 회장이 출근을 하고
나자 신우는 복잡한 머리로 이 생각 저 생각을 했다.

　"서 형사님."

　"네?"

　오 집사가 그녀를 불렀다.

　"이거 드십시오."

　그가 주스 한 잔을 내밀었다.

　"어제 오렌지주스를 아주 맛있게 드시기에 준비했습니다."

"감사합니다."

신우는 오 집사가 직접 짠 신선한 오렌지주스를 단번에 마시고는 잔을 오 집사에게 건넸다.

"임신 중에 요가를 하면 좋다고 해서 내일부터 요가 선생님을 집으로 모실까 하는데 어떠신지 여쭙니다."

"집으로요? 제가 가도 되는데."

"회장님께서 혼자서는 어디도 내보내지 말라는 지시를 내리셨습니다. 서 형사님을 위한 경호팀이 따로 꾸려질 때까지는 외출이 금지됩니다."

"아버지께 가봐야 하는데……."

"조만간 집으로 모시고 올 예정이십니다."

"아버지를요?"

"네."

임신 얘기를 아버지에게 한다는 게 영 마음에 걸렸다. 당신 딸은 아주 착하게 커서 그런 일은 모른다고 생각하실 텐데, 이건 얌전한 고양이가 부뚜막에 먼저 올라간 꼴이었다.

"후."

한숨이 나왔다.

"더 쉬시겠습니까?"

"네, 그런데 어제 제게 하신 말씀이 있으시지 않습니까?"

오 집사가 그녀를 바라보았다.

"김 사범이요."

"아, 그분."

오 집사의 얼굴에 미소가 지어졌다.

"홍 회장님께서 한동안 마음고생이 심하셨습니다."

"왜요?"

"장미로 집 안을 장식하고 목걸이를 준비하시던 날 회장님 때문에 제가 좀 고생을 했었습니다."

"그거 오 집사님 작품이에요?"

"아뇨, 전 그저 도와드렸을 뿐이지 저라면 그렇게 하지 않습니다. 요즘 유행하는 오만 원권 꽃바구니를 줬겠죠."

"저도 그게 더 마음에 들 뻔했네요."

꽃들을 치울 때를 생각하자 웃음이 났다.

"하루 종일 꽃집들을 돌아다니시고 목걸이를 찾아다니시느라 그날 하루 우 실장이 화가 단단히 났었다고 얘기 들었습니다. 저한테도 어찌나 많은 걸 물어보시는지 그날 저도 일을 제대로 할 수가 없었습니다."

그런데 그녀가 거절을 했었다.

"그런데 저녁에 집으로 돌아오신 회장님은 굉장히 화가 많이 나셨습니다. 그 후로는 거의 집에서 말 한마디를 안 하셨고 저 또

한 눈치 보기에 바빴습니다."

"설마요."

"그러더니 어느 날부턴가 서재에 서 형사님 사진이 붙기 시작했습니다."

"제 사진요?"

"지금도 있을 겁니다."

서재에서 그녀의 사진을 본 기억이 없었다.

"그쪽이 아닙니다. 서재가 한곳 더 있습니다."

그렇게 말을 하며 그녀를 커다란 서재가 아닌 작은 공부방 같은 곳으로 데리고 갔다. 그곳에는 책상과 컴퓨터 그리고 서류들이 가득했다. 그리고 한쪽 벽 가득 그녀의 사진이 붙어 있었다.

"요즘은 이곳에서 대부분의 시간을 보내십니다."

진짜 웃긴 건 김 사범의 얼굴에 다트가 꽂혀 있다는 것이었다.

"살벌하네요."

"맘고생이 심하셨죠. 어릴 때부터 사랑을 받고 자라질 못하셔서 남에게 사랑을 줄 줄 모르시는 분입니다. 그런데 서 형사님께만은 아주 달랐습니다. 평생을 모신 제가 보기에도 서 형사님은 회장님께 특별한 분이신건 확실합니다."

"……."

뭐라 답을 해야 할지 몰랐지만 사진들을 보니 웃음이 나오긴 했다. 그가 그녀를 이렇게 생각하는 줄은 꿈에도 생각하지 못했다.

"서툴지만 진심으로 좋아하시는 건 알아주셨으면 합니다."

"저는 어른들의 기대에 못 미치는 사람입니다. 거기다가 아이들까지 가졌으니 더 눈 밖에 나겠지요."

"아닐 겁니다. 명예회장님께서 젊었을 때 여자 관계가 좀 복잡하셔서 그렇지 그렇게 막무가내인 분은 아니시고 작은사모님께서도 아주 성품이 좋으신 분입니다. 두 분 다 회장님이 좋다고 하시면 반대는 없으실 겁니다."

띵동!

벨소리가 요란하게 서재 안까지 들렸다. 그들이 서재에서 나가자 명예회장과 홍 회장의 어머니인 김 여사가 집 안에 들어와 있었다.

"안, 안녕하십니까?"

놀란 신우가 얼른 인사를 하자 김 여사가 다가와서 신우의 손을 잡았다.

"우리 아들 목숨을 구해준 것도 감사한데 아이까지 갖다니 대단해요."

"……"

"너무 고마워요."

"에이, 신파 찍지 말고 우리 새아기 맛있는 거나 먹여."

"네."

분명히 홍 명예회장이 그녀를 새아기라고 불렀다. 아직도 얼떨떨한 신우였다. 이건 그녀가 생각했던 삼류 막장드라마의 시나리오가 아니었다. 재벌가의 며느리는 같은 재벌가의 사람이 되는 게 당연하다고 생각했는데 혜성그룹은 좀 다른 것 같았다.

"우리 태훈이는 여자 문제만큼은 날 안 닮았다. 그건 내가 보장하지."

"여보."

며느릿감 앞이라서 그런지 김 여사가 주의를 주었다.

"내가 없는 말을 했나?"

"그래도 새아기 앞인데……."

"괜찮습니다. 홍 회장님의 마음은 잘 알고 있으니까요."

"그래, 어떠냐?"

"뭐가 어떠냐는 말씀이신지?"

"우리 아들이 어떠냐고?"

"사랑하고 있습니다."

그녀는 그에게도 하지 않은 말을 하고야 말았다. 그것도 아주 자연스럽게 말이다.

"다행이야. 서로 좋아한다니 말이야."

그때였다. 꽃다발을 한 아름 안고 홍 회장이 들어왔다.

"우리가 눈치 없이 온 것 같군."

"아닙니다. 아버지."

"아니긴. 얼굴에 불만투성이인 걸."

그는 꽃다발을 무뚝뚝하게 그녀에게 건넸다.

"고마워요."

그런 그의 모습이 오늘따라 사랑스럽게 느껴졌다.

"저녁이나 먹고 가려고."

"말씀을 하시고 오셨으면 제가 근사한 곳을 예약해 놓았을 텐데요."

"집이 가장 근사한 곳이야. 오 집사, 오늘 반찬은 뭔가?"

명예회장이 오 집사를 보며 물었다.

"오늘은 갈비를 준비했습니다. 서 형사님께서……."

"서 형사라니, 이제는 작은사모라고 불러."

작은사모라는 말에 신우는 깜짝 놀랐다.

"그러면 작은사모님은?"

"큰사모님이라고 해."

"네?"

"난 유 여사랑 이혼할 거야."

회장이 폭탄선언을 했다.

"아무리 생각을 해도 두 여자는 이해하기가 힘이 들어. 그리고 사회의 혹독함을 맛봐야지. 어줍지 않은 갑질은 무슨, 을이 되어야 정신들을 차리지."

명예회장이 단단히 화가 난 것 같았다.

"이런 얘기 그만하고 오늘같이 기쁜 날 와인이라도……."

"여보."

"알았어, 알코올 금지령인 거 안다고."

명예회장과 김 여사는 아주 사이가 좋아 보였다. 저렇게 알콩달콩 사니 유 여사가 핏대를 세울 수밖에 없었을 것이다. 진작 이혼을 결정했어야 했다.

저녁을 빠르게 드신 어른들은 혜성호텔로 향하셨다. 빌라에 방도 많은데 쉬시고 가라 해도 눈치가 보인다며 호텔로 가셨다. 모두가 가고 그와 그녀 둘만 거실에 있게 되었다.

"꽃이 너무 예뻐요."

"그렇지?"

"네, 꽃 고르느라 신경 써줘서 고마워요."

"별말씀을."

신우가 그에게 미소를 짓자 그의 눈동자가 욕망으로 짙어지기 시작했다.

"야한 생각 했죠?"

"아니."

목소리까지 꽉 잠겨 있었다.

"진짜요?"

"응."

"난 야한 생각 했는데 그동안 못 해서 아쉽기도 하고⋯⋯."

그의 입술이 그녀의 입술을 덮었다. 오픈된 공간인 거실이었다. 아무리 아줌마들이 퇴근을 했다고 하지만 오 집사님도 왔다 갔다 하는데 그는 아랑곳하지 않고 그녀의 입술을 삼켜 버렸다.

"으으음."

그래도 오늘은 너무나 좋았다. 그가 아직 그녀에게 마음을 고백하지 않았지만 아까 그의 작은 서재에서 보았던 사진들은 많은 이야기를 해주었다. 신우가 홍 회장의 목을 꽉 끌어안으며 적극적으로 그에게 키스를 돌리느라 숨을 쉴 타임을 놓쳐 버렸다.

"헉헉."

그도 그녀도 모두 가쁜 숨을 몰아쉬며 서로를 응시했다. 그의 손길이 그녀의 목으로 향했다. 그가 선물한 목걸이를 그대로 하고 있었다.

"예쁘네."

"멋진 남자가 골라준 거니까요."

"어떤 놈인지 안목은 좀 있군."

"그러게요. 그런 놈을 고른 저도 안목이 있죠."

"그런 놈."

그가 그녀를 놀리고 있었다.

"이거."

그가 또 뭔가를 그녀의 손에 툭하고 올려놓았다.

"뭐예요?"

"……."

그녀는 상자를 열어보고는 깜짝 놀랐다. 다이아몬드가 다섯 개씩 열 개가 박힌 쌍가락지였다.

"이게 뭐예요?"

"결혼반지. 쌍둥이를 가졌으니까 쌍가락지야."

"오올, 세 쌍둥이를 가졌으면 세쌍지를 받았겠네요?"

"응."

그는 너무나 단순하고 명쾌하게 답을 했다.

"다이아몬드예요?"

"응, 5부짜리 10개야."

남들은 결혼식 때 하나 받는 5부짜리를 그녀는 10개나 받은 것이었다.

"너무 많아요."

"사실 7개짜리를 찾았는데 10개짜리뿐이더라고."

"왜 7개예요?"

"행운의 상징이니까."

그의 이유는 너무나 단순했다. 하지만 바로 뒤에 반전이 있었다.

"난 반짝반짝한 아이를 일곱 명 낳고 싶어."

"미쳤어요? 어떻게 일곱을 낳아요?"

"할 수 있어. 그래서 태명도 빨강이 파랑이라고 지었어."

"회장님, 반지 받으세요."

그녀가 반지를 내밀자 그가 웃으며 그녀의 입술에 키스를 했다.

"내가 잘할게."

"할 말이 그것뿐이라면 전 이 결혼 못 합니다."

"……."

그의 얼굴에 당황한 표정이 역력했다.

"이렇게 돌려서 말하지 마. 난 못 알아듣는다고. 지난번에 그래서 내가 얼마나 상처 받았는지……."

"사랑해요."

그녀가 선제공격에 나서자 그는 핵폭탄을 맞은 표정이었다.

"그러니까……."

"사랑한다고요. 그동안은 내가 무서워서 말하지 못했어요. 당신하고 사는 세계가 다르다고 생각했으니까."

"……."

그는 아직 멍한 표정이었다.

"당신은 어때요?"

"서신우, 이 못된 여자야. 내가 할 말을 먼저 하면 어떻게 해?"

"내가 먼저 했나요?"

"그래, 나도 사랑해. 처음 엘리베이터에서 그 놀라운 각선미를 보일 때부터 사랑했어."

"그랬어요?"

"응."

"그날 날치기범 잡느라 엉망이었는데……."

"난 신우의 그런 역동적인 모습이 좋은가 봐."

"독특한 걸 좋아하나 봐요."

"그런가 봐. 우리 빨강이하고 파랑이 놀라지 않게 오늘 뜨거운 밤을 보내고 싶은데."

"저도 기대하던 바예요."

그의 손에 이끌려 그녀는 그들의 침실로 향했다. 누가 먼저랄 것도 없이 서로 급하게 옷을 벗어 던진 그들이었다.

"여긴 언제 다친 거야?"

그가 그녀의 팔에 난 칼자국을 손가락으로 짚었다.

"이건 칼자국이 아니라 총상이에요."

"총상?"

"네, 우리나라에 몇 안 되는 총상을 입은 경찰이라고요. 몇 년 전에 마약사범 단속 나갔다가 러시아 마피아가 쏜 총에 맞았어요. 스치긴 했지만 지금 생각해도 아찔한 순간이었죠."

"이건?"

"이건 지난번에 본가 수영장에서 칼에 스친 거고요."

"그럼 이건?"

그가 이번에는 손가락이 아닌 입술로 상처를 찍었다.

"그건 백까치 칼에 찔린 거잖아요."

"그럼 이건?"

그의 입술이 그녀의 검은 숲을 헤치고 있었다.

"거긴 한 사람만 들어갈 수 있는 곳이죠."

"그런가?"

"아흐."

그의 혀가 그녀의 검은 숲을 가르고 들어왔다. 무릎을 꿇고 서 있는 그녀의 여성을 공격하는 그는 진짜 짐승 같은 욕구를 가진 게 분명했다. 섹스에 있어서만큼은 그는 혜성그룹의 회장이 아닌 한 남자로서의 강한 욕구를 드러내고 있었다.

그의 혀가 그녀의 클리토리스를 찾아내서는 열심히 핥고 있었고 그녀는 다리의 힘이 풀려 서 있기도 힘이 들었다.

"아아아."

그녀의 손이 그의 머리카락을 잡았다.

"좋아?"

그가 묻자 그녀는 고개를 계속 끄덕였다. 그가 그녀를 갑자기 안아 들고는 침대가 아닌 커다란 화장대 위에 앉혔다. 거울이 사방에 있어서 그들의 모습을 그대로 볼 수가 있는 곳이었다.

"얼굴을 봐. 얼마나 야한지. 내 영혼이 흔들리고 있어."

그녀는 자신의 얼굴을 거울을 통해 보았다. 붉게 상기된 볼과 약간 벌어진 두툼한 입술 그리고 욕망으로 짙어진 눈을 가진 낯선 모습의 여인이 그녀를 보고 있었다.

"저게 난가요?"

"날 홀린 여우야."

그가 이렇게 말을 하며 그녀의 가슴을 빨기 시작했다. 거울에 비친 그들의 모습은 음란한 영화를 보는 것과 같았다. 그가 그녀의 다리를 활짝 벌리자 자신의 여성이 거울을 통해 보였다.

"예뻐."

"그런 말 하지 말아요."

화장대 위의 그녀는 아주 섹시한 여인이었다. 그가 그녀의 다리를 벌린 후에 그녀의 여성을 핥는 모습 또한 그대로 비춰지고 있었다. 낯 뜨거운 장면이었지만 그래서 더 자극을 받은 신우였다.

"아아아."

그의 혀가 그녀의 질 안으로 들어왔다. 부드러우면서도 단단한 그의 혀가 그녀를 미치게 하고 있었다.

"너무 흥분하면 자궁에 수축이 올 수 있다고 했어요."

그녀의 말에 그가 몸을 일으켰다.

"이제 그만 넣어줘요."

그녀의 애원에 그가 자신의 발기한 페니스를 그녀의 촉촉하게
젖은 질에 밀어 넣었다. 단번에 들어간 그의 페니스는 그녀의 자궁
벽을 긁으며 들어가서는 그녀를 쾌락의 늪에 빠져들게 만들었다.

그의 움직임 하나하나가 그녀를 자극하고 있었다.

"아흐."

미칠 것 같았다. 최고의 오르가슴이 찾아오고 있었다. 그녀가
그가 빠져나가지 못하게 엉덩이를 양손으로 잡았다.

"마녀 같으니라고."

그는 이를 악물며 이렇게 말했다.

"미치겠어요."

오늘은 그가 최대한 자제를 하며 허리를 움직였다. 아이가 다치
지 않게 배려를 하며 서로의 욕망을 채워가는 중이었다.

"언제까지 이래야 하지?"

"아이 낳을 때까지요. 쌍둥이라 더 조심해야 해요."

"보기만 해도 갖고 싶은데 이를 어쩌지."

"조심하면서 하면 돼요."

"안 하겠다는 말은 안 하는군."

그는 이렇게 말을 하면서도 부드럽게 허리를 돌리고 있었다. 그와의 섹스는 그녀를 미치게 만들었다. 그 쾌감이 좋고 자극이 좋았다. 섹스를 다른 사람과 해보지 않았지만 홍 회장과의 섹스가 최고일 거라는 건 믿어 의심치 않았다.

거울로 그의 근육들의 움직임이 그대로 보이고 있었다. 그의 이마에 땀방울이 맺히고 그의 등 뒤로 땀이 흘러내렸다. 그가 자제를 하는 통에 그의 근육들이 평소보다 더 긴장을 하고 있는 것 같았다.

"너무 좋아. 더 깊이 넣어줘요."

그녀의 입에서 애원의 목소리가 흘러나왔다.

"아흐, 깊이……."

"안 돼. 하지만 나도 깊이 들어가고 싶어."

그가 아이들 때문에 안 된다는 말을 하고 있었다. 그는 슬슬 마지막을 향해 달리기 시작했다. 그리고 마침내 그녀의 안에 자신의 분신들을 쏟기 시작했다.

"아아윽."

그의 입에서도 신음이 터져 나왔다. 그가 그녀를 안아 들고는 욕실로 향했다. 커다란 창문에 욕실은 둘이 들어가고도 남을 크기의 대형 욕조가 있었다. 그는 따뜻한 물을 받고는 그녀와 함께 욕조 안으로 들어갔다.

그가 그녀를 다리 사이에 앉히고는 뒤에서 안았다.

"좋아요."

나른한 느낌이 들었다. 그가 그녀의 가슴을 어루만졌다.

"가슴이 커졌어."

"알아요. 지금 입는 속옷이 작아졌거든요."

"쇼핑 갈까?"

"아뇨, 저 혼자 갈 수 있어요."

"내가 같이 가고 싶어."

"좋아요. 그 대신에 너무 많이 사면 안 돼요."

"알았어."

그가 그녀의 커진 가슴을 손으로 감쌌다.

"사랑해."

갑작스런 그의 고백에 하마터면 눈물을 흘릴 뻔했다.

"나는 너무 행복한 남자인 것 같아."

"왜요?"

"사랑하는 사람을 만났잖아."

"다 가졌네요. 당신은?"

"그렇지 돈도 사랑도 권력도 다 가진 남자지."

그가 낮은 목소리로 웃었다.

"당신은 언제 봐도 멋진 거 알아요? 나도 이렇게 사랑하는 사람을 만났으니 다 가진 사람이네요?"

"당신은 더 행복한 사람이지. 다 가진 남자를 유일하게 가진 여자니까."

그가 그녀의 고개를 살짝 돌려 입술에 깊은 키스를 했다.

"사랑해요."

"나도 사랑해."

둘은 어두움이 내려앉은 하늘을 바라보며 서로를 느끼고 있었다. 그녀의 손가락에서 그의 결혼반지가 유난히 반짝이고 있었다. 신우는 생각했다. 다른 누구의 결혼생활보다 그녀의 결혼이 행복할 거라는 걸 말이다.

밤하늘의 별을 보며 그녀는 다짐했다. 이 남자만을 바라보고 평생을 살겠다고 말이다. 어두운 하늘에 유난히 반짝이는 별 하나가 그녀를 지켜주는 엄마별이라 생각하며, 그녀는 엄마를 향해 잘살겠다고 다짐에 다짐을 했다.

"뭘 그렇게 생각해?"

"당신이요."

"그럼 많이 생각해."

그의 말에 그녀는 또 한 번 행복한 미소를 지었다. 그리고 이 미소가 영원하길 기도했다.

에필로그

"홍은결."

"네."

대답과 동시에 같은 옷을 입은 남자아이 둘이 똑같이 손을 들었다.

"홍예결."

"네"

이번에도 똑같이 손을 든 쌍둥이를 사이에 두고 시어머니와 시아버지 그리고 친정아버지까지 돋보기를 끼고 보고 있었다. 닮아도 너무 닮은 쌍둥이 때문에 어른들은 매번 이렇게 아이들에게 당하고 또 당했다.

"은결이 예결이 자꾸 이러면 엄마한테 혼나."

"네, 제가 은결이고 얘가 예결이에요."

"홍예결!"

또다시 장난을 치는 녀석을 신우가 혼냈다. 다섯 살인 쌍둥이는 여전히 구별이 어려웠다. 그나마 신우와 태훈만이 아이들을 구별할 수 있었다. 아니, 한 사람 더 있었다. 오 집사님은 아이들을 부모보다 더 잘 구별하셨다.

"다음부터는 오 집사님께 물으세요. 녀석들이 장난을 치니까요."

녀석들의 귀를 잡아 혼을 내며 신우가 말했다.

"힘들지 않니?"

배가 산처럼 부풀어 오른 그녀를 보며 시어머니가 걱정 어린 말을 했다.

"이번에도 쌍둥이라니 참……."

"왜요, 전 좋은데요. 그리고 이번엔 여자아이들이라니 참 좋아요."

아이들의 태명은 주황이와 노랑이였다. 일곱 명을 낳겠다는 홍 회장의 뜻이 반영된 거였다.

"그래서 일곱을 낳을 거야?"

"뭐 현재 속도로 봐서는 힘이 들 것 같긴 하지만 저도 아이들이 많은 게 좋아요."

"나는 걱정이 되는 게 이번에도 일란성이면 정말 힘이 들 것 같구나."

"저도 그럴 것 같아요."

아이들이 자라면서 개구쟁이가 되어서는 어른들을 놀리는 재미에 빠져 있었다.

"은결아, 아빠 모셔와."

"아빠 자."

"깨워."

"싫어, 아빠 깨우면 안 돼."

"왜?"

"그러면 초콜릿 안 준다고 했어."

"엄마한테 말하지 말라고 했잖아, 바보야."

예결이 은결이에게 한소리를 했다. 아이들이 또래의 아이들보다 확실하게 똑똑했다. 머리서부터 발끝까지 아이들은 아빠와 똑같았다.

"빨리 가서 깨워. 아침 드시라고."

어제 폭음을 하고 들어온 그는 오늘 일요일이라고 완전 뻗어버렸다. 어른들이 다 오셨는데 신우는 민망했다.

"괜찮아, 자게 둬."

"그래도……."

"요즘 혜성그룹 상반기 성장률이 최고치라서 여기저기 회식이 많아서 그래. 젊으니까 가는 거지 늙으면 아무리 회장이라도 회식 자리 안 끼워줘."

시아버지가 홍 회장의 편을 들어주었다.

"식사하세요."

그녀는 이렇게 말을 하고는 남편을 깨우기 위해 침실로 들어갔다. 침실 안에 술 냄새가 났다.

"홍태훈 씨!"

"으음."

"빨리 일어나요."

"5분만."

요즘 들어 아침에 깨우기가 힘이 든 홍 회장이었다.

"어른들 다 오셨다고요."

"알아."

"알면서 이래요?"

"응."

그가 그녀를 침대로 당겼다. 만삭인 그녀는 중심을 잃고 그에게로 곧장 안겼다. 그는 신우를 자신의 옆에 누이고는 꼭 끌어안았다.

"좋다."

"안 좋아요."

"난 좋아."

그는 이렇게 말을 하며 그녀의 입술에 자신의 입술을 덮었다. 그의 혀가 그녀의 입안으로 들어왔다. 술맛이 아직까지 느껴지고 있었다.

"아이들이 취하겠어요."

"난 당신에게 취해 있어."

"홍태훈 씨 진짜로 이럴 거예요?"

"응."

그가 그녀의 윗옷을 걷어 올리고는 브래지어를 위로 올렸다. 그러자 임신으로 풍만해진 그녀의 가슴이 그대로 드러났다. 그가 아이처럼 그녀의 유두를 찾아 빨기 시작했다.

"밖에 어른들 계시다고요."

"우리가 뭘 하는지 아실 거야."

"제발 좀 하지 마요."

하지만 그녀의 목소리도 이미 잠겨 있었다.

"어제 너무 하고 싶었는데 못 했잖아."

"그건 당신이 너무 취해서 그런 거죠."

"미안해."

그가 이렇게 말을 하면서도 여전히 그의 입술은 그녀의 가슴에 있었다.

"당신 정말 못 말리는 거 알아요?"

"응, 마누라한테 너무 빠져 있어서 그래."

그는 이렇게 말을 하며 그녀의 풍만한 가슴을 계속해서 어루만지고 빨았다. 그리고는 도저히 못 참겠는지 그녀의 치마를 들어올리고는 팬티를 단번에 찢어버렸다.

"어머."

놀란 그녀였지만 그의 이런 거친 행동에 묘하게 자극을 받고 있었다.

"하지 마요."

그의 손이 그녀의 통통하게 살이 오른 여성을 감싸 쥐었다.

"너무 예뻐서 그래."

"그만⋯⋯."

그녀의 항의에도 그의 손가락은 그녀의 검은 숲을 가르고 들어와 클리토리스를 찾았다. 그의 손가락이 바쁘게 그녀의 작은 봉오리를 자극하고 있었다. 그녀는 아랫부분에 전기가 오른 듯이 찌릿해짐을 느끼고 있었다.

신우가 정신을 차릴 틈이 없이 그의 손가락이 그녀의 질 안으로 들어왔다.

"역시 당신은 야해. 이렇게 많이 흘리다니 굉장해."

그녀는 지금 온몸으로 그를 원하고 있었다.

"어서 넣어줘요."

"안 돼."

"빨리요."

그녀의 부탁에 그가 몸을 일으켜서 그녀 안으로 들어왔다. 깊이 삽입하지 못하지만 둘이 만족할 정도의 섹스를 할 수는 있었다.

똑똑.

"새아기, 거기 있니?"

"네, 어머니."

"은결이가 뭘 찾는데 어디 있는지 모르겠구나."

"나가요."

"어머니, 신우 못 나갑니다. 오 집사님께 물어보시면 알 거예요."

"어? 그래그래."

어머니가 당황하셔서 가셨다.

"내가 미쳐요."

"나도 지금 미치겠어."

그가 허리를 요란하게 움직이고 있었다.

"너무 좋아. 이런 데 어떻게 멈춰."

"못 말린다니까."

한동안 그의 허리 짓은 계속되었고 아무도 그들을 찾지 않았다. 그들이 나오자 어른들은 가실 준비를 하고 계셨다.

"오늘은 우리가 은결이 예결이 데리고 별장에 갈 테니까 둘이 좀 쉬어."

"은결이 예결이가 간데요?"

"엄마, 우리 갈 거예요."

"그러니 푹 쉬어."

홍 회장이 자신의 어머니를 향해 엄지손가락을 척하고 들어 올렸다.

"저도 다녀올까 합니다."

거기에 오 집사까지 간다고 하니 집 안에 오랜만에 둘뿐이었다. 홍 회장의 입이 아예 귀까지 걸려 있었다. 모두가 다 나가자마자 그가 그녀를 안아 들었다.

"위험해요."

"안 위험해."

그는 거실의 수영장의 장막을 모처럼 걷어냈다. 자동으로 된 덮개가 있어서 이이들이 놀 때는 수영장 위를 덮어두었다.

"수영할까?"

"수영복 없어요."

"언제 우리가 수영복 입고 했나?"

그가 그녀의 임부복을 단번에 벗겨냈다. 그리고 자신도 완벽하게 자연인이 되었다. 행복한 나날을 보내다 보니 약간의 두려움도 생겼다.

물속에 들어온 신우가 남편의 품에 안겨 말했다.

"무서워요."

"뭐가?"

"이렇게 행복한 날들이 언제까지 갈까 하는……."

"별걱정 다 한다."

"너무 행복하니까 두려운 거죠."

"그런 생각은 아예 하지도 마."

그녀를 자신의 품에 꼭 끌어안으며 그가 말했다.

"아이들과 당신을 보호하고 사랑하는 게 내 의무니까. 너무 걱정하지 마."

"믿어요. 그런데 차우철이 교도소 안에서 죽은 거 알아요?"

"어?"

"어제 변호사에게 들었는데요. 교도소에서 다른 재소자와 싸움이 붙어서 죽었다고 하는데 사실은 차우철이 죽인 사람들의 가족 중에 누가 힘을 썼다는 얘기도 있대요."

"살인청부업자를 죽인 살인청부업자라……."

"뭐 그런 셈이죠. 그런데 그 사람 죽은 게 하나도 기분이 좋지 않아요."

"왜?"

"죽을 때까지 고통받다가 천천히 죽어야지. 이렇게 한 번에 죽은 건 그의 손에 죽은 사람들 입장에선 억울할 것 같아요."

어제 갑자기 변호사에게 전화가 와서 차우철이 죽었다는 이야기를 들었다. 한편으론 시원하고 한편으론 아쉬웠다. 엄마의 죽음의 값을 더 치러야 하는데 그렇게 허무하게 죽었으니 말이다.

"차우철 죽인 사람도 북파공작원 출신이라네요."

"참 비극적인 일이야. 그리고 나도 지금 비극적이고."

"왜요?"

"불쌍한 이 녀석은 언제 당신 안으로 들어가나 하고 있거든."

"너무 밝히는 거 알아요?"

"아니, 몰라."

그가 그녀의 몸을 살짝 안아 들었다.

"사랑해."

"나도요. 하지만 여기선 좀……."

그녀의 말을 들을 그가 아니었다.

"아흐."

그의 페니스가 그녀가 준비하기도 전에 그녀의 질 안으로 들어와 버렸다. 움직이기도 힘이 든 물속이었지만 그들은 아주 정열적으로 사랑을 나누고 있었다. 수영장을 앞뒤로 오가며 그들은 하나로 연결되어 있었다.

"밖에 비가 내려요."

"그러네."

그를 꼭 끌어안으며 신우는 엄마를 보내던 그날 이렇게 많은 비가 왔음을 기억했다. 너무 놀라서 울지도 못하고 쏟아지는 비를 맞으며 그대로 서 있던 그녀를 아이러니하게도 안고 달래줬던 건 차우철이었다.

왜 지금껏 그때의 일이 떠오르지 않았던 것일까? 그건 너무 충격에 빠졌기 때문일 것이다.

"여보."

"응."

"나 기억났어요."

"뭐가?"

"그날 땅바닥에 하얀 빗방울이 떨어졌거든요."

"하얀 빗방울?"

"그게 차우철의 손에 그려진 그림이 빗방울에 녹아내려 떨어진 거였어요. 엄마를 죽이고 바로 어떻게 날 안아서 달래줄 수 있었을까요?"

"사이코패스니까."

"맞아요. 그런 것 같아요. 그렇지 않고서는 그렇게 선량한 미소로 날 달래줄 수 없었을 거예요."

신우는 온몸에 소름이 돋았다. 떨어지는 빗방울을 보는 신우를 꼭 끌어안으며 태훈이 말했다.

"이제 그만 기억에서 녹여 버려."

신우가 그를 바라보며 고개를 끄덕였다. 이제 그녀의 기억에서 그날의 일을 떠나보낼 것이다.

저 떨어지는 빗방울처럼 말이다.

― 끝 ―